外国文学研究丛书

转型期变革的多维书写
——福克纳斯诺普斯三部曲的物质文化批评

William Faulkner's Snopes Trilogy: A Material Cultural Perspective

韩启群　著

本书为以下科研项目及人才培养计划研究成果：

1. 国家社会科学基金青年项目"美国'南方文艺复兴'文学的道德重构研究"（13CWW022）
2. 国家社会科学基金重大项目"美国文学地理的文史考证与学科建构"（16ZDA197）
3. 江苏省高校优秀中青年骨干教师和校长境外研修计划
4. 江苏省高校"青蓝工程"中青年学术带头人培养计划

苏州大学出版社

图书在版编目(CIP)数据

转型期变革的多维书写:福克纳斯诺普斯三部曲的物质文化批评 = William Faulkne's Snopes Trilogy: A Material Cultural Perspective:英文/韩启群著.—苏州:苏州大学出版社,2017.12
(外国文学研究丛书)
ISBN 978-7-5672-2336-3

Ⅰ.①转… Ⅱ.①韩… Ⅲ.①福克纳(Faulkner, William 1897-1962)-小说研究-英文 Ⅳ.①I712.074

中国版本图书馆 CIP 数据核字(2017)第 318742 号

书　　名:	转型期变革的多维书写
	——福克纳斯诺普斯三部曲的物质文化批评
著　　者:	韩启群
责任编辑:	汤定军
策划编辑:	汤定军
装帧设计:	刘　俊
出版发行:	苏州大学出版社(Soochow University Press)
社　　址:	苏州市十梓街1号　邮编:215006
印　　装:	宜兴市盛世文化印刷有限公司
网　　址:	www.sudapress.com
E - mail:	tangdingjun@suda.edu.cn
邮购热线:	0512-67480030
销售热线:	0512-65225020
开　　本:	700mm×1000mm　1/16　印张:10.75　字数:191 千
版　　次:	2017 年 12 月第 1 版
印　　次:	2017 年 12 月第 1 次印刷
书　　号:	ISBN 978-7-5672-2336-3
定　　价:	42 元

凡购本社图书发现印装错误,请与本社联系调换。服务热线:0512-65225020

序　言

　　这些年来，但凡有我的博士生和我讨论选题时提出想做经典重读类的研究，我在鼓励之余总不忘叮嘱一定要有所创新。经典重读固然有价值，但发掘出新意绝非易事，需要有独特的视角和扎实的研究功夫。类似福克纳这样在美国乃至世界文学中举足轻重的作家更是如此。最早韩启群同学和我商量她的选题时，我其实不无担心。最后，她大胆运用物质文化批评视角对福克纳斯诺普斯三部曲开展系统研究，顺利通过了博士论文答辩。她在研究中将"物质无意识""物的社会生命""物性"三个具体概念进行梳理、界定及拓展性归纳，并有机统一在物质文化视角之下，应用于文本批评，为经典重读开启新的研究路径。

　　在我指导的博士生中，韩启群身上对学术研究的执着和韧劲给我印象深刻。她很早就确定福克纳作为博士论文选题，之后十年磨一剑，一直坚守这一研究领域，直到完成博士论文撰写。在攻读博士学位期间，她的父亲罹患重病，孩子年幼，还有单位繁重的教学任务需要承担，压力可想而知。但是她不懈努力，不轻言放弃，最终顺利完成博士学业。毕业之后，她依然潜心科研，将福克纳研究拓展至整个南方文艺复兴，不断思考她在博士论文中应用的理论话语，站在中国学者立场对当代西方各种与物相关的批评话语进行异文化观照，体现了她作为一位年轻学人的科研素养与探索精神。

　　目前，国内尚无专门针对福克纳丰富物质细节书写的系统研究。韩启群的博士论文视角独特,观点明确,论证充分,资料翔实,逻辑性强,相信在此基础上出版的专著将是近年来福克纳研究领域比较扎实的一个新成果,也将是国内首部运用物质文化视角开展经典重读的学术专著。虽然多学科领域的"物转向"趋势在近年来愈演愈烈,文学批评中物的话语内涵和研究范式在近年来也更丰富多元,但是早在韩启群撰写论文时,我国运用该理论开展具体文学批评的先例还较少,大部分时候需要她自己去摸索,因此对于理论视角的运用、具体概念的把握不可避免地存在一些有待完善之处。不过,她在毕业之后一直没有放弃对这个话题的探索,先后发表了好几篇研究论文,进一步阐述、修正她对这一批评话语的理解。

作为美国南方文学创作的高峰,福克纳以自己独特的艺术形式回应了所处时代的历史变革和社会文化变迁,为造就具有鲜明本土色彩的地域文学做出了杰出贡献,其文学魅力及价值仍值得不断挖掘。我相信韩启群会扎实努力,在重读经典的过程中展示出作家的更多面目,为该研究领域在中国的拓展做出更大的贡献。

杨金才
2017年11月于南京大学和园

自 序

这本专著在我博士论文的基础上修改而成。我至今仍清晰记得2013年6月我在南京大学外国语学院侨裕楼一个小会议厅里的答辩情形,也依然能够体验到那天下午背负了近七年的攻读博士学位的重担终于卸下之后的轻松酣畅。

今年已经是博士论文通过答辩后的第五个年头了,而我论文中涉及的主要研究对象——物——也成为国内近年来最热门的话题之一。2008年,我初次接触到"物质文化研究"这个概念时,西方文学研究领域的"物转向"正处于迅速升温的状态。21世纪以来,不少国际研讨会都会涉及和物质文化相关的议题,如2005年召开的"福克纳与约克纳帕塔瓦法"国际年会主题为"福克纳与物质文化";一些大学的文学课程也与物质文化相关,如英国肯特大学文学专业开设了"简·奥斯丁与物质文化""狄更斯与物质文化"等系列课程。而那时,我正在为研究威廉·福克纳寻找一个新的切入点,"物质文化研究"中的相关理论话语一下子吸引了我的眼球。"物有社会生命""物的传记"等一些新颖的概念以及从物入手的批评路径都为我后来构建论文框架提供了灵感和思路。

通过论文答辩后,我从迫切早点完成论文撰写的紧张焦虑情绪中慢慢走了出来,开始静下心来继续研读与物相关的一些哲学话语与批评理论。虽然我在博士论文的导论中也重点介绍了物质文化批评视角,但我完全没有料到西方人文社科领域的"物转向"趋势愈演愈烈,在新物质主义、思辨实在论、新活力论等各种"客体导向哲学"合力推动下,已经将早先文化研究中的"物转向"裹挟至一场更大范围的认识论的全面转向。2015年,我在《江苏社会科学》第3期上发表了论文《物质文化研究——当代西方文化研究的"物质转向"》,追溯了当代西方的"物质文化研究"如何演变成为一个有着强烈的跨学科性、但又具有相对独立性的研究领域;从梳理"物质文化"的内涵出发,归纳了"物质文化研究"的主要理论视角与研究范式。这篇论文后来被《人大复印资料》全文转载。2017年,我又在《外国文学》第6期上发表了《西方文论关键词:物转向》,从西方哲学社科领域"物转向"研究起源与概念假设入手,重点探寻当代西方文学批评领域"物转向"擢升衍进的话语背景,并通过梳理21世纪以来西方学者的文学研究实践归纳了"物转向"批评话语的主要议题与路径、研究范式与特点,思考"物转向"批评话语如何有效拓展与塑造当代西方文学研究空间。这两篇论文是我对博士论文中涉及的理论视角的思考延续,希望能帮助读者更好地理解当代西方文学研究中的"物转向"。当前,与物相关的各种话语还在发展,我在理解和判断"物转向"批评话语时的偏颇之处,还请读者海涵。此外,这本专著中的一些章节或观点也曾经以论文形式发表在《当代外国文学》《解放军外国语学院学报》《英美文学论丛》《山东外语教学》《名作欣赏》等期刊,也请读者一并指正。

感谢恩师杨金才教授为这本专著慨然作序。没有恩师多年来的悉心教导和学术锤炼,很难想象我能有今天的科研成果,这本专著也不可能问世。

感谢我的家人。没有家庭的坚强后盾,不但这本专著不可能问世，我也可能很难坚持到毕业论文答辩的那天下午。尤其感谢我的先生。作为硕士阶段同学同桌的他，不但替我承担了很多家庭琐碎事务，也是我的科研合作伙伴，在我承担的各项课题中发挥了重要的作用。在此，献上感恩。

感谢我的单位南京林业大学外国语学院多年来给我提供的各种关心和帮助，包括为这本专著出版提供的经费支持。也感谢苏州大学出版社汤定军先生为这本专著最终出版付出的各种辛劳。

最后，也将这本专著献给我在天堂的父亲。

韩启群
2017 年 11 月
于南大和园家中

前　言

威廉·福克纳（William Faulkner，1897 – 1962）在独具特色的约克纳帕塔瓦法文学领地里铸多种技巧于一炉，记录了美国南方19世纪下半叶至20世纪上半叶近百年的历史沧桑，覆盖了南方社会的两次重要历史转型。半个多世纪以来，评论界已经从不同侧面考察了福克纳作品中转型期的变革书写，尤其是将福克纳的作品置于20世纪上半叶的南方社会历史转型期的文化语境中研究福克纳作品对于特定历史现实的深层思考和艺术再现，但是对于福克纳在后期作品中如何再现新南方向现代南方过渡的社会变革挖掘不够，对于福克纳在作品中细致甚至近乎烦琐的物质细节的铺陈描写尚需系统探讨和论证。因此，本书将福克纳后期代表作斯诺普斯三部曲（《村子》《城镇》《大宅》）置于新南方向现代南方转型过渡的历史语境中，重点研究三部曲如何再现这一特定历史时期的社会转型，研究作家如何在文本中抓住、表现这一独特历史语境的社会变革。在研究方法上呼应福克纳研究中"微观细节"的趋势，从文本中的物品书写入手，借用物质文化批评视角考察斯诺普斯三部曲中关于转型期变革的多维书写。

福克纳在斯诺普斯三部曲中以隐晦的方式将传统文明和现代工商业文明的相遇和冲撞编织进丰富物品细节中，想象并构塑了20世纪上半叶美国南方新南方向现代南方转型过渡期的政治经济语境、特定地域空间、南方居民身份建构之间的互动关系。本书将三部曲中的物质细节书写与转型期的历史文化、地域空间、人物身份相结合,从三个相互关联的不同侧面逐渐深入地系统论证三部曲中物品书写的多重意义结构,透视处于转型期历史语境的三部曲创作同所处时代社会、政治、文化和文学传统之间的复杂关系,反观福克纳在参与讨论和重构转型期社会核心价值观过程中展示的复杂思想观念和创作美学。"物质无意识""物的社会生命""物性"等物质文化批评视角的重要概念对应了转型期变革研究的不同维度,是本书考察福克纳斯诺普斯三部曲物品书写的关键词。

第一章主要从木材工业、汽车消费、足球体育等相关的"物质无意识"书写入手,尤其是"物质无意识"书写在文本表层的特定呈现机制,深入挖掘在文本中留下印记的物品如何想象和建构了美国20世纪上半叶的文化历史,思考福克纳如何通过对南方文化的想象性再现和矛盾重构,从不同层面回应20世纪上半叶新南方向现代南方转型过渡时期的重大文化变革。和"经济安全阀"木材工业相关的物质无意识书写藏掖了福克纳对于南方社会转型期经济发展和生态破坏之间悖论关系的理性审视;和汽车消费相关的"物质无意识"书写蕴含了福克纳对于南方社会转型期技术进步和消费信贷缓慢侵蚀南方传统价值的复杂情怀;和足球体育相关的"物质无意识"书写则揭示了福克纳对于南方社会转型期将体育作为美国社会"文化公分母"的华而不实的空洞宣称的巧妙反讽。不同侧面的"物质无意识"书写隐含着福克纳对于20世纪上半叶和经济发展、进步和民主、大众消费、统一国民身份等主流意识形态宣传的质疑和对美国南方文化的矛盾重构,三部曲中和物品相关的微观细节书写如同慢慢打开的一幅南方转型期变革的画卷，福克纳似乎无意于提供任何确定的答案，他只专注于抓住冲突过程本身。

第二章借助"物的社会生命"概念考察三部曲中建筑、商品、礼物等物品在文本中的意义改变、兴衰沉浮、空间位移等动态的"运动轨迹"，深入挖掘与这些物品所对应的老法国人湾和杰斐逊镇在20世纪上半叶工商业文明影响下的消费变革和文化政治变迁，透视福克纳在三部曲中如何构塑从传统文明向商业文明过渡转型的以消费为主导的南方小镇典型——"福克纳式小镇"。建筑物品书写的变化轨迹暗示了传统建筑的日渐式微和消费景观的逐步兴起，隐喻了"福克纳式小镇"的"边界地理空间"布局特征；商品书写的勾勒指涉了商品凭借其符号功能在南方社会阶层的分配与重组过程中的参与和决定，体现了南方社会转型期在商品经济大潮冲击中阶层"区分的物质化"趋势；最能体现南方淳朴小镇转型期消费变革的是礼物书写，礼物的商品化、礼物赠送的功利化表明物质主义已经渗透到更深、更隐蔽的人际关系层面，暗示了现代工商业文明冲击下南方小镇的世风日下和道德沦丧。"福克纳式小镇"抓住了可以深刻表现社会变革的关键点，即书写了小镇里以消费为主导的多层面的文化结构转型，包括地理空间的消费化、阶层区分的物质化和礼物赠送的商品化，呈现了美国南方20世纪上半叶从传统文明向商业文明过渡的转型期所特有的社会空间模式，丰富了美国文学中的小镇传统。

第三章引入物质文化批评中的"物性"概念研究三部曲中的主要悲剧人物形象——弗莱姆、尤拉、明克，从这三个人物占有、使用或相关的具体物品入手透视福克纳如何塑造具有物化特征的人物形象，如何通过人物身份的动态塑形揭示工商业文明主导的现代变革和个体命运的交织。和弗莱姆相关的各种物品书写准确地展示了弗莱姆在追逐物质利益的过程中逐渐失去灵魂的异化和蜕变。福克纳通过这一有着物化特征的现代"空心人"形象令人震撼地捕捉了美国梦在南方社会转型期社会中的阴霾,呈现了美国文学中美国梦破灭的另一重要范本;从《村子》里表现的无生命的客体尤拉,到《城镇》《大宅》中拥有更多主体意识的尤拉,身处南方社会父权体系中的尤拉终究无法摆脱其物化的女性身份,成为"包法利夫人"在美国南方的变体。这种动态的身份塑形体现了福克纳对于变革南方中女性身份变化的独特把握,隐喻了南方社会转型期根深蒂固的男权话语体系和现代商业文明交织影响下的女性的悲剧宿命;从入狱前对于贫穷白人身份的敏感到出狱后"瑞普·凡·温克"式的现代工业文明的"废物",福克纳借助明克身份特征的动态演绎呈现了传统与现代的对峙,书写不适应现代工业文明的切身之痛。这些具有物化特征的人物形象在南方社会转型期的历史变革中或主动适应、或被动地接受、或强烈地抵抗,展示了消费主导的社会变革和人物命运沉浮之间的内在耦合和因果关联,从不同侧面诠释了南方历史转型期的时代气质和文化精神。

　　美国南方20世纪上半叶的转型期历史变革和社会变迁不但使社会价值观念处于急剧动荡和变革重组的多元化状态,也形成了南方社会以消费变革为主导、以物品日渐丰裕为表征的独特文化语境,而斯诺普斯三部曲中形形色色的物品书写在福克纳的笔下凝结成为20世纪上半叶南方社会转型期新旧对立的现代经验的隐喻,定格为特定历史时期美国文化精神的具象缩影和符号。作为一个对于语言和结构有着清晰文体意识的作家,福克纳在构建自己约克纳帕塔瓦法小说王国的同时,也自觉地运用各种"微观细节"来诠释新南方向现代南方转型的独特历史语境,同时也成就了他复杂晦涩但却别具一格的叙事格调。在表现新南方向现代南方过渡时期传统和现代的交汇的后期作品中,他通过各种物品书写全面而深刻地书写南方社会的百年沧桑和历史巨变,传达了亲历时代变革的作家对转型期南方社会文化的理性审视以及人类生存体验的普世关怀。

目 录

- 导论 / 001
- 第一章 "物质无意识"与转型期美国南方文化的矛盾重构 / 035
  - 第一节 木材工业书写:"经济安全阀"的质疑 / 037
  - 第二节 汽车消费书写:"福特主义"的悖论 / 044
  - 第三节 足球体育书写:"文化公分母"的反讽 / 054
- 第二章 "物的社会生命"与转型期美国南方地域空间的变革隐喻 / 064
  - 第一节 建筑书写:消费主导的"边界地理空间" / 067
  - 第二节 商品书写:南方社会阶层"区分的物质化" / 076
  - 第三节 礼物书写:传统"南方荣誉"的沦丧与拯救 / 082
- 第三章 "物性"与转型期美国南方人物身份的动态塑形 / 091
  - 第一节 弗莱姆的物化:现代南方追逐物质利益的"空心人" / 094
  - 第二节 尤拉的物化:努力挣脱现代南方父权体系的"包法利夫人" / 107
  - 第三节 明克的物化:现代南方工业文明制造的"瑞普·凡·瑞克" / 121
- 结论 / 133
- 引用文献 / 137
- 后记 / 153

导　论

　　2012 年,讲述山东高密东北乡故事的人——中国作家莫言在接受诺贝尔文学奖时坦言威廉·福克纳和加西亚·马尔克斯是自己的文学领地"高密东北乡"的重要灵感源泉。不过,不知莫言有没有意识到,他所提及的加西亚·马尔克斯早在 1982 年也和他一样,并且是在同样的场合曾恭敬地称福克纳为"尊敬的导师"。最早在斯德哥尔摩的颁奖大厅对福克纳表达敬意的是斯坦贝克,他在 1962 年领奖时不但发表了和福克纳主题相似的演讲,还操着和福克纳类似的丘吉尔式语调称福克纳为"伟大先驱"。① 诺贝尔奖得主中,像福克纳这样,其名字不断回响在瑞典皇家学院庄严殿堂里的,恐怕很难找出第二位。

　　威廉·福克纳并不高寿,但是他的创作生涯几乎贯穿了大半生。他 1897 年出生在密西西比州新奥尔巴尼的一个没落地主家庭,1925 年开始写作,1962 年去世前夕最后一部小说《掠夺者》(*The Reivers*)问世,是美国文学史上创作生涯近 40 年的少数作家之一。他一辈子的大部分时间都生活在拉菲特县的奥克斯福镇,却凭借着他"在现代英美小说中占据的独特地位"和大洋彼岸的乔伊斯、伍尔夫、普鲁斯特等遥相呼应,成为"20 世纪世界文学中的一个里程碑"(Hellström, 443)。他的大部分小说脉络相通,构建了独特的"约克纳帕塔瓦法"谱系网络,呈现了一幅从南北战争到第二次世界大战后美国南方社会历史百年变迁的精彩画卷,被诺贝尔颁奖委员会誉为"南方的史诗作家"(Hellström, 440)。

---

　　① 马尔克斯比福克纳晚出生整整 30 年,他在诺贝尔奖获奖感言中将自己的创作归结于威廉·福克纳的影响;斯坦贝克和福克纳基本是同时代人,他在 1962 年的获奖感言中呼应了福克纳的观点,发表了题为"作家的崇高使命与职责"的演讲,而福克纳在 1949 年的获奖感言的题目是"古老永恒的真理"。

莫言在获得诺贝尔奖之后多次提到希望打破"诺贝尔奖魔咒",因为据说很多作家一旦获得诺贝尔奖之后很难再有佳作问世,甚至不再有任何作品出版。这似乎有点道理,海明威在 1954 年获得诺贝尔奖之后几乎处于沉寂状态,直到 1961 年他以另一种方式再次唤起人们对他的关注。部分福克纳研究者估计也不会反对这个观点,因为在他们看来,尽管福克纳 1949 年之后仍不断有新作问世,但和《喧哗与骚动》(*Sound and Fury*, 1929)、《在我弥留之际》(*As I Lay Dying*, 1930)、《圣殿》(*Sanctury*, 1931)、《八月之光》(*Light in August*, 1932)、《押沙龙,押沙龙!》(*Absalom, Absalom!* 1936)、《去吧,摩西》(*Go Down, Moses*, 1942)等作品相比,福克纳似乎被"诺贝尔奖魔咒"击中了,这些后期作品从很多方面都逊色于前期作品。就连福克纳本人都将自己 1929 年至 1942 年的创作称为是"无可匹敌的时代"(帕里尼 封面)。但是,也有一些评论者似乎不太甘心这样的结论,认为福克纳在获得诺贝尔奖之后又迎来了他一生中的又一创作高峰,《修女安魂曲》(*Requiem for a Nun*, 1951)、《寓言》(*A Fable*, 1954)、《城镇》(*The Town*, 1957)、《大宅》(*The Mansion*, 1959)、《掠夺者》(*The Reivers*)等后期作品为福克纳创作生涯画上了浓墨重彩的一笔。不少评论者使出浑身解数试图证明这些后期作品有着"不一样的重要性和价值"(Percial, 179)。至今,这样的争论仍然不绝于耳。

诺贝尔奖的评委们在概括福克纳的创作时曾指出,在旧南方向现代南方转型过程中,福克纳不但自己"体验到了这种过程",也在作品中"持续深入地描写了这一痛苦过程"(Hellström, 440)。那么获得诺贝尔奖之后的福克纳是如何在后期作品中继续书写"痛苦过程"、如何回应身边不断变化的话语语境呢?如何将新南方向现代南方转型的种种变迁体验编织进文学想象中?因此,本研究试图将福克纳的创作置于 20 世纪上半叶的南方社会历史转型期的文化语境中,在当代话语语境中研究福克纳的小说创作,尤其是后期以普通白人为题材的作品对于特定历史现实的深层思考和艺术再现。

从不同时期的创作主题来看,福克纳在 20 世纪二三十年代创作的多部作品中呈现了美国南方如何从旧南方向新南方的过渡,比如在《喧哗与骚动》《押沙龙,押沙龙!》等作品中,他将内战作为一种独特的创伤体验,重点探讨旧南方向新南方转变的艰苦历程;而在 1949 年之后创作的后期作品中,福克纳则书写了新南方向现代南方的转变,比如在

《修女安魂曲》《城镇》《大宅》等作品中,他将创作视角转向新南方向现代南方过渡的历程,思考工业文明给南方带来的深层裂变和精神危机。无论是旧南方向新南方的转变,还是新南方向现代南方的过渡,福克纳都在作品中赋予了同样的关注,成就了他文学创作中以转型期变迁书写见长的史诗般的叙事格调。他在文本中开辟的约克纳帕塔瓦法县隐喻了美国南方流动的历史进程,而"约克纳帕塔瓦法"这一术语本身就暗含着变迁之意。

但是,当福克纳在小说中反思不同历史时期的文化变革和变迁体验时,他的观点也在逐渐转变。托马斯·L.麦克汉尼(Thomas L. McHaney)认为福克纳在早期的作品中使用"一种爱国式的地方色彩"在创作,在创作成熟时期则采用"人文主义式的视角"探讨一些社会问题(85)。麦克汉尼对于福克纳创作成熟时期的概括过于笼统,因为他没有进一步指出福克纳在创作后期的变化。那么新南方向现代南方过渡的历史转型期的文化语境是怎样在福克纳后期作品中投下印记?福克纳如何在作品中通过文本细节抓住或表现新南方向现代南方转变的重大历史变革?又是怎样通过文学创作传达自己对于新南方向现代南方过渡时期种种复杂议题的审慎思考?这些都是值得进一步探讨的论题。

福克纳研究综述

从不同时期评论重点和切入视角来看,福克纳研究总体上表现出伴随社会文化氛围和批评话语的变化而同步演变的轨迹。受"文化转向""语言学转向"等社会文化语境的重大转变的影响,20 世纪 80 年代是福克纳研究史中的一个重要分水岭。20 世纪 70 年代以前的批评基本上是响应新批评的号召,采用传统的、重视美学价值的研究模式,侧重文本形式、人物形象和主题的研究,多采用细读方法剖析小说主题,而 80 年代的福克纳研究中则明显出现了"注重文化研究"的范式转换(Grimwood,100)。受盛行于这一时期的溯源批评的影响,很多学者从福克纳文本批评转向写作研究,清点、编目、誊写文本的原始草稿、手稿,关注作品起源和文本确立的严谨性。① 但是,自20世纪70年代以来,一些文化研究的成果已经开始陆续出现,如评论者开始借用存在主义理论、神话原型批评理论、精神分析理论来开展研究。

在文化语境中考查福克纳及其作品和文化的关系是20世纪80年代福克纳研究的显著特点。正如约翰·E. 巴塞特(John E. Bassett)所言,80年代的福克纳研究"比以往任何时候都要多样化"(1),后结构主义、符号学、马克思理论、后精神分析越来越多地影响福克纳批评的走向。这一时期西方文学批评中的语言学转向也在福克纳研究中得到明显体现,产生了不少语言研究方面的成果,既有关于叙事技巧、语言政治、语言肌质等方面的宏观研究,还有基于文本细读基础上的导读、注释、索引类著作。比如,基思·富尔顿·沃恩(Keith Fulton Warne)在博士论文《福克纳三部曲中的语言:真实与小说》(*Language in Faulkner's Trilogy: Truth and Fiction*)中运用宏观语言研究话语分析了福克纳后期作品的语言风格,重点通过斯诺普斯三部曲的人物语言书写探讨"语言在个体价值和行为选择方面发挥的作用"(9),着重考察了语言和伦理道德的关系以及对于表现伦理道德主题的作用。

需要指出的是,从20世纪80年代的研究成果来看,评论者越来越关注后期作品在福克纳作品体系中的价值,从不同侧面阐发出对福克纳后期作品的文化思考,而后期作品也和新的理论话语相得益彰,在文化研究中越来越多地显示出独特的审美价值。基思·路易斯·富尔顿(Keith Louise Fulton)、唐·特鲁尔德(Dawn Trouard)和卡伦·R. 萨斯(Karen R. Sass)等都聚焦于后期作品斯诺普斯三部曲中的女性人物在父权制社会中的境遇以及身份界定问题,借此考察福克纳本人是否流露出对父权社会的维护和厌女意识。伊丽莎白·M. 克尔(Elizabeth M. Kerr)在《威廉·福克纳的约克纳帕塔瓦法:宇宙中的一种基石》(*William Faulkner's Yoknapatawpha: "A Kind of Keystone in the Universe"*,

---

① 据笔者收集到的资料,这些成果主要有:Joanne V. Creighton, *William Faulkner's Craft of Revision: The Snopes Trilogy*, "*The Unvanquished*" *and* "*Go Down, Moses*" (Detroit: Wayne State University Press, 1977); Roger Lewis Davis, "William Faulkner, V. K. Ratliff, and the Snopes Saga (1925 – 1940)" (Diss., University of California, 1971); Barbara Booth Serruya, "The Evolution of an Artist: A Genetic Study of William Faulkner's *The Hamlet*" (Diss., University of California, 1974); Eileen Gregory, "A Study of the Early Versions of Faulkner's *The Town* and *The Mansion*" (Diss., University of South Carolina, 1975).

1985)分析了福克纳后期作品中的象征、意向、宗教典故,是应用神话原型理论开展研究的重要成果。伍德罗·斯特罗布(Woodrow Stroble)在博士论文《他们随处可见:福克纳作品中的自杀研究》(*They Prevail: A Study of Faulkner's Passive Suicides*, 1980)中考察了福克纳作品中的自杀主题,将后期作品中重要人物形象尤拉的自杀行为也列入重点考察对象。斯蒂芬·J.纳普(Stephen J. Knapp)在《家庭、血族、群体、宗教:福克纳和南方血缘意识》(*Family, Kin, Community, and Region: Faulkner and the Southern Sense of Kinship*, 1986)中从血族关系切入,分析"作品的主题、人物、结构等,最主要的是家庭、传统如何影响主人公思想及行为"(27)。而后期作品中斯诺普斯家族的血族关系错位、弗莱姆对于家长统治的背叛是作者重点考察对象之一。而理查德·C.克罗韦尔(Richard C. Crowell)在《这是谁家的树林:福克纳三部曲中的艺术和价值》(*Whose Woods These Are: Art and Values in William Faulkner's Snopes Trilogy*, 1985)中逐个探讨了后期作品中斯诺普斯家族的成员,追溯了斯诺普斯的发展历史,通过三部曲中的人物刻画来分析作品的主题意蕴。尽管《喧哗与骚动》《八月之光》《押沙龙,押沙龙!》《在我弥留之际》《去吧,摩西》等作品仍然被大部分福克纳研究者视为福克纳最重要的几部作品,但是越来越多的福克纳研究者已经达成这样一个共识:福克纳在1949年之后创作的作品在福克纳约克纳帕塔瓦法体系小说中有着重要的地位和价值,关注研读这些作品有助于全面把握作家的整体创作特色以及福克纳作品的创作脉络。

20世纪90年代的研究主流还是文化批评,而且益发异彩纷呈,呈现出两个重要研究态势。首先,文化研究向纵深化发展,从单纯的社会文化研究转向意识形态、主体性、身份政治、文化生产等更为复杂隐蔽论题的探索。① 比如,马乔瑞·查曼茵·艾迪(Marjorie Charmaine

---

① 耶鲁大学博士论文数据库中与此相关的成果有近10篇,比如:Kevin James Railey, "Natural Aristocracy: Ideological Intersections in William Faulkner's Novels" (Diss., State University of New York, 1990); Marjorie Charmaine Eddy, "In-forming Texts: Ideology, Subjectivity, and Gender in William Faulkner's Later Fiction" (Diss., University of Toronto, 1991); Byron Carl Hauser, "Pierre Macherey's Theory of Literary Production Applied to William Faulkner's Three Snopes Novels: *The Hamlet*, *The Town*, and *The Mansion*" (Diss., University of Miami, 1991); Holli Gwen Levitsky, "Carnival, Gender, and Cultural Ambivalence in William Faulkner's Snopes Trilogy" (Diss., University of California, Irvine, 1991); John Hugh Sheehy, "The Two of Them Together Were God: Men, Women and Dialogue in Faulkner" (Diss., University of Washington, 1997).

Eddy)借助后结构主义的相关概念论述了福克纳小说叙事形式和意识形态之间的复杂关系,认为"福克纳在后期作品中对于文本形式的有意识的运用说明在意识形态的影响下,作家会采纳某种形式,尽管他自己不一定能意识到"(26)。霍利·格温·莱维斯基(Holli Gwen Levitsky)借用巴赫金的对话理论论述了福克纳后期文本中隐藏的性别观,认为女性在福克纳文本中的呈现机制揭示了作家自己对于"性别、他者等问题所引发的种种争议的意识形态判断"(ii)。许康(Kang Hee)则将重点转向福克纳斯诺普斯三部曲人物形象的男性特质和女性特质的研究,考察文本中人物的性别和种族身份的文化建构。他在研究中质疑了过去30年来受男权思想主导的批评倾向和批评理论,试图"从边缘人物的视角重新审视三部曲中的社会话语,揭示隐藏的以及被压抑的女性叙事"(4)。其次,跨学科研究的特征更为明显,来自社会学、人类学、心理学等学科的影响越来越大。福克纳的众多作品被置于新的文化语境中进行解读,文化研究中的性别研究与女性主义联系越来越密切,文化研究中的种族研究与后殖民主义理论也有相当程度的重合和交叉。

　　大众文化和商品消费研究是20世纪90年代福克纳文化研究一个重要趋势。一些研究者将文化研究和商品消费相联系,研究商品所负载的特定的意识形态功能,或者借此透视消费社会中新的话语关系。莫里·露伊莎·斯金费尔(Mauri Luisa Skinfill)在博士论文《无尽的现代主义:福克纳后期小说中的阶级和批判性思考》(*Modernism Unlimited: Class and Critical Inquiry in Faulkner's Later Novels*, 1999)中从资本、消费文化角度解读了福克纳的后期作品,重点分析了后期作品中出现的几个生意人形象。她通过《村子》文本的改写和转换的分析来探讨福克纳对于新南方由佃农转化为生意人的充满矛盾但不乏同情的描述,认为《村子》标志了福克纳"对独立的资本世界的发现"(64)。同时,她将《城镇》《大宅》置于当代历史编纂和文学讨论的语境中,分析福克纳在描述下层生意人形象的过程中对于"消费文化的身份关系的塑造"(100)。虽然斯金费尔在研究中只是通过人物形象研究来透视福克纳对于消费文化的态度,视野不免有些局限,但是她从消费文化角度研究福克纳后期作品的做法表明一点:福克纳后期一些关于普通白人的作品在新的话语语境中似乎比前期作品有着更为广阔的开掘空间。

近 10 年来,随着社会氛围和文学风气的变化,福克纳的文化研究在很多方面取得了重要进展和阶段性的突破。评论界将文化研究的领域拓展至政治经济、消费文化和日常生活等更为具体的研究。西奥多·B. 阿特金森 III(Theodore B. Atkinson III)在博士论文《福克纳与大萧条:审美、意识形态和艺术的政治》(Faulkner and the Great Depression: Aesthetics, Ideology, and the Politics of Art, 2001)中将意识形态和叙事学最新理论相结合,从政治文化角度指出了福克纳文本的叙事形态性;同样,苏珊·斯托林·本菲尔德(Susan Storing Benfield)在《群体的叙事:福克纳斯诺普斯三部曲中讲述的政治》(The Narrative of Community: The Politics of Storytelling in Faulkner's Snopes Trilogy, 2004)中结合文本的叙事形式论述叙事形式所隐含的政治意义和意识形态,从民主政治角度探索了后期作品斯诺普斯三部曲里所表现的政治社区和个体、保守与改变之间的关系。还有一些学者在消费文化语境中考察了人物的性别、种族、文化身份的建构,并且借用大众文化研究理论最新成果考察文本中对于日常生活实践的描述,尤其是和娱乐购物相关的书写,挖掘文本的文化政治意义。① 比如,露·安·琼斯(Lu Ann Jones)在论述南方农村消费文化时,将三部曲中的拉特利夫纳入研究范围,重点考察了他的巡回销售行为。

这些研究成果显示了 21 世纪文化理论最新成果对于福克纳研究的深刻影响,而且显示出福克纳研究中越来越关注"微观细节"的趋势。受新的大众文化理论的影响,福克纳的批评触角已经指向福克纳与电影、福克纳与通俗文化、福克纳与出版媒介等方方面面,福克纳作品中的各种通俗文化元素都是大众文化研究的对象。不仅如此,研究者还倾向于将研究领域拓展到一种对范围更广大的日常生活的实践和经济的研究,如文本中主要人物阅读的通俗小报或时尚杂志、各种体育活动、汽车、可乐饮料等。M. 托马斯·英奇(M. Thomas Inge)在负责撰

---

① 据笔者收集到的资料,这方面代表性成果主要有:Lu Ann Jones, "Gender, Race, and Itinerant Commerce in the Rural New South" (*The Journal of Southern History*, Vol. 66, No. 2 May, 2000) 297 - 320; Sharon Desmond Paradiso, 71 - 83; Mauri Skinfi U, "The American Interior: Identity and Commercial Culture in Faulkner's Late Novels" (*The Faulkner Journal*, Fall 2005/Spring 2006) 133 - 134; Lorie Watkins Fulton, "He's a Bitch: Gender and Nature in *The Hamlet*" (*The Mississippi Quarterly*, 2005:58) 441 - 462; Noel Polk, "Testing Masculinity in the Snopes Trilogy" (*The Faulkner Journal*, Orlando: Fall 2000/2001. Vol. 16, Iss. 3)23 - 25.

写《福克纳研究指南》"大众文化批评"部分时,梳理了福克纳大众文化研究的批评史,探讨了福克纳和各种大众文化形式的关系。在论文的最后,他遗憾地指出,除了1988年福克纳国际研讨会之后出版的论文集《福克纳与大众文化》,到2004年为止"还没有一部总体论述福克纳与大众文化关系的专著性成果"(Peek and Hamblin, 276)。但是弗兰克·P. 菲里(Frank P. Fury)的博士论文《体育传统、南方传统和现代美国的民族神话创造:福克纳作品研究》(*Sporting Traditions, Southern Traditions and the National Mythmaking of Modern America in Selected Works of William Faulkner*)2006年问世,填补了此类研究的空白。菲里从福克纳作品中对于国家体育传统的描述出发,如《村子》里的足球书写、《押沙龙,押沙龙!》里的拳击书写、《掠夺者》中的赛马书写,论述了体育的意识形态特征以及体育对于作品人物的南方文化身份和国家文化身份的建构,给人以耳目一新之感。菲里在研究福克纳大众文化书写时,巧妙地聚焦了南方社会特定时期的三种具体体育形式,这种"微观细节"的研究不但拓宽了大众文化批评的深度和广度,也体现了福克纳大众文化批评中越来越关注物质细节书写的研究趋势。

生态主义、环境主义、文化地理学、空间批评等新的理论话语在福克纳研究中显示了强大的批评力量,这些批评话语中对于环境、地理、物理空间的共同关注使得福克纳作品中的地理景观书写成为21世纪评论者重点考查的对象。在具体研究中,福克纳作品中的环境书写成为评论界的重要论题。查尔斯·S. 艾肯在2009年的新作《福克纳和南方景观》中分析了福克纳的地理景观书写,从福克纳文本中地理景观的演变来透视福克纳笔下的"南方"书写。而同年出版的另一本关于福克纳南方书写的专著《福克纳:透视南方》(*William Faulkner: Seeing through the South*)中也将重点转向福克纳笔下的地理景观和作家的建构方式,尤其是福克纳在这些书写中的情感投射。这些福克纳研究领域的最新成果表明了研究者对于福克纳作品中地理景观的关注,这不但可以看成是文化地理学研究的影响,也可以视为是近年来空间转向中关注地理景观的一种回应。

最为引人注目的是,福克纳国际研讨会于2004年召开了"福克纳与物质文化"的国际研讨会。2007年,《福克纳与物质文化》(*Faulkner and Material Culture*)出版了,主要收录了2004年的研讨会论文8篇,这些论文的作者积极利用物质文化研究领域的最新研究成果解读福克纳及其作品,从多种角度解读了福克纳和物质文化的关系。这些论文大多运用物质文化研究领域的批评话语解读福克纳及其作品,深入探讨福克纳和物质文化的关系。查尔斯·S. 艾肯在《福克纳与消逝的农业文明》("Faulkner and the Passing of the Old Agrarian Culture")中借用了文化地理学中物质文化的定义,讨论了南方建筑,包括种植园房屋、商店、棉花机房、马棚、佃户房屋等,透视了这些物品所折射的南方历史转型期的文明更迭;杰伊·沃特森(Jay Watson)在《家具的哲学,或〈八月之光〉和物质无意识》("The Philosophy of Furniture, or *Light in August* and the Material Unconscious")中借用比尔·布朗的"物质无意识"理论论述了《八月之光》的家具书写的政治文化意蕴;帕特里夏·耶格尔(Patricia Yaeger)在《去物质化的文化:福克纳的废物美学》("Dematerializing Culture: Faulkner's Trash Aesthetic")中从废物美学角度论述了福克纳的作品中众多废旧物品意象,如年久失修的房屋家具、尘土飞扬的街道、旧瓶破罐、破铜烂铁等;凯文·莱利(Kevin Railey)在《〈坟墓中的旗帜〉和阶级的物质文化》("*Flags in the Dust* and the Material Culture of Class")将物质文化与阶级联系,分析了《坟墓中的旗帜》中物与人的关系以及物对主人公身份的建构。福克纳的物质文化研究成果既是福克纳大众文化研究以及空间批评进一步深入拓展的结果,也是文化地理学、文化社会学、消费文化等多种理论话语交叉重叠的产物,而物质文化也为福克纳研究提供了一个新的视角。

从国外近30年的发展脉络和研究成果的梳理可以归纳出福克纳研究的三个重要研究趋势。首先,从理论视角来看,文化批评是国际福克纳研究的主流,丰富深刻的作品主题使福克纳的作品尤其受到文化批评者的青睐,正如彼得·卢瑞(Peter Lurie)所言:

> 福克纳的文化批评是和文化批评自身的运动和发展同步的,而且相对来说要晚一些……由于某些原因,福克纳作品似乎特别受文化研究的青睐……在他最初的创作阶段,福克纳就非常清楚自己的作品在文化生产领域和一系列彼此相关的文化意义与社会框架中的位置。(Peek and Hamblin, 163)

表面上看来,文化研究总体的做法是将文本置于社会的、政治的、文化的语境中进行解读,但是不同时期的切入视角和研究重点却有所不同。近 10 年来，当代文学研究领域的大众文化、日常生活、消费文化、身体、空间批评、物质文化等理论话语形成了交相辉映的态势，共同构建了一个交叉重叠、互为补充的理论空间，使得 21 世纪的福克纳研究更加开放和包容。总体来看，福克纳文化研究的视野越来越宽泛，跨学科研究的特征也越来越明显，研究的内容也越来越微观。

其次，从具体研究内容来看，在文化语境中考查福克纳作品中的具体物质细节书写是近年来福克纳研究的一个显著特点。当代理论话语的内在需求使得福克纳部分物品书写已经被纳入研究视野，但是受理论框架的约束，在研究过程中往往具有强烈的选择性。研究福克纳环境书写的学者往往会特别留意福克纳作品中的地理景观书写，尤其是被破坏的环境书写；而研究消费文化的学者则将重点指向福克纳的商品、娱乐物品等；研究空间的学者则尤其关注文本中的地理景观等"物理空间"。福克纳物品书写在得到不同视角的关照的同时，似乎也留下一个缺憾，即还没有专门针对福克纳各种物品书写的系统研究。近 5 年来福克纳物质文化研究的一个新动向似乎多少弥补了这一缺憾。但是目前的这些研究大多运用物质文化批评话语的具体命题解读具体作品，主要局限于福克纳单个作品的解读，或是局限于文本中某一物品意象的剖析，或是针对福克纳与 20 世纪初物质文化关系的宏观论述，缺乏对福克纳小说中各种物品书写的系统梳理和研究。

最后，从考察的文本对象来看，在新的话语语境中重新审视后期作品在约克纳帕塔瓦法体系中的地位是近年来福克纳研究的另一显著特点。2012 年福克纳 39 届国际研究会的一个重要议题就是"福克纳后期作品的重新评价"。后期作品在选材、叙事风格有别于前期作品，而新的理论话语也需要寻找新的文本资源，因此不少评论者将目光转向福克纳 1949 年之后创作的作品，在新的话语语境中进行解读，取得了不少重要突破。有的研究重点关注福克纳后期作品中的贫穷白人形象，从种族、性别、阶级等层面研究主体身份建构等复杂论题；有的则是围绕后期作品的叙事话语论述小说文本的意识形态和文学生产过程；还有一些研究将后期作品置于福克纳整个创作体系中考察，试图理解福克纳在后期作品中的创作转型。比如，欧文·埃尔默·奥伯恩（Owen Elmore Auburn）将福克纳创作阶段分为两个阶段，指出其后期创作是对早期的一种反抗。后期小说是一种"半新的范式"（demi-new paradigm），是更新（regenerate），将南方从过时的大众文化范式中解放出来,进入一种新的非二元对立的文化范式,从而达到对南方的新的认识(16)。特雷莎·M.汤纳(Theresa M. Towner)则追溯了福克纳后期作品展现的文化景象及其所起的文化作用,认为这体现了"福克纳艺术体系中确定的新动向和新趋势,即他创作艺术中的演变,这样的演变也折射出他对于种族身份是如何形成进而如何保持的日渐浓厚的兴趣"(8)。

作为后期作品的代表作,斯诺普斯三部曲常常被西方评论者用来研究福克纳后期创作转型。虽然三部曲的第一部《村子》出版于1940年,和第二部《城镇》的出版相距17年之久,但是因为题材、人物、主题的一致性,评论界往往将三部曲作为一个整体视为福克纳的后期重要作品。最早研究斯诺普斯三部曲的是沃伦·贝克(Warren Beck)1962年的《变迁中的男性:福克纳斯诺普斯三部曲研究》(*Man in Motion: Faulkner's Trilogy*),这也是第一部将三部曲作为一个整体来研究的重要专著。詹姆士·格雷·沃特森(James Gray Watson)的《斯诺普斯的两难境地:福克纳斯诺普斯三部曲研究》(*The Snopes Dilemma: Faulkner's Trilogy*)是第二部专门研究三部曲的专著,首次详细分析了福克纳研究领域的重要概念之一"斯诺普斯主义"(Snopesism)。由于三部曲中的一些章节曾经以短篇小说的方式出版,如《花斑马》《亚伯拉罕的父亲》,三部曲的溯源批评成为20世纪70年代的研究重点。三部曲的文化批评自20世纪80年代开始盛行,评论者借助当代社会经济、商品消费等领域的理论话语考察了人物的性别、种族、文化身份的建构。归纳来看,虽然三部曲的研究相对滞后于其前期作品的研究,但是由于作品中刻画了如弗莱姆、尤拉、拉特利夫、加文、琳达等普通白人形象,而且在选材、叙事风格有别于前期作品,因此三部曲常常是研究福克纳贫穷白人小说和后期叙事转型的重要通道。受作品主题的影响,三部曲尤其受到消费文化、大众文化批评者的青睐,在文化研究方面成果丰富。虽然评论界已经借助各种不同理论话语对三部曲进行了观照和考量,但是近年来一些新的理论话语在三部曲研究中还未得到充分利用。近10年来福克纳研究中的微观细节趋势和"物质转向"(material turn)为三部曲研究打开了一扇新的窗口。

和国外福克纳研究热潮相比,我国的福克纳研究虽起步较晚,但总体走向值得肯定:传记以及作品的译介出版日趋全面,后期的一些被忽视的作品也陆续被译介出版。例如,蓝仁哲先生翻译的《野棕榈》在

2009年由上海译文出版社出版,李文俊编辑翻译的《福克纳随笔》于2008年问世,收录了不少福克纳的演说词、书评、序言、信函等,成为福克纳研究的宝贵资料。创作思想与生平研究的视野更加开阔。例如,李文俊先生关于福克纳的传记研究成果《福克纳传》问世,将福克纳的人生轨迹和不同时期的创作相结合,为读者理解福克纳不同时期的作品主题提供了丰富的背景知识。作品研究方法呈现出多元化趋向,形成了主题批评、人物形象分析、文化批评、形式批评等较为集中的研究板块。肖明翰在1997年和1999年相继出版的《威廉·福克纳研究》《威廉·福克纳:骚动的灵魂》是国内首次对福克纳进行全面深入研究的专著性成果;2000年后出现的《文本与他者:福克纳解读》(2002)、《在心理美学的平面上:威廉·福克纳小说创作论》(2004)、《白色神话的破灭:福克纳文本世界中的女性》(2005)、《威廉·福克纳荒野旅行小说的原型模式》(2007)、《福克纳的神话》(2008)、《最辉煌的失败:福克纳对黑人群体的探索》(2009)、《狂欢化视域中的威廉·福克纳小说》(2009)、《福克纳小说的叙事话语研究》(2009)、《后现代语境下的福克纳文本》(2010)、《生态神学视野下的福克纳小说研究》(2010)等专著和博士论文以福克纳经典文本为研究对象,借助各种理论视角从不同侧面审视了福克纳的创作,涉及文体特征、性别种族身份、心理结构、神话原型、后现代技巧、生态批评等多个层面。

　　但是我国福克纳研究也存在不足。从研究对象上来看,目前提到的福克纳作品多集中于较早被翻译成中文的经典作品,如《喧哗与骚动》《押沙龙,押沙龙!》《献给爱米莉的玫瑰花》等,一些没有被翻译的作品,尤其是后期创作的加文系列小说、斯诺普斯系列小说在国内还未得到充分研究。研究方法相对滞后,虽然已有学者运用生态伦理、空间地理、新历史主义等批评话语研究福克纳,生态批评的兴起催生了对《熊》等作品的重新考察,但是研究的广度和深度有待提升,身体、物质文化等新的理论视角尚未得到充分运用;研究内容以人物身份、文化批评、叙事分析居多,对于福克纳作品中各种物品书写,如技术物品、废旧物品、服饰、商品等,缺乏系统深入的研究。

　　福克纳后期作品斯洛普斯三部曲在我国很长时间没有受到足够的关注。2008年之前,仅有少量针对已有中译本的三部曲的第一部《村子》的研究成果问世,缺乏高质量的研究成果。① 李常磊2008年的论文《文学与历史的互动——威廉·福克纳斯诺普斯三部曲的新历史主义解读》借用新历史主义理论解读了三部曲中不同阶层,是国内第一篇将三部曲作为整体来研究的论文。上海外国语大学的谌晓明2009年的博士论文《符指、播散与颠覆:福克纳的"斯诺普斯三部曲"之解构主义研究》是我国第一部研究三部曲的博士论文,"以语言、文本和哲学为切入点"论述了"福克纳小说中的解构主义特征"。湖南师范大学的曾军山的博士论文《斯诺普斯三部曲的互文性研究》(2012)综合运用了新批评、文化研究、新历史主义等批评方法,深入研究了斯诺普斯三部曲的互文性,其中不乏富有洞见的结论。比如,他在近期发表的论文《论斯诺普斯三部曲与南方骑士文化的互文性》中,从三部曲中的南方骑士文化元素入手剖析了三部曲与美国南方骑士文化有着明显的互文关系,是一篇颇具新意的论文。这些研究成果是我国学界在福克纳后期作品研究领域中的重要突破,也突显了三部曲在后期作品中的重要地位。和现有研究所不同的是,本书拟凸显斯诺普斯三部曲创作的新南方向现代南方过渡的历史转型期语境,围绕"变革"主题开展对三部曲文本内涵、主题意蕴的系统阐释,透视福克纳在后期创作转型中体现的复杂思想观念和审美选择。

斯诺普斯三部曲创作的历史语境决定了和"变革"主题的内在关联。三部曲主要创作于20世纪30年代至50年代,正处于美国社会城市化、工业化迅速发展时期,美国南方从新南方向现代南方急剧过渡。② 南方传统文明和价值观在北方工商业文明与物质力量的影响下逐渐瓦解,社会阶层不断分化和重组,社会价值观念也处于急剧动荡和分裂整合的多元状态。究竟福克纳在三部曲中如何书写新南方向现代南方的变革,如何刻画新南方向现代南方过渡历程中的人物形象?三部曲中和历史变革相关的书写有着何种文化意蕴,揭示了福克纳何种创作美学?这些都有待进一步系统论证,也是本书主要研究目的所在。

由于福克纳在三部曲的第三部《大宅》的扉页上明确阐述了自己对

---

① 2008年前的研究成果几乎寥寥无几,笔者在中国知网数据库里仅查阅到以下两篇论文:汪伟峰,"《村子》的失落",四川外语学院学报,2004(5);徐丹,"从《村子》透视威廉·福克纳的美国南方情结",沈阳农业大学学报(社会科学版),2006(1)。
② 《村子》《城镇》《大宅》主要创作于20世纪40年代至60年代,尤其是后两部分别出版于1957年、1959年,基本对应了考伯、艾肯等所区分的新南方向现代南方过渡的历史时期。

于"变迁"(motion)的理解,因此有些评论者将"变迁"视为"福克纳所有作品的前言",并对三部曲的"变迁"主题从不同侧面开展了研究(Tien 16)。早在20世纪60年代,沃伦·贝克在《变迁中的男性》中从三部曲中的斯诺普斯男性人物形象入手讨论了《村子》《城镇》《大宅》三部作品的发展和变更,重点研究了《村子》和后两部作品《城镇》《大宅》在风格、语气、背景上的巨大差异。90年代的弗朗西斯·露伊莎·莫里斯·尼克(Frances Louisa Morris Nichol)的《变迁中的"女性":福克纳斯诺普斯三部曲研究》("*Woman*" *in Motion: Faulkner's Trilogy*,1993)主要考察了福克纳后期作品斯诺普斯三部曲中女性人物形象,标题不无戏仿之意。60年代的贝克和90年代的尼克不约而同地联系特定历史语境考察福克纳斯诺普斯三部曲中的人物形象,而且都抓住了美国社会处于转型的特殊历史时期来理解福克纳的人物塑造。此外,莫里斯·维欣·田(Morris Wei-hsin Tien)在《斯诺普斯家族和约克纳帕塔瓦法县》(*The Snopes Family and the Yoknapatawpha County: A Study of William Faulkner's Trilogy*,1982)中也从文化语境中研究了三部曲的"变迁"主题,主要通过三部曲中的地理空间转换分别论述了三部作品的主题。这些研究围绕"变迁"主题勘察了三部曲的主题和艺术特色,为本书奠定了重要的研究基础。

虽然这些研究也将三部曲置于南方社会转型期的历史语境中加以考察,但是三部曲主要对应了新南方向现代南方的社会转型,这种社会转型无疑和旧南方向现代南方过渡的历史语境有所区别,而现有的研究对于福克纳在后期作品中如何再现新南方向现代南方过渡的社会变革挖掘不够。以消费为主导的变革是新南方向现代南方变革的一个重要标志,物质产品的日渐丰裕是新南方向现代南方变革转型过渡时期的重要表征。日常生活的各种物质细节难以避免地会潜入文学作品中,而文学作品也会将日常生活通过物质细节书写具象化。那么福克纳作品中的物质细节书写如何再现了新南方向现代南方过渡的社会转型?如何展示处于这一转型期的南方普通白人生存现状和命运,进而呈现出整个时代发展印迹的宏大社会背景?福克纳如何在作品中通过物质细节的铺陈描写传达自己对于新南方向现代南方变革的复杂情怀?因此,本书尝试从三部曲中细致甚至近乎烦琐的物质细节入手,以此为轴点,透视处于转型期历史语境的三部曲创作同所处时代社会、政治、文化和文学传统之间的复杂关系,反观福克纳在参与讨论和重构转型期社会核心价值观过程中展示的复杂思想观念和创作美学。当代外国文学批评的新动向——物质文化批评视角,为本书从物品书写入手考察三部曲中关于新南方向现代南方过渡的变革书写提供了理论支撑和路径参考。

物质文化研究起源、定位、理论视角

物质文化研究是当前文化研究的热点,这个新的学术空间和文化研究领域的其他理论话语(如日常生活、消费、空间地理等)交叉重叠,有着共同的学术旨趣,但又有着各自独特的研究视角。尽管现代社会科学很早就开始研究物,研究各种技术物品和商品对人的影响,作为客体的物也是现代哲学领域的重要命题和研究对象,但是只是在最近二三十年间"物质文化研究"(MCS)才被学界视为一个研究领域(Woodward 3)。

关于物质文化研究的起源,安·斯玛特·马丁(Ann Smart Martin)和 J. 瑞切·加里森(J. Ritchie Garrison)在《美国物质文化:研究领域的形成和发展》(American Material Culture: The Shape of the Field, 1997)的导论中,梳理了物质文化研究的三支源头,即人类学、社会历史学、艺术史。他认为这三个学科的理论话语为这一时期的物质文化研究注入了丰富的理论滋养,为物质文化在今后一二十年的发展奠定了基础。在人类学研究领域,伯厄斯(Franz Boas)、詹姆士·迪兹(James Deetz)、亨利·葛莱西(Henry Glassie)等人类学家在各自的研究中将物质文化研究方法和人类学家涂尔干倡导的人种志研究相结合,运用物质文化记载分析了早期殖民时期美国人的文化改变,强调了人造物品在人类学研究中的意义和价值①;在社会历史研究领域,受法国历史学家布罗代尔(Fernand Braudel)和年鉴派(Annales School)的影响,从人造物品

---

① 譬如,James Deetz 在《被遗忘的小物品:早期美国人的生活考古》(Small Things Forgotten: The Archaeology of Early American Life, 1977)中,主要采用了强调关注日常生活方式的人种志研究;1975 年,Henry Glassie 出版专著《弗吉里亚中部的民间住宅》(Folk Housing in Middle Virginia, 1975),借助结构主义人类学研究方法分析了早期弗吉里亚人的居住形式,将物而不是文字材料作为研究真实历史的基本方法和途径。

(artifact)入手开展研究成为关注社会历史研究的重要手段和研究方法①;在艺术史领域,弗莱明提出蒙哥马利鉴赏原则,即从物品中提取文化意义;而研究装饰艺术的历史学家们记载了器物的风格和技术的改变,将器物作为最牢固稳定的研究证据,拓宽了物质文化研究的领域。② 马丁和加里森认为,人类学、历史学、艺术史三个学科的理论话语为物质文化提供了基本研究方法和视角,"共同奠定并确定了物质文化研究领域的核心内容":即通过人造物品来研究特定群体和社会的各种观念体系,如价值、思想态度和观念假设;通过人造物品来研究那些制造、代理、购买或使用这些物品的个体们的观念体系。(12)

马丁和加里森在该书中特别提到1975年在美国温特图尔博物馆召开的物质文化研讨会,将这次会议视为物质文化研究领域的第一次重要转折,是物质文化研究渐渐成为一个具有跨学科性的独特研究领域的标志。他认为会议之后出版的论文集《物质文化和美国生活研究》是物质文化研究领域较早的一次"理论奠基"。③

从马丁和加里森的研究来看,西方物质文化研究始于20世纪七八十年代,研究对象是物质器物及其反映的观念和文化,研究主体主要是人类学、社会历史学、艺术史三个研究领域的专家学者。但是,从马丁和加里森归纳的物质文化研究的三支源头来看,这一时期的物质文化主要还是来自博物馆的学者和考古学家的关注对象,研究方法也主要局限于历史考古研究,从人造制品入手研究物品所处的历史背景,以及关注物被制作、代理、使用、交换、占有、丢弃的相关语境和文化。

物质文化真正得到人类学、社会学、心理学、历史学、文化研究等多

---

① 布罗代尔,法国历史学家及作家,著有《资本主义与物质生活》。法国年鉴派是20世纪西方新史学流派中影响最大的一派,形成于20世纪40年代中期。布罗代尔和年鉴派倡导"自下往上"研究历史,即通过日常生活的细节研究文化结构。这类研究的一个典型例子是Ruth Schwartz Cowan 的著作《母亲要干的活更多:从平炉到微波炉的家庭科技的反讽》(*More Work for Mother: The Ironies of Household Technology from the Open Hearth to the Microwave*, 1985),研究技术的发展对家庭的影响。在1987年出版的《美国的物质生活:1600—1860》(*Material Life in America, 1600 – 1860*)中,很多学者也运用年鉴派布罗代尔的理论分析了物质生活,将物质生活置于经济和政治结构的最底端,寻求将知识历史和物质历史并置于同等重要的地位。

② 长期主持温特图尔博物馆工作的 E. McClung Fleming 在1974年的一篇论文中提出著名的 Fleming 模式,即蒙哥马利鉴赏原则,"从物品中提取文化意义"(7)。

③ 会议邀请了11名来自不同研究领域的物质文化专家,重点讨论"物质文化研究和美国生活研究之间的关系",具体议题是"人造物品的研究是如何影响改变了人们对美国历史的理解"(Martin and Garrison 1 – 2)。

学科的重视是在 20 世纪八九十年代。在这时期，物质文化研究不断升温，不但吸引了一批具有不同学科背景的学者专门从事物质文化研究，还成立了专门的物质文化研究中心，数次召开了以物质文化研究为题的研讨会，这有力地推动了物质文化研究的进程，使之日趋成熟为一个独立的学科。来自不同学科的学者试图打破学科壁垒，探讨在各自专业领域开展物品研究的理论和方法。① 1993 年的温特图尔会议被认为是"物质文化研究成熟"的标志，因为物质文化研究不再像从前那样局限于某一具体物体的描述性研究，而是将物品作为各自研究领域的入口，关注"物品被制作和使用的相关语境和文化"（Martin and Garrison, 12）。

从 20 世纪八九十年代的研究成果来看，物质文化研究开始慢慢走出博物馆学者和考古学家的专属领域，成为越来越多其他学科的学者的研究对象，物质文化研究的方法不再简单局限于对某一物品的考古，而是可以和社会学、心理学、文化研究的理论相结合，用来研究物品所指涉的社会意义和人物身份。从发展脉络来看，物质文化研究呈现出两股明显的走势。首先，对物的共同关注使得物质文化研究和这一时期的商品研究、日常生活研究形成交汇，逐渐生成一个指向一切物品研

---

① 在 20 世纪 80 年代中期和 90 年代早期，美国特拉华大学和加拿大纽芬兰纪念大学分别成立了物质文化研究中心，和温特图尔博物馆和史密森纳机构联合召开了数次以"物质文化研究"为题的研讨会，有力地推动了物质文化研究的进程。1986 年，由加拿大纽芬兰纪念大学和美国温特图尔博物馆合作举办了物质文化研讨会，出版了论文集《生活在物质世界：加拿大和美国的物质文化研究视角》；1986 年在英国剑桥召开了多次高级研讨会，讨论怎样将不同的理论视角应用到物质文化研究中，这些会议论文后来被收录进《阅读物质文化：结构主义、阐释学和后结构主义》，考察了列维·斯特劳斯、格尔兹、德里达、福柯等理论家对物质文化研究视野的影响；1989 年，史密森纳研究院赞助召开物质文化会议，意图在于"不同领域的学者能够以不同的方式研究各种器物，能够打破区别他们的壁垒和界限，使之相互交流，并发现各自研究的共同根基"，之后出版了论文集《物品中的历史：物质文化论文集》；温特图尔博物馆于 1993 年赞助召开了物质文化研讨会，会议的议题是"物质文化研究的跨学科视角"，重点探讨物质文化研究的理论和方法，出版论文集《美国物质文化》；1992—1995 年，史密森纳研究院又赞助召开了多次物质文化研讨会，出版了《物的研究：物质文化研究的理论和方法》。这方面的研究成果可以参阅 St. Johns, *Living in a Material World: Canadian and American Approaches to Material Culture* (Newfoundland: Institute of Social and Economic Research, 1991); Christopher Tilley, ed, *Reading Material Culture: Structuralism, Hermeneutics, and Post-Structuralism* (London: Basil Blackwell, 1990); Steven Lubar and W. David Kingery, eds, *History From Things: Essays on Material Culture* (Washington, D. C.: Smithsonian Institution Press, 1993); W. Kingery David, ed, *Learning from Things: Method and Theory of Material Culture Studies* (Smithsonian Institution Press, Conference on Material Culture, Smithsonian Institution, 1996); Ann Smart Martin and J. Ritchie Garrison.

究的、极具开放性和包容性的新的学术空间①;对文化的关注也使得物质文化研究开始汇入文化研究的主流,借助文化研究的广阔视野向身份、自我、物人关系等纵深领域拓进。② 越来越多的其他学科的研究者自觉参与到物质文化研究中,将物质文化理论话语和自身的学科领域相结合,不但使物质文化研究领域的学术话语更加宽泛包容,同时也拓宽了自身学科的研究视野和路径。由于物质文化最早是人类学、历史学、艺术史共同关注的话题,所以物质文化研究一开始就有着明显的跨学科性和开放性,为后来广泛吸收不同学科的理论话语和研究方法提供了可能。但是,正是由于多学科的参与和边界的模糊性,物质文化研究在这一时期还没有被很多学者认为是具有自身理论话语和研究方法的独立研究领域。

2000年以来,物质文化研究越来越以独立的研究领域出现,成为文化研究的一个重要支流,和消费、身体、空间等文化研究的其他支流一起呈齐头并进之势。来自不同学科领域的研究者转而从哲学层面思考物质文化中的一些核心概念,试图在后现代语境中建构物质文化研究领域的理论架构,"物性""物人关系""物的社会工作""物的社会生命"等成为物质文化的研究重点。③ 各种物质文化研究导读性著作详细梳理了物质文化研究的理论和研究方法,廓清了物质文化研究和其

---

① 据笔者收集到的资料,此类研究成果有:Arjun Appadurai, ed, *The Social Life of Things: Commodities in Cultural Perspective* (Cambridge: Cambridge University Press, 1986); James G. Carrier, *Gifts and Commodities: Exchange and Western Capitalism Since 1700* (London: Routledge, 1995); Christopher Tilley, *Metaphor and Material Culture* (London: Blackwell Publishers Inc., 1999); Daniel Miller, *Material Culture and Mass Consumption* (London: Blackwell Publishing Limited, 1987); Daniel Miller, eds, *Material Cultures: Why Some Things Matter* (London: UCL Press, 1998).

② 这方面的研究成果有:William Pietz, "The Problem of the Fetish, I", *Res*, IV, (Spring 1985); Russell W. Belk, "Possession and the Extended Self", *Journal of Consumer Research*, 15, September 1988, 139 – 168; Susan M. Pearce, ed, *Experiencing Material Culture in the Western World* (London: Leicester University Press, 1997).

③ 2001年《批评探索》秋季专刊推出了《论物》("On Things")的专辑,涉及了"物与物性""物恋""物的社会生命"等物质文化多个重要概念的讨论。比尔·布朗(Bill Brown)在《物论》("Thing Theory")中从后现代哲学对主体的解构出发,试图从主客体的二元对立关系中重新认识"物"的意义和地位,为物质文化研究的关键词"物"建立理论谱系。此外,Judy Attfield, Paul M. Graves-Brown, Fred R. Myers, Victor Buchli, Sherry Turkle, Nicole Boivin, Lorraine J. Daston 等对于"物性""物人关系"等做了深入阐述。伦敦大学学院物质文化研究中心的丹尼尔·米勒研究视角触及商品、汽车、服饰、手机、家用物品等各类琐碎物品,是物质文化研究领域最为重要的学者之一。

他理论话语的关联和界限。① 不过,在"快乐的跨学科"(Happy Interdisciplinarity)盛行的文化语境下(Inglis,159),各种学科理论话语交叉重叠,任何一个学科的传统疆界都开始变得模糊,而任何一个新的学术话语又想要形成具有自身特色的疆界,这似乎是当前理论界的一个悖论。将物质文化研究的理论方法和自身的学科领域相结合是这一时期物质文化研究的一个新动向。来自文学研究领域的学者将物质文化的理论话语和研究方法应用到文学批评实践中,使物质文化批评成为西方当代文学批评中的新视角,文学批评中"对物质文化、客体性和物性的兴趣已经渗透到文学和文化史的各个经典时期"(Mitchell 530)。如今,物质文化研究已经成为一个独具特色但极富包容性的研究领域,和文化研究领域的其他理论话语交相辉映、互为补充,成为文化研究领域的新热点。

究竟什么是物质文化?阿瑟·埃萨·伯格在《物的意义:物质文化导论》(*What Objects Mean: An Introduction to Material Culture*, 2009)中指出,"必须承认,物质文化是一种文化,但是这个术语有数百种定义"(Berger,16)。的确,几乎每个物质文化研究者都试图给物质文化下定义,但是他们的定义也和各自的研究背景相关。从事历史考古研究的勒兰德·费格森(Leland Ferguson)将物质文化定义为"人类留下的所有物品","物质文化不仅是人类行为的反映,也是人类行为的一部分"(6);人类学家詹姆士·迪兹认为物质文化"不是文化本身,而是指文化的产物"(24)。费格森和迪兹在定义中将物质文化强调为各种人造物品,这在托马斯·施莱勒斯(Thomas Schlereth)看来有些局限。在《美国物质文化研究》(*Material Culture Studies in America*)的前言中,施莱勒斯认为,物质文化不仅应该包括"所有人们从物质世界制造出来的东西",也应该包括自然物品,如大树、岩石、化石等,因为"这些自然物品有时也体现了人类的行为模式"(2)。来自艺术历史领域的学者朱尔士·大卫·普朗(Jules David Prown)认为物质文化就是"人造器物所

---

① 伊安·伍德沃德(Ian Woodward)和阿瑟·埃萨·伯格(Arthur Asa Berger)在各自的著作中按照教科书模式归纳整理了物质文化研究的理论和方法。前者梳理了物质文化研究中的关键概念,分析了不同时期理论家们关于物和人人关系的论述,试图为物质文化研究建立一个知识坐标系;后者主要介绍了物质文化研究中的不同视角,如物质文化的符号学视角、物质文化的社会学视角、物质文化的精神分析视角,提取了物质文化研究中的重要议题,如"交换""风格""技术""性别""身份"等物质文化研究领域的高频词汇。

体现的文化",因此物质文化这个术语"不但包括了物品本身的研究,而且也包括物品研究的目的,即文化的研究"("Mind in Matter",2)。①施莱勒斯在普朗的研究基础上进一步明晰了物品和文化的关系以及物质文化的内涵,将物质文化研究定义为"通过物品研究一个特定社会或群体的观念体系"。施莱勒斯认为,物质文化研究的一个重要假设就是人所制造的物品,"有意识或无意识地,直接或间接地,反映了制造、委托制造、购买、使用的个体们的思想观念,从而从更大范围来说,反映了个体们所处社会的观念体现"(3)。施莱勒斯从个体和社会两个层面剖析了物质文化研究的目的,为物质文化研究明确了思路:通过人造物品来研究那些制造、代理、购买或使用这些物品的个体们的观念体系;通过人造物品来研究特定群体和社会的各种观念体系,如价值、思想态度和观念假设。

尽管费格森、迪兹、普朗、施莱勒斯等从不同层面阐释物质文化的内涵、物品研究的目的和意义,但是他们在研究中将人造物品和未经改造的自然物品视为人类思想在特定社会活动的固体存在,通过这些牢固、"不会说谎"的实存证据,研究与这些物品相关的个体和社会的观念体系,在研究方法上主要局限于物品的考古研究。

随着物质文化研究成为更多学科领域关注的对象,物质文化的定义也随之发生一些变化,不再局限于物质文化的考古意义,而是更多地强调其文化内涵。阿瑟·埃萨·伯格在《物的意义:物质文化导论》中借用亨利·普拉特·费尔查尔德(Henry Pratt Fairchild)的表述试图为物质文化下定义。费尔查尔德在《社会学和相关科学辞典》中将物质文化定义为所有"人类群体的显著成就,不但包括语言、工具制造、工业、艺术、法律、政府、道德和宗教,也包括各种体现文化成就的物品和器物,这些物品和器物赋予了文化特征以实际的效果,如建筑、工具、机器、通信方式、艺术品等"(80)。阿瑟·埃萨·伯格称赞费尔查尔德关于物质文化的定义,认为它"揭示了文化和物品之间的关系",从两个层面具体指出两者之间的关系,"物品不但象征了各种文化观念和成

---

① Jules David Prown 提倡将器物当作文化观念的固体证据,通过具体器物来研究不同文化的不同特征。他曾以茶壶为例分析了特定时期的文化和观念,论述作为符号和隐喻的茶壶如何体现了可以"被感知但却难以概念化的文化意义"("The Truth of Material Culture: History and Fiction?",11-28)。

就,而且也是各种文化观念和成就的具体体现"(17)。

在近年来出版的另一本物质文化导论性著作中,作者伍德沃德也讨论了物质文化的文化意义,但是他在定义中特别强调了物质文化研究中"物"和"物人关系"的重要性。他认为,虽然"物质文化"在传统意义上指可以携带、感知、触摸到的实存物品,是人类文化实践的组成部分,但是由于人类和物品之间有千丝万缕的联系,因此"物质文化"这个术语强调了"人类所处环境中的无生命的物如何作用于人,又是如何被人所作用,其目的在于执行社会功能、规范社会关系、赋予人类行为象征意义"(3)。伍德沃德在定义中特别列举了物质文化这一术语中的关键词"物"的不同表达。在英文中,"物质文化"中的"物"常常可以用"things"、"stuff"、"objects"、"artefacts"、"goods"、"commodities"、"actants"①等来表达。② 伍德沃德在辨析这些不同表达的微妙区别时,指出物的存在不是孤立的,"各种社会、文化、政治的力量在定义物时,总是将物置于和其他物的关系体系中"(16)。换言之,伍德沃德强调了物的语境性和文化关联性,为进一步讨论物在物人关系中的作用提供了依据。

伍德沃德认为最近的物质文化研究(MCS)的最主要的理论假设是"物和人一样,有指涉能力,或者说可以构建社会意义,或者说做社会工作"。物的作用在于"指涉意义、行使权力关系、建构自我"。物质文化研究者在研究中重点关注物人关系,尤其是"人们如何使用物品、物品能为人们做什么,物品会给人们带来什么影响"等议题。物质文化研究领域的学者们主要致力于"分析物人关系如何成为文化依存的意义,而文化又是怎样通过物人关系进行传承,物人关系如何使文化被接受和

---

① "actants"译为"行动元",指各种具有社会功能行为能力的实体或者存在,包括人与非人的物品。该术语消解了具有行为能力的人和没有生命或外在的物品之间的界限。"行为元网络理论"(Actant Network Theory)认为,物品存在于关系网络之中,由特定文化与政治话语网络催生而来,由它所在叙述和逻辑体系的位置所定义。关系网络能够赋予物品具体含义,协调之间的关系和命令它们,然后反过来又成为这些物品和人类的思想存在/运行的基石,在社会关系体系中赋予他们目标和意义。"行为元"这个术语的提出以及"行为元网络理论"旨在将人与物之间的种种藩篱统统剔除,彻底解决人与非人的种种区分。总之,物品之所以存在是因为社会、文化和政治力量在与其他物品构成的关系体系里把它们规定了其物品的属性(MacKenzie and Judy, 1999;Law, 2002)。

② 受汉语表达习惯的限制,本书在论述福克纳作品中物的书写时,主要采用了"物品书写"或"物品细节"等表述方式,并尽量在具体论述中保持一致。英文摘要中将"物品书写"译为"writing of 'things'",加引号的目的在于强调"things"指涉了各种物,如商品、人造物品等。

创造"(4—14)。

  伍德沃德对于物质文化研究的归纳提醒我们,当前物质文化这一概念的传统考古色彩已经淡化,物质文化研究已经走出了单纯人造物品考古研究的象牙塔,不再局限于通过物品来描述某一特定历史时期的文化形态,而是将研究视野投向物的社会意义以及物人关系的深度考量,如物品如何指涉社会意识形态、如何执行社会区分功能、物品如何参与建构人物身份等,这些议题呼应了当代文化研究领域的理论关注,使物质文化研究成为人类学、社会学、心理学、文化研究等多学科共同参与的,但又有独特理论视角和研究范式的新的学术空间。总之,当前的物质文化研究不再是传统意义上狭隘的物品考古研究,而是逐步演变为更为广义的文化研究,和当前文化研究领域的其他理论话语交叉重叠,相得益彰。

  当代物质文化研究对于物的内涵延伸使其在理论视角上廓清了和现代社会科学领域关于物的传统研究视角的界限。在《理解物质文化》(*Understanding Material Culture*, 2007)中,伊安·伍德沃德列举了物质文化研究的三种研究视角,即传统的马克思批评视角、结构–符号学批评视角、当代文化批评视角,并重点分析了当代文化批评视角和前两种传统理论视角的区别。首先,和传统的马克思批评视角相比,当代文化批评视角重点关注走进流通领域的商品,强调商品的"建构性和表现性"。传统的马克思批评视角将对工业社会的批判矛头指向商品,从商品生产所掩盖的资本主义意识形态入手,认为这一具有"欺骗性的"的物掩盖了资本主义经济体系中的剥削本质和给消费者带来的异化身份,因此作为资本剥削的外在铁证,商品是导致现代人审美才能丧失殆尽的罪魁祸首。[①] 伍德沃德认为,传统的马克思批评视角"主要关注到'物质主义'(materialism),在分析模式上也是'物质的'(materialist),没有关注到'物性'(materiality),因此他们对于物人关系的阐述不够充分。""物质主义"强调了商品消费的意识形态作用,"物质的"则通过物的占有关系来揭示社会不公的基础,这些理论模式都没有注意到商品的积极作用。伍德沃德认为,"物性"指的是"物和人的关系,特别是

---

  ① 弗雷德·英格利斯(Fred Inglis)在《文化》(*Culture*, 2004)中梳理了现代社会科学对技术社会和商品的批判,尤其是阿多诺、法兰克福学派关于商品对现代社会的负面影响的论述(23—32)。

人们每天和物的关系如何从内在建构了社会生活,比如技术物品或者记忆中的物品"(55)。换言之,当代文化批评视角强调了商品的积极作用,认为商品富有情感功能,是具有创造力和救赎能力的物品。

和结构-符号学批评视角相比,物质文化的当代文化批评视角尤其关注"物人关系"。但是和马克思理论在政治经济学框架中研究物品的做法不一样的是,物质文化理论的结构-符号学批评视角关注物品的象征意义,"所有物的意义都来自和其他物的符号关系"是该理论体系的基本假设。换言之,物的意义是"关系性的、语境化的",是在一个更大的意义网络里得以确立的。伍德沃德认为,结构-符号学视角的理论优势在于,不但引导我们关注日常生活的所有细节,因为这些细节"都和文化相关,组成了文化体系",而且在研究方法上启示我们,通过"分析文化的各个层面来阐释文化的深层结构"。但是,结构-符号学视角的缺陷在于,在关注物质细节的符号系统时,"忽视了人的因素和人与物之间的相互作用"(81)。

总之,和物质文化的传统马克思批评视角和结构-符号学批评视角相比,物质文化的当代文化批评视角的理论重点在于对"物的意义"(meaningfulness of objects)的强调,主要表现在两点:第一,这一理论视角对于物的文化意义给予了特殊的强调,认为物时常做一种"文化工作",这种"文化工作"和文化形态的特征有关,包括社会差异问题,确立社会身份或者体现社会地位。而物能够完成这样的"工作"的重要理论假设是"物的意义制造能力"(meaning-making capacities of objects),凭借这种能力,物可以指涉意义或者建构社会意义。第二,这一理论视角特别强调"物人关系",物具有的"物性"(materiality)赋予了物情感意义,决定了物对主体意识的建构,可以参与人物身份的建构,影响个体对自我的感觉。

伍德沃德所归纳的当代物质文化研究范式基本是文化研究的范式,这种研究范式中的物和传统物质文化研究中的物的内涵已经发生改变。在传统物质文化研究中,物品是人类思想在特定社会活动的固体存在和实存证据,因此可以通过物品的考古研究,挖掘与这些物品相关的个体和社会的观念体系。而在当代物质文化研究中,物有"意义",可以做"文化工作",具有和主体一样的"物性","有能力"建构人物的身份,具有"社会生命","有能力"对社会空间结构进行重新编码。伍德沃德在归纳物质文化的当代文化批评视角时,将物的这些"意义"

和"能力"概括为三点:一、物可以作为价值的标记(markers of value),或者说社会标记(social markers),行使区分功能,融合并区分社会群体、阶级或者部族;二、物可以作为身份的标记(markers of identity),不但表现人物的社会身份,也帮助调节自我认同与自尊的形成;三、物可以作为权力系统的集中体现(encapsulations of networks of cultural and political power),物本身成为文化政治权力的场所(sites of cultural and political power),作为"行动元"来行使或体现权力关系(4—14)。值得一提的是,当代物质文化研究范式并没有取代对物品的传统考古研究,相反,和传统物质文化研究一起丰富了物质文化研究的内涵,也拓宽了物质文化理论的学术视角和研究路径。

物质文化研究的跨学科性决定了它在文学批评领域的影响和渗透,而物质文化对商品、建筑、地理景观、装扮等的关注呼应了当代文学研究领域的消费、空间、生态、身体等批评话语,形成了交相辉映的态势,共同构建了一个交叉重叠、互为补充的理论空间。物质文化研究把理论视野转向了一切和物及客体相关的研究,使其自身具有了无限的包容性和开放性,成为文学研究领域极具潜力的新兴学术话语,而近年来文学批评界也掀起了借助物质文化批评理论重读经典的研究热潮。① 文学批评中的物质文化视角引导人们自觉地关注文学文本中物质文化层面,关注齐格弗里德·克拉考尔(Siegfried Kracauer)所说的一个时代的"不引人注目的外表层面的表达"(75)。在一些研究者的眼里,物质文化视角甚至弥补了多年来文学研究中的一个遗憾,即在从前的研究中,人们"很少像读书那样去'读'物,去理解制造、使用、丢弃物品的人和时代"(转引自 Stout, 4)。物质文化研究的理论视角和研究范式不但使文学批评开始关注文本中的物质文化层面,也为研究文本中的物品书写提供了重要思路。

---

① 近年来,很多国际研讨会都涉及和物质文化相关的议题,并出版了相关论文集,如《威拉·凯瑟与物质文化》(2005)、《华顿与物质文化》(2007)、《福克纳与物质文化》(2007)、《莎士比亚和物质文化》(2011)等;很多重要时期的作品被置于物质文化的批评视角下重新检视,出版了《文艺复兴文化中的主体和客体》(1996)、《物的意义:美国文学中的物品书写》(2003)、《早期现代英国文学和文化中的性别物质化》(2006)等多部论著;不少大学的文学课程中开设了和物质文化批评相关的课程,如英国肯特大学文学专业开设了"简·奥斯丁与物质文化""狄更斯与物质文化"等系列课程。

当代西方物质文化批评视角下的福克纳斯诺普斯三部曲研究

作为有着神奇想象力的"风景画家"和创作精确的"地志学家"（Hellström，442），福克纳在创作中有意识或无意识地将各种物质细节植入文学创作中，通过特定历史时期的琐碎物品捕捉转型期社会跳动的脉搏，书写自己对于变革南方的种种体验。斯诺普斯三部曲文本中充斥了大量的日常生活描写和物质细节，是新南方向现代南方转型过渡时期详细的书写记录，体现了以消费变革为主导、物质产品日渐丰裕为表征的南方社会转型期变革。物质文化批评理论把研究视野转向一切物及客体的研究，从学理上也更契合三部曲中的物品书写研究。

在斯诺普斯三部曲中，大量的物品书写被看似不经意地镶嵌在绵延婉转、结构繁复的长句中，呈现了多重意义结构。如果将这些物品和特定历史时期的文化相联系的话，它们不但再现了美国南方社会从新南方向现代南方过渡时期的物质文化，也成为历史的一种物质表达；如果将这些物品和特定地域空间相联系的话，它们不但呈现了城市商业文明、大众消费影响下的农村和城镇的历史性变化，甚至参与或推动了空间的深层裂变；如果将这些物品和人物塑造相联系的话，人物购买、占有、使用的物品隐含着物质产品对人们生活空间、心理空间的影响和侵入，隐含了人被物化的事实。对于物品书写的不同维度的考察无疑可以丰富对福克纳转型期变革主题的理解，帮助从不同侧面深入探讨和转型期变革书写相关的一些具体论题，如新南方向现代南方过渡时期的历史和文化如何通过物质细节印刻在三部曲中，文本中的物质细节书写又是如何建构转型期变革的历史和文化？怎样从这些物品入手透视新南方向现代南方转变过程中南方社会地域空间的变迁，评价福克纳对于历史转型期南方小镇变革的思考和再现？怎样从主要人物占有、购买、制作、丢弃的物品入手考察人物在变革社会中的身份塑形？因此，本书结合这些具体论题，将三部曲中的物质细节书写与转型期的历史文化、地域空间、人物塑造相结合，从三个相互关联的不同侧面逐渐深入地系统论证三部曲中物质书写的文化意蕴和审美内涵。在借助物质文化批评视角探讨福克纳文本中累赘纷杂的物质细节描写之前，本书先引入物质文化批评的三个重要概念,即"物质无意识""物的社会生命""物性",并依次进行梳理和定位。

在《物质无意识:美国娱乐、斯蒂芬·克兰以及游戏的经济》(The Material Unconscious: American Amusement, Stephen Crane, and the Economies of Play, 1996)中,一直关注物质文化研究的比尔·布朗(Bill Brown)从西方文艺批评理论中各种"无意识"话语入手,以此为铺垫和参照创造性地引出了"物质无意识"(the Material Unconscious)概念。在该书导言部分,布朗首先从本雅明的"视觉无意识"[①]概念出发,提出这样的设问:电影中的视觉叙事隐藏了不显眼的日常生活细节,那么文学作品中的物品呈现是否也有类似的话语机制呢?循着这样的思路,布朗先后展开了对马歇雷的"意识形态无意识"、詹明信的"政治无意识"等概念的批判。[②]在布朗看来,马歇雷、詹明信等人的无意识理论都基于这样一个假设,即文学作品及创作反映了过去和历史,而过去和历史"位于一种文学无意识中"(15)。但是,他认为历史不应该只包括马歇里、詹明信所说的关于生产模式和反映阶级冲突的叙事方式的资产阶级意识形态,还应该包括那些"轻描淡写的、'亚历史'的片段(undernarrated,'subhistorical'fragments)",即一个时代的一些不太引人注目的外表层面的物质细节(24)。这些"外表层面的物质细节"在文学文本中有着特殊的意义,可以被当作"历史文本"本身。

在《物质无意识》中,他建议批评者在分析某一文学作品时要做一些"归档整理或考古的工作"(archival/archaeological task),在文本表层的物质细节之间"建立一系列的联系,而这些联系一旦被回顾,就在文

[①] 本雅明在分析电影艺术特征时指出,电影通过展现日常生活中"视觉无意识"(optical unconscious)图像,即日常生活中不太显眼的图像细节,丰富视觉世界,"通过独具的'机械'手段创造出富于意义与生命情怀的'非机械'一面"(260—285)。

[②] 法国批评家皮埃尔·马歇雷在《文学生产理论》中论述了文学生产中的"意识形态无意识",指出作家在文学创作时类似来料加工,而文学则可以看作是由文学类型、规范、语言、意识形态等原始材料制成的最终产品。因为文学文本中体现了意识形态,所以分析文学作品的语言结构和文本形式,尤其是不完整和前后矛盾的文本形式,可以帮助挖掘文本内含的意识形态及其局限性(Machereys, 133)。詹明信在继承批判马歇雷的基础上提出了"政治无意识"的概念,将文学作品看成阶级无意识的象征式表达。他认为文学本身就是意识形态的一种形式,隐喻了某一特定社会形式的一系列矛盾,帮助人们创造了一种想象的或者形式上的方案,来解决或调和社会矛盾。因此,詹明信主张一种历史化、政治化的阅读,即考察产生文学作品的历史脉络,重构一种历史或意识形态的次文本(restructuring a prior historical or ideological subtext),揭示作品与现实矛盾、阶级冲突的关联(Jamesons, 99)。

本中会聚到了一起",这种会聚能够"生动说明日常生活中有意义的结构和物质改变"(4—5)。他借用"指涉过量"(referential excess)、"剩余物质性"(surplus materiality)等表述来概括"物质无意识"所指涉的物质细节的特点,将它们比作"生命短暂却获得历史性的浮游生物"(5),潜伏在文本中,"一定意义上不被识别,但可以使文本保留现象残余"(3—4)。这些物质细节在文学文本中"本意并不是要表现主题或情节",但是能够揭示出它们所处空间和时间的文化逻辑(Watson, 2007: 15)。而且,由于作家总是处于某一特定历史时期,在作品中出现的日常生活意象必然是和自己生活的环境和时代相关,所以对布朗而言"物质无意识"的内容会特别局限于特定时期的历史和经济的产物。在研究斯蒂芬·克兰作品中的"物质无意识"时,他论述了特定历史时期的物质产品,如柯达相机、玩具烤炉、滑坡铁轨、怪物展览等,如何在文本中留下印记,如何想象并建构了美国19世纪90年代的文化历史。

"物质无意识"研究要求会聚那些在文本中前后不一致、看似显得"过度"或"多余"的物质细节,通过物质体系或者物品之间的关系来理解或建构物品所对应的历史和文化,通过物品会聚的象征体系揭示小说的主题表达。"物质无意识"概念的内在要求使文学文本的物质细节研究从研究方法上根本区别于传统文学批评中物品意象研究,是本书考察南方转型期的历史文化变革的重要关键词。

除了研究文本中的物品书写如何指涉或建构特定历史时期的历史文化,物质文化批评者还特别关注特定社会空间内的物品如何参与社会空间意义的建构。在物质文化研究者看来,物品可以完成社会工作,具有"社会生命",不但可以指涉社会意识形态、还可以赋予社会空间意义,从而达到社会空间生产的目的。

费尔南·布罗代尔、米歇尔·福柯(Michel Foucault)、皮埃尔·布尔迪厄(Pierre Bourdieu)等理论家在各自的研究中都将物品和潜藏的意识形态相联系,将研究视野转向微不足道的琐碎物品,并且强调这些物品所指涉的社会意义。布罗代尔在《关于物质文明和资本的思考》(*Afterthoughts on Material Civilization and Capitalism*, 1977)中显示了对日常生活中一些微不足道的细节的关注,"社会不同阶层的人们吃饭、穿衣、居住永远不是一个毫不相关的问题"(29)。因此,他在具体研究中涉及人们生活的衣食住行各个方面,包括小麦、稻米、玉米、烟草、时尚、饮料等各种物品,通过这些日常琐碎物品来研究物质文明结构。受布罗代尔和年鉴派"从下至上看历史"的研究方法的影响，物质文化研究对物品的关注更为系统，不放过一个微小的物质细节，尤其关注那些看似不重要的"琐碎物品"，试图从这些被人忽视的物品中挖掘出能揭示文化信息的蛛丝马迹。福柯则认为，服饰和举止的"微小细节"可以揭示出一整个"权力微观物理学"（139）。布尔迪厄在《实践理论大纲》中也有类似观点："服饰、穿着、身体和举止的所有细节是最为明显的，也是最不容易发觉的（因为太习以为常）表现形式，体现了背后的秩序"（94）。

虽然布罗代尔、福柯、布尔迪厄等理论家在研究中并没有直接提出"物品的社会生命"这一概念，但是他们在研究中都将具体物品和社会意识形态相联系，主张从这些具体物品入手研究物品"背后的秩序"。而且，他们在研究中都一致提出对于微小物品、琐碎物品的关注，这些研究给予了物质文化批评者重要启示：文学批评者应该挖掘文本中各种物品书写所表现的意识形态意义，研究文学文本中物品如何指涉社会意识形态、如何执行社会区分功能，从而研究文本中关于特定历史时期特定地理空间的社会权力关系的艺术再现。

物质文化批评者在研究中继承了布罗代尔、福柯、布尔迪厄等理论家的思想，即关注物品的意识形态意义和社会意义建构，并且提出"物品具有社会生命"这一重要研究假设，强调物品在不同语境中的意义建构过程。在《物的社会生命》（*The Social Life of Things*，1986）中，阿帕杜伊（Arjun Appadurai）沿袭了西美尔的研究传统，将研究重点转向商品的交换价值，关注商品走出生产领域后进入流通和消费领域的价值。他在导论中明确提出"物品具有社会生命"这一概念，认为商品在不同阶段的动态过程以及产生的社会意义表明商品具有"社会生命"（3）。而物质文化的另一个重要研究者克比托夫（Igor Kopytoff）也从不同角度关注了"物的社会生命"，他在《物的传记》（"The Cultural Biography of Things"，1986）中通过商品研究了物品的"前世今生"，进而得出这样的结论，即在不同过程中物品的地位"经历了在归类和相关意义上的转变"，这种意义的变化正是"物的社会生命"的表现（66—67）。

阿帕杜伊和克比托夫在强调"物的社会生命"时，重点指出了物品在不同语境中的意义。阿帕杜伊在研究商品时研究了商品在流通过程中不同阶段的意义变化，包括购买过程中的商品、作为礼物的商品等；而克比托夫则研究了商品的商品化-去商品化-重新商品化的过程，在研究方法上都提倡一种关于物的"过程"观。这种重视物品的意义变化过程的研究被弗雷德·R.迈尔厄斯（Fred R. Myers）认为是"物质文化研究的一个大的革新"（3）。他在《物的王国》（*The Empire of Things: Regimes of Value and Material Culture*, 2001）的导论中指出，物质文化研究的一个重要观点在于，"物品在文化上不是固定的，总是处于存在和形成的过程中"。在具体研究中要考虑物品的"动态形式，而不只是关于他们定义的某一个静止的时刻"（9—15）。迈尔厄斯认为"移动、不稳定、动态"是物品的社会生命的非常明显的过程，物质文化研究关注物品动态发展过程的谱系研究，注重物品运动的"轨迹"（trajectory），关注物品在不同语境中意义的改变，以及物品在不同语境中的"重新语境化"（recontextualization）。总之，阿帕杜伊、克比托夫、迈尔厄斯在各自研究中都强调关注物品运动的"轨迹"和"重新语境化"，这种从物品动态过程入手为研究"物的社会生命"、考察文本中的物品如何建构社会意义提供了重要参考。

虽然阿帕杜伊和克比托夫在研究物的"社会生命"时将重点放在商品上，分析商品在不同阶段的不同意义，关注商品在流通过程的"重新语境化"，但是物品具有"社会生命"的研究已经溢出商品的研究范围，扩大到几乎所有其他物品的研究。"物品的社会生命"还体现在物品可以执行社会阶层的划分，对特定社会空间进行编码。布尔迪厄在《区隔》（*Distinction*, 1984）中继承了康德的理论，将物品作为审美和文化价值的标记，并且将通过对物品占有和使用的方式来分析不同阶层的审美选择，如对艺术的欣赏、穿着的方式和对食品的偏好等，研究物品怎样成为标记社会地位的符号，从不同阶层的品位差异入手揭示阶级分层和阶级冲突。布尔迪厄将研究重点放在物品的区分功能上，通过物品这种特殊的社会生命论述如何对社会进行编码，从深层次上论述了物品如何凭借社会生命进行社会空间生产。受布尔迪厄启发，玛丽·道格拉斯（Mary Douglas）、保罗·福塞尔（Paul Fussell）等后来的研究者也从不同层面论述物品执行区分功能、如何成为审美和文化价值的区隔标志的"社会生命"。

尽管物质文化研究者从不同侧面研究物品如何参与建构社会意义，从不同物品入手强调物品有着怎样的"物的社会生命"，但是这些研究总体来看有两个趋势：一是受后结构社会理论的影响，包括福柯微观物理学等影响，对于"物品社会生命"的研究将重点放在物品如何通过权力的行使和实施建构社会空间、如何规训社会空间,福柯关于断头台和圆形监狱的研究成为物品社会生命的研究的最好示范;二是和当代商品消费话语相结合,通过消费过程中的物质基础来研究"物品在不同社会语境中运动时所建构的文化意义",比如商品从生产到交换、分配、消费、作为礼物赠送等各个环节的轨迹。此外,消费的物品如何成为表达社会地位的符号,而现代消费社会中又是如何越来越体现出社会区分的"物质化倾向",这也是物品社会生命研究的重要方面。

"物品具有社会生命"已经成为物质文化研究领域的另一个重要概念,也成为物质文化理论的重要研究假设。归纳来看,虽然物质文化批评在研究物的"社会生命"时受不同理论研究重点的影响体现出不同模式的侧重,但是重点都是关注物品在特定社会空间的意义建构,包括物品如何指涉意识形态、如何在社会空间行使权力、如何行使社会区分功能、如何进行社会编码等。

除了"物质无意识""物的社会生命"等研究假设,"物性"是物质文化研究的又一个重要概念。在当代文学批评领域,究竟物如何影响并建构人物的身份,如何通过人物制造、使用、购买、丢弃的物品研究具体人物形象?"物性"这一概念为文学文本中物人关系的研究提供了新的思路。大多数将物质文化和文学研究结合起来的学者都达成这样的共识,即文学作品中的物品呈现是发现人物身份和文化建构的重要入口,正如詹明信·弗里德雷克所言,"外部物品比我们能觉察到的贫苦生活更能深刻地提醒我们对自己的认识"(转引自 Stout, 1)。詹明信所说的认识指的是在物的语境中获得的自我身份以及对自我的表述。对此,帕特里夏·耶格尔(Patricia Yaeger)用"内心"投射(introjection)归纳詹明信所说的过程,即将物作为"发现我们自身内驱力和欲望的象形乱团"的一个途径("White Dirt", 139)。我们的周围遍布我们所处时代的物,我们生活在其中,所以詹尼斯·P. 斯托特(Janis P. Stout)认为物质文化研究的重要性在于,"具体的物既是人的身份、人类历史、文化的组成部分,同时还可以帮助我们发现人的身份、人类历史、文化的踪迹"(2—3)。

丹尼尔·米勒(Daniel Miller)在《物质文化:为何物有意义》(*Material Cultures: Why Some Things Matter*, 1998)中强调了物的"物性"(materiality),将"物性"视为理解"物人关系"的关键,凸显了物质文化中物人关系的重要性。米勒在该书的导论中甚至将"物性"的提出作为划分物质文化研究两个阶段的主要依据,他通过两个疑问句形象地说明了传统物质文化研究向当前物质文化研究的转变。他认为,第一阶段的传统物质文化研究关注的是"为何物很重要"(Why are some things important?),而第二个阶段,物质文化研究关注的是"为何物有意义"(Why do things matter?),即在承认物的重要性的基础上将视野引向"物性"的研究,正是由于物中的"物性"才使得物具有"意义"(3)。虽然米勒将"物性"视为当前的物质文化研究和传统的物质文化研究的根本区别,但是他没有过多从哲学层面阐释"物性"的话语内涵。

在《物论》("Thing Theory",2001)中,比尔·布朗将"物"置于后现代话语语境中,阐述了"物性"的意义。布朗认为"物性"是一种类似主体结构的东西,和主体相对应,二者地位平等,同等重要。布朗消解了有生命的人和无生命的物之间的对立区分,赋予了物同样的生命,赋予了物质文化批评关键词"物"新的意义和地位。一旦主体具有了"物性",和主体地位相关,那么传统的主客体模式被颠覆,取而代之的是新的主客体关系,在此基础上也建构了新的物人关系。因此,物所具有的"物性"可以帮助人们思考无生命客体如何构造人类主体的新思想,客体如何感动主体或威胁主体,客体如何促进和威胁与其他主体的关系等(孟悦,77—92)。

布朗关于物性的论述是对后现代哲学领域中对客体的地位和主客体关系的相关论述的继承和发展。后现代哲学从对主体的解构出发,批判了由笛卡尔、康德等人所建构的主客体二元论,并根据后现代社会发展的特点去建构新的"主体性",重新思考客体和主体的关系。海德格尔(Martin Heidegger)、拉康(Jacques Lacan)等哲学家从不同侧面关注了"物"及"物性",但是没有进一步具体论及物对人的纠缠和心理影响。[①]本雅明对巴黎大街上的各种符号、商品、人群、垃圾、碎片等各种"物"展开批判,分析这些能够引起人们的某种美好的幻觉和神秘的联想的"物"的本质,但他也没有在物人关系上有关键性的阐述,只是像

[①] 海德格尔在其早期的存在哲学和后期技术哲学的思想中谈到了物与人的关系。在《物》("The Thing",1950)中,他认为"物的空间里有物体的物性,其中聚集了大地和天空、神圣和不朽"(174—182)。拉康认为,不是花瓶的外在优美形式,而是在花瓶里面的空间(void)里,他发现了物,这种物决定了"真实的实质是空"(name the emptiness at the center of the real)(139)。

弥赛亚一样预言技术膨胀会给人类造成怎样的恶果。

布朗对于物性的阐述和后现代理论家让·鲍德里亚（Jean Baudrillard）、布鲁诺·拉图尔（Bruno Latour）、加斯东·巴什拉（G. Bacheland）更为相似。鲍德里亚在物的地位以及物人关系上迈出了关键的一步。他继承了法兰克福学派及其导师列斐伏尔（Lefebvre）的日常生活理论研究的批判传统，以物为分析起点，不断论证客体是如何逃脱主体的控制，主客体之间的角色如何发生逆转和置换。他借助符码理论推导出物是具有自身意义体系的主体，可以自我言说、自我生产、自我消费。在物人关系这个问题上，他彻底消解了人的主体地位。他还引入了"符号消费"这一概念，论证了物的意义体系是如何对人的实践、感知、意识进行配置和整合。鲍德里亚使我们意识到应该纠正客体长期受到忽视的状态，人所具有的主体性不过是一种意识形态的产物，是产生于物体系中的一种幻觉。① 拉图尔则指出无生命的客体与人类主体之间本体论意义上的区分说到底只不过是人为的区分，是现代性的一种努力，是一种文化的区分，而这样的区分原本并不存在（10—11）。巴什拉在《空间诗学》（*la poetique de l'espace*）精密地论述了物与人形成的亲密的纠缠，从空间入手传达了对"物"和物人关系的理解。在他看来，空间并非填充物的容器，而是人类意识的居所，家是人在世界的角落，"把人的思想、回忆和梦融合在一起"（5）。

由此可见，在物质文化研究理论中，物的"物性"为理解物人关系提供了重要的研究基础，"物性"决定了物对人的占有以及物对主体意识的建构等一系列物人关系。布朗以及后现代语境中对于"物性"的阐述回答了物质文化研究中的一个重要理论假设，即"物品为何能够影响人的心理"。物的"物性"使无生命的商品可以对主体施加魔力，成功激起主体的欲望，使主体产生"物恋"。对物的占有常常帮助主体获得稳定的身份，"财产成为自我感觉的一个重要组成部分"（贝尔克，转引自孟悦，112）。因此，从文本中的物品入手，借助"物性"这一概念不但可以用来考查人物的心理身份，还可以用来思考人物的社会身份建构，如性别和种族身份。总之，"物性"概念可以帮助我们借助物品书写理解主要人物的心理结构和文化身份，为研究文学文本中的物人关系提

---

① 鲍德里亚的相关论述可以参见《消费社会》（2000）、《物体系》（2001）、《生产之镜》（2005）、《符号政治经济学批判》（2009）等著作。

供了重要视角。

"物质无意识""物的社会生命""物性"等概念是本书考察福克纳斯诺普斯三部曲中物品书写的关键词。这三个重要概念的提出不但从不同层面实现了文本中物品书写的文化研究，也使其从根本上区别于文学作品中和物品相关的传统意象批评。本书将从转型期南方文化的再现与重构、转型期南方地域空间变革、转型期南方人物身份的动态塑形三个相互关联的不同侧面深入论证三部曲中物品书写的多重意义结构，透视处于转型期历史语境的三部曲创作同所处时代社会、政治、文化和文学传统之间的复杂关系。具体如下：

第一章主要分析三部曲中"物质无意识"书写，思考福克纳如何通过对南方文化的想象性再现回应20世纪上半叶美国社会关于经济发展与环境保护、技术文明和田园传统、消费和节制、工业文明和传统农耕文明、统一的国民身份和地区身份等种种颇具悖论性的议题。本章节拟重点从木头经济、汽车消费、足球体育等相关的"物质无意识"书写入手，尤其是这些"物质无意识"书写在文本表层的特定呈现机制，深入挖掘这些在文本中留下印记的物品如何想象和建构了美国20世纪上半叶的文化历史，又是如何体现福克纳对于20世纪上半叶和经济发展、进步和民主、大众消费、统一国民身份等主流意识形态宣传的质疑，从而更好地透视福克纳在三部曲中所体现的对于南方变革接受和排斥兼具的矛盾态度。

第二章将研究视角转向三部曲中呈现的老法国人湾和杰斐逊镇的小镇书写，透视福克纳如何借助"福克纳式小镇"的空间隐喻传达对于南方历史转型期以消费为主导的变革的批判与审思。在具体研究中，引入物质文化批评视角的"物的社会生命"的概念，从三部曲中和建筑、商品、礼物相关的书写由表及里、逐步深入地观照"福克纳式小镇"的流变，通过考察建筑、商品、礼物等在文本中的意义改变、兴衰沉浮、空间位移等动态的"运动轨迹"，深入挖掘与这些物品所对应的老法国人湾和杰斐逊镇在20世纪上半叶工商业文明影响下的消费变革和文化政治变迁。

第三章将研究触角指向新南方向现代南方转型的历史语境中最为核心的一个问题，即南方历史变革洪流的裹挟下个体命运的沉浮和身份建构。本章节将引入物质文化批评中的"物性"理论来研究三部曲中的三个主要悲剧人物形象弗莱姆、尤拉、明克，从这三个人物占有、使用或相关的具体物品入手透视福克纳如何通过人物的动态身份塑形揭示工商业文明主导的现代变革和个体命运的交织。对于现代工商业文明的冲击，弗莱姆、尤拉、明克虽然结局相似，但他们对于这场变革或主动适应、或被动地接受、或强烈地抵抗，不但展示了消费主导的社会变革和人物命运沉浮之间的内在耦合和因果关联，也从不同侧面诠释了南方历史转型期的时代气质和文化精神。

南方 20 世纪上半叶的消费变革不但深刻塑造了南方社会空间，也形成了南方社会 20 世纪上半叶以物品为表征的独特文化语境。在新南方向现代南方转变的系列作品中，福克纳摹写了这一时期大量的物质细节，构建了南方特定时期的乡村和城镇典型，并且刻画了处于特定社会政治空间中南方居民的日常生活和情感纠葛。他在文本中出现的这一时期的各种物品书写呈现了特定历史时期的文化结构，传达了亲历时代变革的作家对转型期南方社会文化的理性审视以及人类生存体验的普世关怀，也使其后期创作散发出和前期作品不一样的审美旨趣。

第一章 "物质无意识"与转型期美国南方文化的矛盾重构

在获得诺贝尔奖之后，福克纳越来越多地在公共场合表达自己对美国文化变革的态度。他在1955年发表的随笔《论隐私权（美国梦：它出了什么问题？）》["On Privacy (The American Dream: What Happened to It?)"]中抱怨了一个评论家没有得到他的允许就发表了和他本人私生活相关的文章，侵犯了他的隐私。但他没有过分责备这个作家，而是谴责了评论家所供职的杂志社，进而批评了美国当时的文化：

> 曾经让自由任意翱翔的美国天空，曾经让解放通畅呼吸的美国空气，如今已成为一股紧紧推挤以消灭自由与解放的巨大压力，通过消灭人的隐私权的最后痕迹（没有隐私权人也不成为其人了），进而消灭人的个性……倘若有个极具个人主义思想的人在换衬衣或者沐浴时想要个人隐私，会被一个整齐划一的美国声音咒骂，说他颠覆美国式生活（American Way of Life）与亵渎美国旗帜。（73）

在这篇随笔中，福克纳两次使用了一个术语，即"美国式生活"（American Way of Life），来指涉当时美国主流文化"整齐划一"的声音。米特福德·M. 马修斯（Mitford M. Mathews）在《美国主义辞典》（*A Dictionary of Americanisms on Historical Principles*, 1951）中考证了这个术语，认为"美国式生活"这个术语最早使用于1885年，到了20世纪30年代开始逐渐流行，而且"美国式生活"和"美国梦"内在相通，都很好地概括了美国文化的内涵（1:26）。

福克纳所批评的"美国式生活"这个术语正是对当时各种国家层面

的主流意识形态和宏大叙述的概括。苏斯曼(Susman)在《作为历史的文化:20世纪美国社会变革》(*Culture as History: The Transformation of American Society in the Twentieth Century*, 1984)中指出了"美国式生活"这个概念在20世纪上半叶的演变。具体来说,20世纪的前20年,工业文明和技术进步是"美国式生活"的代名词,进步、繁荣、消费、娱乐、丰裕的物质生活成为这个概念的主要内涵。到了30年代大萧条时期,"美国式生活"这个概念的内涵发生改变,"民主"成为定义"美国式生活"的关键词。"经济大萧条导致了中产阶级对于文化同质性的一种焦虑,不再像进步主义时期那样仅仅把'美国式生活'和工业主义联系起来,与此同时,民主上升为这一时期的核心概念。"(Susman, 302)

尽管主流意识形态以各种方式在社会各个层面加以强化,但是仍然遭遇到来自社会各界的质疑。很多作家,包括德莱赛、刘易斯、克莱恩等,虽然他们的创作视角各不相同,但都将社会的各种变革元素编织进自己的文学想象中,以其独特的方式指向社会文化的深层裂变,质疑主流意识形态所生产出的宏大叙述。在福克纳生活的南方,"南方的美国化"(Americanization of Dixie)一直是内战后的主流意识形态声音,而且铁路的修建和经济的发展也为南北方一体化起到了推动作用。但是很多来自南方的学者都在担心南方在物质进步的同时会丢失南方传统文明。来自美国南方城镇的作家罗伯特·佩恩·沃伦表达了自己对变革南方的态度,在众多作品中表达了自己的"焦虑感",因为城镇再也不能回到过去,再也不能维持原样,"未来充满了噪音"(转引自帕里尼 21)。同样生活在南方的福克纳也在不同场合表现出对于主流意识形态的质疑。他在《论隐私权》中公开指出美国文化出了问题,而他所遭遇的事情就是症状之一。在他看来,美国文化的这一"病症"有着更深的历史根源:

> 问题要追溯到美国历史上的那个时刻,当时我们认为那些古老的简单的道德准则(对于它们,品味和责任总是主宰者与控制者)已经过时,可以抛弃。问题要追溯到那个时刻,当时我们拒绝承认我们的父辈对解放与自由这些字眼所下的定义,他们正是依据、依靠、忠实于这些字词而创建了这个国家与这个民族的,而我们自己呢,在今天,所保留的仅仅是字词的外在发音了。问题要追溯到那个时刻,那是我们取代了自由的位置,用许可证——采取任

何行动的许可证,它们使我们在法律褫夺的范围之内得以行动,而这些法律又是许可证的批准者与物质利益的收获者组成的议事机构所颁布的。问题还得追溯到那个时刻,当时我们取代了自由,以对索债的任何行动听任放纵,只要那行动是在"自由"一词的毫无意义的外在发音的庇护之下进行的,那就可以了。(72)

在这段颇具气势的阐述中,福克纳毫不客气地指出,美国文化的"病症"在于:一方面传统文化和道德被视为过时而丢弃;另一方面,主流意识形态正通过自由的外衣来欺骗民众,用一堆毫无意义的新的身份和空洞的口号来蛊惑人心。而"一堆毫无意义的新的身份"在福克纳看来就是"正在侵蚀传统道德的大众文化,消费资本主义和中央集权的政府"。"这些巨头组织施展影响力之时,美国民众则为消费至上主义的商品所俘获"。(Wilson,160)

面对来自主流意识形态的声音和美国社会悄无声息的文化变革,福克纳在三部曲中通过文学这一独特的艺术形式隐晦地回应了关于发展经济与环境保护、技术文明和田园传统、消费和节制、工业文明和传统农耕文明、统一的国民身份和地区身份等转型期种种颇具悖论性的议题。各种在文本中留下印记的物品成为历史文化的转喻,和木材工业、汽车消费、足球体育等相关的"物质无意识"书写不但想象和建构了美国20世纪上半叶的文化历史,也隐藏了福克纳对于他所处美国南方腹地所经历的巨大社会变革的回应和矛盾重构。

第一节 木材工业书写:"经济安全阀"的质疑

在1996年福克纳国际研讨会上,劳伦斯·布尔(Lawrence Buell)在论文《福克纳与自然世界之道》("Faulkner and the Claims of the Natural World",1999)中首先将读者的注意力引向福克纳《八月之光》的开头:

> 村里的男人不是在这家伐木厂里做工,便是为它服务。他们主要砍伐松木,已经在这儿开采了七年,再过七年就会把周围一带的松木砍伐殆尽。然后,一部分机器,大部分操作这些机器的人,

靠它们谋生的人和为他们服务的人,就会载上货车运到别的地方去。由于新机器总可以以分期付款的方式添置,有些机器便会留在原地……(2)

这段不太引人关注的描写原本只是介绍小说第一个出场的主人公莉娜哥哥的职业和工作场所,但在劳伦斯·布尔看来却隐藏着一个重要的玄机,"书写了南方腹地木材工业从砍伐到运输的简史,从19世纪80年代开始的近半个世纪的过度利用和长久消耗"(2)。布尔将密西西比的环境发展史归纳为"砍伐—运输模式"(cut-and-get-out phase),认为《八月之光》里的一些主要人物之所以在小说里出现那样的身份特征,"并不是仅仅因为他们是谁,而是因为他们处于密西西比木材工业历史的某个节点"(3)。在20世纪的90年代,当很多评论者还在关注《八月之光》中混血儿乔·克里斯默斯的种族身份时,布尔在密西西比的环境改变史中理解福克纳笔下的人物身份命运,无疑非常具有原创意义,其观点"新颖""独特",甚至"让人感到震惊"(Kartiganer, viii)。

文学作品的背景书写常常不引人注目,布尔却独具慧眼,从小说开头和伐木厂相关的细节书写中连根挖掘出密西西比一段环境改变的历史,不愧是美国生态批评的执牛耳者。不过,我们也可以借助布尔的研究顺势推导出另一个话题。除了小说开头的伐木厂书写,小说在紧接下来的第二部分的一开始就描述了杰斐逊镇的刨木厂。此外,小说中还有很多和木材工业相关的书写,如被砍伐的树干、加工木材的锯木厂、木材搭建的房屋,甚至还有堆放在道路两旁的木材和被加工的锯木屑等,莉娜一路上看到的也多是"锯好的木材和堆成垛的木板"(37)。由此可见,福克纳关于南方木材工业的书写并不只局限于《八月之光》小说的开始,而是出现其他各个角落。

这种情形在斯诺普斯三部曲中也是如此。南方腹地的森林、道路两旁的树木、被砍伐的木头、各种木头制品等在小说中随处可见。《村子》里小约翰旅馆、村民们的住房、存放粮食的马棚等都是用木板建成的。小说的很多人物都有在锯木厂干活或者自己经营锯木厂的经历,就连明克从监狱释放后在回到杰斐逊镇的途中也做了短暂的木工,任务是把木头锯成木板。如果结合"物质无意识"的概念来看,福克纳文本中的木头书写不经意地出现在文本的各个细节中,而且各不相同,有的是木头的直接呈现,如树木本身、堆放的木板等,有的是木材加工场所,如锯木厂、刨木厂等,有的是木头加工后的残渣,如锯木屑、锯木棍等,还有的是销售木材的店铺等。这些不同层面的木头书写呈现了比尔·布朗所提出的"物质无意识"的特征。

福克纳文本中和木材工业相关的"物质无意识"书写无疑揭示了密西西比和木材工业相关的物质文化。内战结束后,美国南方开始大力发展经济,除了传统的种植业和棉纺业,木材加工业、烟草业、矿藏业等也共同奏响了南方现代工业的序曲。随着南方工业快速发展带来的种植园经济的衰落,木材工业成为快速崛起的支柱产业,成为南部腹地主要的经济支柱。和木材相关的砍伐、运输、加工等应运而生,大量的锯木厂像雨后春笋一样诞生,遍布在南方的各个乡村和城镇。由此可见,木材工业以及各种和木材相关的经济生活成为20世纪上半叶美国南方人们日常生活中重要组成部分,统治了人们的集体想象,几乎成为联结南方人们地区身份的重要媒介,正如杰伊·沃特森所言,"在19世纪末的密西西比,尽管棉花统治了人们的想象,但事实上,木材和木料也是经济生活中主要的部分"(20—47)。

杰伊·沃特森在研究《八月之光》中的物质无意识时,抓住了小说中和木头相关的各个层面的书写,认为小说中"对木头和木头制品的描述不断地出现在语言和文本的意象中,常常以一种隐蔽的方式,但又显得微妙突然"(22)。锯木厂、刨削车间、刨削机、家具卡车等"物质无意识"书写"创造了一个完整统一的经济微情节,每时每刻赋予小说更加清晰的社会和政治内容"(29)。沃特森将《八月之光》中的"物质无意识"书写,如"多恩伐木场、杰弗逊刨削车间、运输家具的卡车"等意象汇聚起来,认为这三者分别代表了"关于物的全面而又复杂的现代经济的发展阶段:森林材料的运出——锯木厂将树锯成木料——将木头刨好,增加了价值——木头产品的销售和最终的消费,沿着不断发展的公路和铁路网络"(25)。

三部曲中也同样存在各种和木头书写相关的琐碎记录,但是将这些意象会聚起来看的话,它们却呈现了不一样的意义结构。三部曲中和木头书写相关的"物质无意识"更多地涉及了废旧的木头、毁坏的木头、木头的残渣等物质细节。换言之,如果说《八月之光》中的"物质无意识"书写呈现了现代经济的不同发展阶段,那么三部曲中和木材工业相关的"物质无意识"书写则呈现了木头如何被一步步破坏的物质体系。

  首先，三部曲中出现最多的是各种和木头经济有关的锯木厂书写。福克纳将锯木厂和人物刻画相联系，小说的很多人物都有在锯木厂干活或者自己经营锯木厂的经历。明克从监狱释放后在回到杰斐逊镇的途中也做了短暂的木工，任务是把木头锯成木板；锯木厂也是他在入狱38年后返回杰斐逊途中发生的一些事件的重要场所。小说中的另一个重要人物拉巴夫也多次被提到利用假期在锯木厂上班挣开学的学费。此外，小说中人物对话也常常提到在锯木厂工作的情形。比如，《村子》里的村民布克赖特在和拉特利夫边吃饭边聊天时就提到自己在奎克的锯木厂的情形："上个星期，我在锯木厂，坐在锯末堆上。他的伙夫和另一个黑鬼正在往锅炉里铲碎木头块儿，用它们烧火"（95）。小说中尤其值得关注的是一段关于锯木厂的直接书写：

  奇克索印第安人曾经拥有这一地区，不过在印第安人走了之后，这里的林木就被清理干净，使得谷场的耕种成为可能，而且在南北战争以后，这里就被人遗忘了，仅有一些四处流动的锯木厂，现在这些锯木厂也都不见了，它们的所在地只是由腐烂的锯木屑堆垛标示出来，这些木屑堆垛不仅是他们的墓碑，也是人们不经意的贪婪的见证物。（233）

  这一段描写指涉了锯木厂在密西西比森林消失过程中的破坏作用，而"墓碑""贪婪"等词无疑谴责了内战后美国南方在发展经济的同时对于环境的过度掠夺的行为。由此可见，虽然锯木厂的书写在很多作家的作品中出现，也出现在福克纳其他作品中，但是在三部曲中锯木厂却和南方的生态环境的破坏相联系，隐喻了密西西比生态环境破坏的一段历史。

  除了锯木厂，小说还多处不经意地涉及废旧的木头、毁坏的木头、木头的残渣等场景。三部曲的第一部《村子》一开始就出现了很多和废旧木头相关的书写。福克纳不但提到老法国人湾"藤蔓与柏属植物交错丛生的树林"，也刻画了成为残垣断壁的木头，有的类似"核桃木立柱、螺旋楼梯中心柱"等，50年后会成为古董，而有的则"30年来一直当成柴火烧"（1）。此外，小说中多处提到木头被加工后的废旧物品意象，如锯木堆、碎木头块儿、锯木屑等，这些木头残渣或者被用来烧火,或者被遗弃在布满灰尘的角落,指涉了工业发展带来的环境的荒芜和破坏。劳伦斯·布尔在《环境无意识》(*Writing for an Endangered World: Literature, Culture, and Environment in the U. S. and Beyond*, 2001)中用"工业残余"(industry's leavings)一词来指涉福克纳作品中各种和枯萎景观相关的意象,认为福克纳用夸张的风格传达了对人类破坏自然的丑陋行为的谴责(174)。这里不妨借用"工业残余"来折射锯木工业带来的环境破坏后的木头残余物,而这些"工业残余"最后被烧掉的意象也喻示着南方森林是怎样一步步被破坏、最后彻底消失的过程。

此外,小说还多处提到人们破坏木头的行为和被木头伤害的情形。在《村子》的第四章中有一个和木头相关的不为人注意但却非常耐人寻味的细节。村民们,包括弗莱姆,都蹲在那里,或者站在那里,手上拿着刀在不自觉地边说话边削木头。有的人物一边听别人的言论,一边嘴里咬着木枝作为消遣。村民们削木头没有什么特殊的目的,也不是要将木棍加工成什么工具,完全是出于一种习惯。而且,这些和木头破坏行为相关的习惯已经成为众人的集体无意识行为,这表明木头经济带来的南方自然环境的改变也在潜移默化地改变着人们的行为习惯。但是,小说中也提到了木头对人的报复。在《城镇》中记载了艾克·斯诺普斯在老瓦纳的锯木厂干活时被木头击中脖子,从此脖子上安置了一个固定支撑物。人物之间的对话也经常提到木头对人的破坏,在美国南方,"要想被选进办公室工作,要么抚养七到八个孩子,还要在锯木事件中少掉一条腿或胳膊"(185)。

从原木被砍伐、锯木厂加工为木头、木头产生出"工业残余""工业残余"的彻底消失、环境对人的复仇,如果将这些一系列和木头相关的"物质无意识"书写汇聚起来的话,一个隐含在文本深层的特定时代的文化轮廓就慢慢剥离出来,这个轮廓表面上和木头经济密切相关,但在更深层面上揭示了这一历史时期美国南方一个深刻的社会问题,即经济发展和生态破坏之间的矛盾。各种和砍木头、锯木头、烧木头、削木头等相关的木头书写场景在三部曲中汇聚成一个象征体系,隐喻了自内战后的100年南方经济发展过程中在森林遭到的破坏和南方生态的改变,以及环境改变所导致的人类行为和社会秩序的深刻变革。

但是,如果将斯诺普斯三部曲中的环境书写与福克纳其他作品相比较的话,就引申出一个新的问题:为什么三部曲文本没有像在《去吧,摩西》中那样去记载人们如何将三角洲的荒野地带变为木材种植园，或者描述砍伐木头的火车如何开进大森林运送原木的场景，相反却大量呈现了木材工业带来的破坏的意象？

这里需要将木材工业置于内战后至 20 世纪上半叶特定历史语境来理解。在南方工业化进程中，由于木材工业在南方经济复兴中的重要作用，加上这一时期的主流文化对于经济发展和技术进步的强调，木材工业被赋予了很多积极的意义。南方历史学家托马斯·D.克拉克（Thomas D. Clark）在《南方的绿色》（The Greening of the South, 1984）中分析了木材工业在 20 世纪初南方经济中的地位，认为木材工业扮演了"社会经济安全阀的角色"（social and economic safety valves）（34）。关于木材工业对于南方社会的具体作用，诺利·希克曼（Nollie Hickman）的归纳颇具代表性。在他看来，木材工业的兴起也催生和木材相关的砍伐、运输、加工等相关产业，形成庞大的产业链。很多原先从事棉花种植的分成制佃农（sharecroppers）和分成农民（share tenants）选择在锯木厂上班挣工资。从这个意义上来说，木材工业制造了很多就业机会，为南方社会改变落后的经济面貌立下了汗马功劳；与此同时，传统农业的现代化发展减少了劳动力的使用，造成了大量农民的失业，而木材工业不但吸收了农村的富余劳动力，也为原先靠种植业维持生计的贫穷白人提供很多就业机会，客观上消除了南方社会的不稳定因素（250—251）。

在国家宏大叙述层面，木材工业一度被美誉为"经济安全阀"，是城市的建设者和城市化进程的催化剂，而在福克纳三部曲文本中，木材工业不再是"经济安全阀"，而是导致生态破坏的始作俑者。从这个意义上来说，三部曲中和木材工业相关的"物质无意识"书写和主流文化中树立的木材工业的正面形象形成了鲜明的对比，成为理解福克纳对于这一时期和发展经济相关的宏大叙述的重要入口。各种和木头破坏有关的意象指涉了美国南方 20 世纪初工业发展和环境之间的冲突，可以看成是福克纳对主流文化关于社会"经济安全阀"的质疑书写，揭示了他对主流意识形态对于木材工业正面宣传的怀疑态度。换言之，和木材工业相关的"物质无意识"书写不但标记了三部曲环境书写的独到之处，也成为福克纳回应这一时期经济发展的主流意识形态的最好注解。

需要指出的是，虽然被主流文化宣传为社会"经济安全阀"的木材工业在三部曲文本中呈现为环境破坏的罪魁祸首,揭示了福克纳对和经济发展相关宏大叙述的质疑,但这并不意味着他激烈地反对经济变革和技术进步。这就如同在现实生活中,他不会因为保护环境的主张而放弃打猎的爱好,每年一度去密西西比三角洲打猎的狂热几乎可以不让他"闲逛"去斯德哥尔摩领受诺贝尔奖。对此,劳伦斯·布尔通过福克纳在两部作品中不同的环境叙述分析了福克纳在环境伦理方面的模棱两可的态度。他认为,福克纳"在《老人》中将自然描述为独立而又无法抗拒的力量",而在《去吧,摩西!》中又将自然描述为"注定的荒凉",因此这种不一致的描写也说明了福克纳"对于环境莫衷一是的态度,也正说明福克纳从来就没有形成一套统一的环境伦理"(Buell, *Writing for an Endangered World*, 176)。而查尔斯·S.艾肯则认为,"尽管福克纳很少怨恨或抵制各种改变,但是他对某些特别景观的改变会感到悲叹,无论是老密西西比荒野的破坏,还是他喜爱的古老建筑遭到毁坏"("Faulkner and the Passing of the Old Agrarian Culture", 15)。

对于这些争论,笔者认为福克纳在随笔《密西西比》流露出的态度更能解释他对经济发展和环境保护这对矛盾的观点。在这篇随笔中,他多处记载了工业文明对于密西西比环境的改变:"现在是 20 年代中期,在三角洲,棉花业还有伐木业都很蓬勃,但最为蓬勃的还是金钱本身";"棉籽与伐木场横扫着三角洲其余的地方,把残余的原始森林更深、更深地朝南边挤压,一直挤压到大河与丘陵的 V 字形地带"(22—23)。面对这些不可阻挡的变革,福克纳以一个中年人的口吻表明了自己的态度:

> 深深地爱着这里虽然他也无法不恨这里的某些东西,因为他现在知道你不是因为什么而爱的;你是无法不爱;不是因为那里有美好的东西,而是因为尽管有不美好的东西你也无法不爱。(43—44)

从这段充满矛盾的文字中可以看出福克纳对于密西西比变革的态度。他在质疑经济变革和技术进步对于地区环境造成破坏的同时,也清楚地认识到改变本身的不可避免。他在多种场合中表达了对变革的欢迎,但是对于工业发展对环境的破坏却持反对态度。他积极投身保护环境,曾经参与保护奥克斯福镇法院建筑的保护,但是他自己终身都没有改变他对打猎这一多少有点破坏环境的嗜好。他在1947年致信给《奥克斯福鹰报》(*Oxford Eagle*)编辑时一边盛赞该报社"主张保存法院建筑一文精彩至极",但另一方面他却悲观地觉得这种主张"注定要失败",因为再"坚强"的建筑"不如一台现金出纳机响起的铃声坚强"(《随笔》,208)。

由此可见,福克纳在三部曲中对变革的呈现比前期作品更为成熟和理性。他在早期诗集《大理石牧神》中书写了关于田园生活的浪漫想象,充满了对于自然的激情,而在《坟墓中的旗帜》中表现了技术革新,尤其是汽车和飞机对偏僻南方带来的冲击。但在三部曲中,他将文化变革和景观的破坏联系起来,呈现了特定历史时期的矛盾。对他而言,关注南方现代化带来的影响,尤其是带来的损失和失败,可能更为重要。从这个意义上来说,和美国文学中的梭罗等作家相比,福克纳可能算不上环境作家,他在作品中呈现的环境改变只是他关注南方历史转型期文化变革的一个方面,因为他的南方地方书写离不开南方环境的呈现。

第二节 汽车消费书写:"福特主义"的悖论

在随笔《密西西比》中,福克纳不但书写了给密西西比生态环境带来灾难的"棉籽与伐木场",还以一个自称是"前汽车时代的一员"的男性视角观察了"汽车时代"给南方居民生活带来的改变:从前人们去猎场时是坐"骡子拉的大车去",现在则是"坐汽车去";中了风的黑人女佣卡罗琳大妈毫不理会家里男佣下的"不让她接近汽车的死命令",和"中年人"的母亲一起坐车直奔市镇购物(42)。当这个"前汽车时代的一员"应邀坐上T型福特汽车去购买威士忌酒时,一边享受着汽车带来的便利,一边感到很紧张:"上帝啊,您很清楚,我都有四十多年没打扰过您老人家了,只要您平平安安把我送回哥伦布市,我保证下一回再也不惊动您老人家了"(36)。

福克纳随笔中的描述也将我们的关注点引向20世纪上半叶另一个重要物品——汽车。当然,和上一节的木材书写一样,汽车书写在福克纳文本中也随处可见。以三部曲为例,不但有汽车品牌、汽车景观的直接呈现,还有将汽车与人物刻画、情节发展相联系的间接叙述。在三部曲里出现的汽车型号中,既有身居要位的市长德·斯潘使用的"引导潮流"的红色的"E. M. F. 敞篷车"(E. M. F. roadster),"不用说在约克纳帕塔瓦法县,就是在北密西西比的大部分地区都很少见"(*The Town*, 77);也有普通白人开的福特汽车(Model T Ford),还有别克、卡迪拉克、帕卡德①等其他20世纪上半叶比较知名的品牌。汽车改变了杰斐逊城镇的地理景观,原先的马厩变成了车库,街道也出现了汽车道,各种加油站、修理厂等也如雨后春笋一般快速崛起。总之,汽车"逐步改变了美国的面貌,把繁荣带到了那些长期处于萧条中的地方,把不毛之地变成了一排排繁华的加油站和热狗店"(余志森,464)。汽车改变了南方居民的日常生活方式,杰斐逊镇上越来越多的人开始以汽车代替马车,作为出行的主要交通工具。就连杰斐逊车站附近的出租行业也开始不再用马车来载客,而是选择汽车这一更为便捷的交通工具。三部曲中很多场景、人物刻画都和汽车相关。瓦纳去拜访女儿尤拉时乘坐的就是儿子乔迪开的汽车,而当得知琳达要回到杰弗逊镇时,加文也是开的汽车去孟菲斯机场接她。汽车的发展也催生了新的职业,小说中的雅伯原先是铁匠,不务正业,无所事事,还被关进过监狱,但是自从有了汽车以后,他成了杰斐逊镇最好的汽车修理工,社会地位也发生了很大变化。

作为工业文明最具有代表性的技术物品,福克纳文本中的汽车书写无疑成为福克纳作品中最典型的反映时代变革的符号,揭示了20世纪上半叶"汽车时代"的到来给杰斐逊镇带来的剧烈变革。各种不同层面、不同形式、频繁出现的和汽车相关的书写也在文本中形成了庞大的物质体系,构成福克纳文本中另一有特色的"物质无意识"书写,勾勒了美国19世纪末20世纪初以电力发展为主导的工业革命的大致轮廓,成为反映20世纪上半叶和现代工业文明和技术进步相关的"物质文化的动态形式"(Sheumaker and Wajda, 53)。

在各种型号的汽车中,福特汽车在20世纪上半叶的汽车时代有着特殊的意义,是"美国流动性和独创性的象征",常常和技术进步、大众消费等概念联系在一起(Sheumaker and Wajda, 54)。在设计莫泰·T·福特(Model T Ford)这款车时,福特曾这样表达过自己的理念:

---

① 帕卡德(Packards)是产于1899年至1958年间的一种豪华汽车的品牌。

> 我要为大多数人造一辆汽车。对家庭来说,空间足够大;但对个人来说,大小也合适,而且很好维护。这辆车要雇佣最好的、最熟练的工人,按照现代工程设计能够做到的最简单设计,用最好的材料来建造。不过价格会很低,那不错薪水的人都能够买得起——与家人一起在上帝那辽阔的大地上纵情驰骋,尽享欢乐。
> (Ford and Crowther, 73)

通过技术变革提高汽车产量,降低了汽车价格使之走进寻常百姓的家庭,福特的这一设计理念后来被命名为"福特主义"(Fordism)。虽然"福特主义"最早只是指用福特名字命名的生产制造体系,但由于这一术语的提出"基于大众生产经济扩张和技术进步的模式"(Tolliday, 2),因此"福特主义"常常和现代工业文明、大众消费等概念联系在一起,受到20世纪上半叶主流意识形态的推崇。以"福特主义"为代表的相关叙述和口号在这一时期广告商、政治家、财团老总们等主流媒体的推波助澜之下,不断激起人们对于工业文明和消费社会的梦想。

20世纪上半叶以"福特主义"为代表的和汽车相关的宏大叙述也悄悄地潜入福克纳文本中,而浮现在福克纳文本表层中的各种汽车书写则成为反映这一时期美国技术进步和大众消费等变革的"历史的碎屑"。除了对特定历史时期物质文化的指涉,三部曲中各种和汽车相关的物质体系在文本中也构成了一个象征体系,其呈现机制蕴藏了作家对特定时代文化变革的探索与情感投射,尤其是对以"福特主义"为标志的工业文明和大众消费的态度。

作为20世纪上半叶最重要的技术物品和消费物品之一,汽车这一意象不可避免地在福克纳很多文本中留下印记,因此福克纳笔下的汽车意象在评论界已经受到了很多关注。格雷恩·O. 凯里(Glenn O. Carey)研究了《萨多里斯》中老贝亚德坐在孙子的车子里不幸死亡的意象,认为福克纳将文本中的汽车书写为"人所发明却无法控制的'弗兰肯斯坦式'的机器,象征了人精神上堕落"(15)。米卢姆(Milum)则捕捉到《喧哗与骚动》中凯蒂站在"一款敞篷、马力强劲、价格不菲、边条镀铬的运动汽车旁"这一意象,将凯蒂和没落贵族中的年轻一代相联系,认为福克纳将约克纳帕塔瓦法县的没落贵族和现代工业文明的象征——汽车联系,这种新旧对比烘托了没落贵族的衰败和没落(157—174)。而最新的一个研究成果是2005年萨穆埃莱·F. S. 帕尔蒂尼

(Samuele F. S. Pardini)在《历史的引擎：美国和意大利文学文化中的汽车，1908—1943》(*The Engines of History: The Automobile in American and Italian Literary Cultures*, 1908 – 1943)中对于《圣殿》开头所呈现的鸟叫和汽车马达声的分析。他认为鸟的叫声属于"自然的元素"，而汽车马达声则属于"机械的元素"，福克纳在小说的一开始就呈现了田园理想与现代工业文明的对立(85)。还有一部分评论者将汽车视为消费文化的代表，研究汽车这一意象和消费相关的寓意。比如梅里尔·霍顿(Merrill Horton)将三部曲中的汽车意象和泳衣、照相技术并列，认为这三者"预示着一种新的大众文化在杰斐逊镇的到来"(46)。特德·奥比(Ted Ownby)则将汽车这一意象和大众消费相联系，认为"20世纪上半叶关于消费商品的态度集中体现在汽车上"(95)，汽车最能体现美国消费社会的梦想，也最能体现这一时期围绕大众消费展开的思想博弈和文化激战。

从评论界对于福克纳汽车意象的研究来看，多将汽车作为工业文明的象征或作为研究消费文化的入口，不乏有洞见的研究成果。从研究目的来看，或是直接研究汽车书写在小说中的隐喻意义，或以汽车书写为入口，透视福克纳对于现代工业文明或消费文化的态度。这些研究在方法上多有相似之处，即大都选取小说中和汽车书写直接相关的最重要的个别意象来开展研究。相比较而言，比尔·布朗"物质无意识"视角对于汽车书写的关注更为全面，将研究范围扩大到所有不同层面的汽车书写，包括和汽车相关的间接书写，而且提倡将文本中各种和汽车相关的书写汇聚起来进行筛选、甄别，注重在这些本身毫无关联的意象之间建立联系。

如果将三部曲中各种和汽车相关的"物质无意识"书写汇聚起来进行比较甄别的话，汽车书写呈现出两条重要的线索，即从禁止汽车通行到允许汽车通行，从禁止汽车贷款到允许汽车贷款，而这两条线索也恰好呼应了汽车作为现代工业物品和作为消费物品在文本中的双重呈现。而且更为重要的是，从最初的"禁止"到后来的"允许"的这两条线索中，和汽车相关的"物质无意识"书写也在文本中呈现了一个象征体系，即汽车这一意象如何在文本中被呈现为"花园里的机器"，展示了从一开始被抗拒，到逐步获得景观控制权，最后通过信贷方式走进千家万户的缓慢过程，而这一过程的缓慢展示也隐喻了工业文明和大众消费如何一步步入侵杰斐逊城镇的过程。

在《花园里的机器》(The Machine in the Garden: Technology and the Pastoral Ideal in America)中,利奥·马克思(Leo Marx)指出文学文本中一个不断出现的意象,即"花园里的机器":

> 在一代人几十年的时间内,农村原本是荒地的大部分地区都在发展变化,渐渐拥有了世界上最具生产能力的工业机器。真的难以想象还有什么比这种改变所能揭示的价值矛盾或意义矛盾还要深刻。工业机器突然闯入土地的意象在文学中不断出现,表明了其对文学的深刻影响。(343)

在这段话中,利奥·马克思形象地将工业机器带来的技术变革视为是"花园里的机器",突然而又令人震惊地侵入田园风景中,认为这是19世纪美国内战后文化的一个主要张力,即田园理想和进步理想之间的差异。而且,他将机器技术带来的激烈彻底的变革和田园理想之间的辩证而又充满张力的关系归纳为19世纪以来美国文学中一个重要的主题。他以《哈克贝利·芬历险记》中竹筏和汽艇之间的矛盾,特别提出了文学作品中对这种冲突意象的再现,非常肯定地认为文学作品能够展示美国文化中的这种矛盾,特别是美国的田园牧歌意象和工业国家新形象之间的矛盾。

如果说《哈克贝利·芬历险记》中的竹筏象征了所有和田园理想相关的思想,汽艇象征着机器是怎样和田园理想产生冲突,那么在三部曲中也有相似的类比,即汽车是侵入花园的现代技术产品,而传统的马车象征了传统的田园生活。但是,和利奥·马克思笔下机器入侵花园的意象所不同的是,福克纳文本中和汽车相关的"物质无意识"书写没有简单地呈现工业机器"突然"闯入土地的意象,而是通过一连串的马车和汽车的并置意象把握住了机器入侵花园时的缓慢过程。

《城镇》中好几处出现了汽车和马车并置的场景。最早的一次是斯潘的汽车和老萨多里斯的马车碰撞的场景,尽管"萨多里斯上校和他的马夫没有受伤,马身上也没有刮痕"(The Town, 63),但是萨多里斯上校亲自出现在第二天的议员会议上,通过一项决议,禁止任何汽油驱动的交通工具在杰斐逊的街道上通行。象征现代技术文明的汽车和传统的双马车在城镇形成了明显的景观对比,开着汽车的斯潘和驾着马车的老萨多里斯也形成了对比,前者代表了城镇的新生变革力量,而后者则代表了城镇的传统守旧力量。汽车和马车的碰撞暗示了新旧力量的相遇和较量。但是,在这一细节中,不但马车没有受到任何伤害,而且还通过了禁止汽车通行的法案,由此可见,这一时期的汽车景观尚未获得控制权。随着汽车在杰斐逊的接受和普及,马车和汽车在城镇同时出现慢慢地成为常见的景观,当华尔街的妻子在得知丈夫去银行找弗莱姆时,就匆忙地向银行冲去,一路上尽是"汽车和马车"(84)。但是,福克纳在并置两种景观时,多处描写了马在看到汽车后受到惊吓的情形。比如,小说中提到叫作布法罗的人开车的时候将老萨多里斯的马车吓跑。这一有趣的意象暗示了杰斐逊城镇两种文明的力量对比发生了逆转,即汽车在景观中慢慢获得了控制权,逐渐取代马车成为杰斐逊的主要交通工具,这一微妙过程暗示着以汽车为代表的工业文明最终获得了胜利。

虽然汽车在刚刚入侵杰斐逊城镇时时常与马车所代表的田园理想和传统文明产生冲突,但是凭着一股强大的技术力量,汽车从开始的禁止到在城镇慢慢被接受,这表明汽车时代的到来不可阻挡。但是文本中和汽车相关的"物质无意识"书写的独特之处在于,这种入侵过程并不是一蹴而就的,而是经历了一个从排斥到接受的渐进过程,隐喻了美国20世纪上半叶社会转型期一段独特的现代文明经验。小说似乎在以慢镜头的方式呈现了汽车和马车并置的混杂的空间布局,缓慢展示了机器入侵花园的过程以及其中的冲突。从汽车和马车新旧并置的短时共存,再到汽车最终完全获胜,小说中这道独特的变革景观也正是转型期传统力量和现代文明相互对立与较量的最好注解。

对于"机器"入侵"花园"的变革,三部曲中汽车意象的呈现机制却折射出福克纳对于工业文明的矛盾态度。很多和汽车相关的"物质无意识"书写表明:一方面,对于抵制工业文明的做法,他不置可否,甚至略带嘲讽;而另一方面,他又不时地流露出对于田园理想的憧憬。

杰弗逊的第一辆汽车是拜亚德开来的,遭到老萨多里斯上校和其他老一代的爷爷们的强烈反对。为了表明自己的反对态度,老萨多里斯亲自坐在拜亚德车子里阻止孙子开得太快,却因车子的突然刹车而意外死亡。反对或阻止汽车人在文本中最终死亡或者失败这一意象无疑揭示了福克纳对于抵制工业文明的做法的否定。作为现代力量的代表,斯潘当上市长后,首先开始的是在汽车上的变革,不但将父亲遗留给他的马厩里的马全部卖掉,而且将马厩推倒后修建了杰斐逊镇的第一个汽车车库和汽车代理店,购买了杰斐逊镇的第一辆真正的汽车——一辆红色的 E. M. F. 红色敞篷车。汽车这一技术物品在杰斐逊的接受过程证明一点:什么也阻挡不了象征进步和变迁的汽车车轮。此外,三部曲中多处通过汽车轻松越过障碍的意象暗示了汽车不可阻挡的力量和最终的胜利。当斯潘开车在加文附近的街道转悠时,引起了葛文(Gowan)和托普(Top)的强烈好奇。为了更好地观看汽车,葛文和托普试图在路上挖一条沟给汽车制造障碍,希望汽车像马车一样陷进沟里,无法前进,这样他们就可以满足好奇心,好好地看看汽车的里里外外。没想到,和马车不一样,汽车很容易地就越过障碍,飞驰而去(37)。汽车越过障碍的意象隐喻了汽车的胜利和技术的力量。对于这种变革,杰斐逊居民感慨道:"哦,杰斐逊镇现在已经到了汽车时代了,德·斯潘用他的红色敞篷车引导了这个潮流:那个外来的交通工具,看起来活泼快乐,战无不胜,义无反顾……"(83)

由此可见,对于以老萨多里斯为代表的保守派对于汽车的抵制态度,福克纳不无嘲讽;对于城镇居民在最初接触到汽车时的排斥和好奇,福克纳书写时饶有兴趣且不乏幽默口吻。但是他对于汽车车灯和自然光意象的对比呈现也揭示出他对田园理想的憧憬。在描写汽车车灯时,文本中连续出现了如"glaring","gleaming","winking","glittering","flashing"等与"不断闪烁"相关的意象,和城市的喧嚣声一起共同构成现代性的独特隐喻,揭示了工业文明的影响:躁动不安,缺乏安全感。与之形成鲜明对比的是三部曲中自然光的宁静祥和,如太阳光、月光、黎明前的曙光等意象,这些自然光和不断闪烁的汽车车灯构成了两个对立的意象。前者是自然界的原始象征,和宁静的田园生活意象相联系,传达了一种传统乡村生活稳定而又原始的体验;后者则无疑是现代工业文明的象征,像花园里的机器一样侵入自然界,标志着现代技术物品和社会的进步和成功,但是也直接导致了人的精神缺失。正是在这种对比性的呈现中,我们可以窥见福克纳对于田园理想和工业文明之间的矛盾关系的态度和思考。

和对工业文明的矛盾态度相似,福克纳对于大众消费的态度也很矛盾,而这体现在文本中很多和汽车消费相关的书写。三部曲中,除了汽车作为技术物品在"花园里的机器"的一步步入侵,汽车也经历了从禁止信贷到允许信贷的曲折过程。以萨多里斯上校为代表的镇上的保守派出台了相关法规试图抵制汽车在城镇的流行,不但禁止汽车通行,还禁止银行贷款买车,但是德·斯潘当上市长后很快就废除了很多禁止银行贷款买车的限令,使得"原先没有银行肯贷款的那些人现在也拥有了汽车"(89)。汽车信贷使得汽车在杰斐逊镇经历了逐渐大众化、平民化的过程。最初,只有家境殷实的市长斯潘买了一辆红色敞篷车,此时的汽车在杰斐逊镇还属于只有少数人消费得起的奢侈品,但随着时间的推移,汽车开始向大众普及,在小说的最后,主要人物基本上都拥有了汽车。受汽车信贷的影响,为了鼓励消费,杰弗逊镇上的购物很多可以采用信贷的方式,人们可以以分期付款的方式够买家具、缝纫机等很多商品。

从这些和汽车相关的"物质无意识"书写来看,福克纳似乎在展示这一象征体系的最后一个环节,即汽车作为"花园里的机器"从一开始被抗拒,到最后通过信贷方式走进千家万户,喻示着工业文明、大众消费的深入人心。但是,如果将这些和汽车相关的"物质无意识"书写和三部曲中的人物刻画相联系的话,福克纳对于消费信贷的积极意义和消极意义的正反呈现则清晰地显现出他的矛盾态度。在三部曲中,汽车被福克纳刻画的斯诺普斯家族中的弗莱姆、蒙哥马利等小人所使用,汽车消费在这些反面人物身上也产生出负面的意义。弗莱姆、蒙哥马利等人唯利是图,追求物质享受,他们的汽车消费表明,消费信贷的兴起转变了城镇居民的消费观念,超前消费的享乐主义价值观渐渐地弥漫在社会空气里,挑战了祖辈们节俭为先的传统价值观。但是,汽车信贷在小说中也被很多人物积极地利用,包括斯潘、加文、拉特利夫等充满正义的人物形象,就连"最传统的人"琳达最后也买了一辆福特车,暗含了福克纳对这种现代消费方式的认可和理解。而且,汽车在杰斐逊镇大众化、平民化的过程也使得汽车披上了民主的外衣,表现了消费信贷符合社会潮流的积极作用。正如特德·奥比所归纳的,汽车的积极意义"强调了摆脱乡村的贫穷和南方传统的束缚,提供民主的形式,这种商品在外观上显示了自己的意义;消极的看法是认为放纵自我,丧失了对他人的责任感"(95)。

由此,借助布朗的"物质无意识"的概念,三部曲中和汽车相关的物质体系凸显了作为"花园里的机器"的汽车如何一步步入侵杰斐逊镇的清晰脉络,也展示了福克纳对于以"福特主义"为代表的主流媒体关于工业文明和消费社会的梦想充满矛盾的复杂情怀。无论是作为一个现代主义者,还是一个南方作家,他都没有表现出类似美国其他作家的强烈批判性,相反他以谨慎的态度衡量了这场不亚于一场革命的变化。

作为一个现代主义者,福克纳没有像 19 世纪下半叶的马克·吐温那样猛烈抨击工业文明和消费信贷导致的道德滑坡。伦德尔·卡尔德(Lendol Calder)在《融资美国梦:消费信贷文化史》(*Financing the American Dream: A Cultural History of Consumer Credit*)中指出,马克·吐温的《镀金时代》是美国文学中最早记录消费信贷的一部文学作品,而马克·吐温主要通过信贷行为抨击了美国人正在败坏的金钱道德,"讽刺了南北战争以后物欲横流的索取心态和贪婪的投机行为"(20)。伦德尔·卡尔德认为,马克·吐温的这种书写代表了 19 世纪下半叶美国人对于过去节俭时代的"感伤重构",体现了对田园时代的浪漫怀旧。但是,《城镇》《大宅》的创作和马克·吐温的《镀金时代》相隔 80 年,也就是 20 世纪 50 年代,此时信贷消费方式在美国基本上已经深入人心,成为汽车、冰箱等高档耐用消费品的主要销售方式。对此,福克纳一方面和很多现代主义者一样对于传统价值的丧失感到痛心,另一方面也清醒地认识到阻挡变革无异于螳臂当车,不如勇敢地面对。

而作为来自常常处于全国舆论风口浪尖的美国南方的作家,面对各个领域关于转型期变革的纷争,面对南方作家对于来自国家主流意识形态关于进步和消费的各种口号激烈地抵制和批判,福克纳也试图保持一种更为理智的立场。来自南方的很多学者将技术物品看成"花园里的机器",将消费物品看成"伊甸园的腐蚀物",认为正是这些导致了他们引以为荣的南方传统价值的丧失。和福克纳同时代的威廉·佩尔西(William Percy)在传记《堤岸上的提灯》(*Lanterns on the Levee*)中将工业文明和大众消费的兴起看成"人文价值不可避免的堕落、民主的空洞形式兴起的显著标记"。这个比福克纳大 12 岁的密西西比人认为,"20 世纪的美国人太关注物质上的舒适,尤其关注自己外在的东西"(转引自 Ownby,99)。而同样来自密西西比的黑人作家理查德·赖特(Richard Wright)对于工业文明和大众消费的批判更为激烈。在他著名的半自传作品《美国人的饥渴》(*American Hunger*)中描述了自己对芝加哥人追求物质享受的失望:"凡我所认识的人,他们最想要的快乐就是拥有一辆汽车";"他们一生中都在追求一些无关紧要的目标,想要获得美国生活中的一些微小的荣誉……对于广播、汽车、饰品、廉价珠宝等的狂热构成了他们的所有梦想,弥补了生活中的种种不如意"(12—13)。由此可见,无论是保守的佩尔西,还是激进的赖特,他们有一个共同的观点,即"过于沉溺于消费快乐的享受中会阻碍更高级的价值观的流行",对于美国政府鼓励消费、刺激经济的做法,在他们开来,是"用灵魂换取一种没有意义的、稍纵即逝的快乐"(Ownby,103)。

　　一边是主流意识形态的强力宣传,一边是围绕工业文明和消费物品展开的激烈争辩,福克纳似乎想要跳出这一难分胜负的激战,但又很难彻底撇清。他不像佩尔西那样对那些沉湎于过去的人物表示出同情,他对笔下的爱米莉、老萨多里斯上校也不时地流露出嘲讽;他也不像赖特那样强烈抨击技术物品和商品对南方居民心灵的腐蚀力量,相反,他还不时地书写汽车带给人们带来的便利。他在《坟墓的闯入者》中借自己喜爱的人物加文之口对汽车进行了批评:"美国人除了汽车以外什么也不爱,不爱妻子、子女,甚至连银行的账户也不爱。汽车是唯一所爱,因为汽车已经成为我们的民族性标记"(238)。而在《八月之光》中,他又借拜伦的视角表明南方普通居民想要拥有汽车的合理向往:"要能在这儿发财致富买辆新汽车,我也会辞去这份活儿的"(30)。

　　生活中的福克纳对于工业文明和消费物品展现了他的两面性。对于现代工业社会出现的很多新的物品,他的态度时而满心欢喜地接受,时而又令人匪夷所思地拒绝。对于各种流行的新的技术物品,他几乎是"比较前卫的使用者"(Alken,14)。他是为数不多的几个美国人最先学会开飞机的,并且拥有一架飞机。他用赚来的稿费、写电影剧本的钱不断地为他的新家山楸橡树(Rowan Oak)添置新的物品。当煤气刚刚被奥克斯福的家庭使用时,福克纳就安装了煤气炉。福克纳还最早购买了福特汽车公司(Ford Motor Company)制造的福特森(Fordson)拖拉机,这是当时美国南方的第一批农用拖拉机。但是奇怪的是,福克纳却不喜欢购买广播、电视、电唱机等,而且他还禁止女儿在家里使用这些电器。据说,曾经有一个奥克斯福有名的餐厅老板,在福克纳一家人走进餐厅用餐时拔去了自动唱片点唱机的插头。他自己喜欢购置房产,购买了黄色的福特车,然而另一方面他却对妻子大手笔的购物大动肝火,甚至登报撇清自己与妻子的债务关系。不过在福克纳创作后期,他似乎更为排斥汽车,越来越少地开汽车购物,而是更多地骑马。在1962年的一次访谈中,当被问及是否喜欢去城镇看电影时,福克纳幽默地回答道:

　　　　不喜欢,除非允许我骑马去看电影。我喜欢骑马,不喜欢坐公共汽车,也不喜欢开汽车。想象一下假如我可以直接骑马去电影院,问服务员:"我可以把马拴在停车场吗"?(Will you park my horse, please——)(Meriwether, *Lion in the Garden*, 283)

不管怎样,正如特德·奥比所言,"生活中的福克纳展现了他对消费文化的两面性:一方面他被消费文化所吸引,另一方面他又感到消费文化带来的麻烦"(105)。他的这种矛盾也通过三部曲文本中和汽车相关的"物质无意识"书写传递出来,一连串和汽车相关的微细节的缓慢展示如同慢慢打开的一幅南方转型期变革的画卷,而这位功力深厚的作家似乎无意于提供任何确定的答案,他只专注于抓住冲突过程本身。

第三节 足球体育书写:"文化公分母"的反讽

作为一个体育迷,福克纳在很多书信、随笔中都提过体育。1938年9月,他在从纽约写给女儿的信中提到"希望下个星期六看美式足球赛"(Blotner, 1001);而在另一封写给妻子的信里述说了自己观看足球赛的兴奋之情。福克纳对体育的兴趣也体现在他的作品中,打猎、赛马、美式足球、棒球、拳击等各种运动项目经常会出现在文本中,成为其作品的一道重要的物质文化风景线。体育有时甚至成为情节发展的重要部分,比如《掠夺者》中最后的赛马比赛帮助赢回了卢修斯从祖父那里偷开出来的汽车;他的小说还有一些对于体育本身的直接描写,比如《圣殿》借助谭波儿的视角对棒球比赛情形的描述:

> ……想着五彩缤纷的看台;那乐队、咧着大嘴的金光锃亮的大喇叭;散布在绿色棒球场上的运动员蹲伏着,嘴里发出短促的叫声,仿佛被鳄鱼在沼泽中惊扰的鸟儿,不甚明了危险的所在,一动不动地摆好姿势,用短促而又无意义的叫声和悲哀、谨慎而又凄凉的叫声来互相鼓励。(32)

在这段书写中,蹲伏的运动员被形容成"被鳄鱼在沼泽中惊扰的鸟儿",运动员的叫声被刻画为"短促而又无意义""悲哀、谨慎而又凄凉"

等,这些略带夸张和否定的语气中似乎颇具讽刺意义。斯诺普斯三部曲也不例外。体育运动在20世纪初渐渐风靡全国的同时,也向偏远的老法国人湾和杰斐逊城镇渗透,包括各种体育画报、杂志,以及和体育相关的招贴画。三部曲中的人物对话中经常会讨论美式足球的规则,对于足球的暴力行为颇感不满。

  对于福克纳笔下的体育书写,尼古拉斯·M.里纳尔迪(Nicholas M. Rinaldi)早在20世纪60年代就给予了关注。他首次列举了福克纳小说中的各种游戏或运动,既包括打扑克、掷骰子、打猎、跳子棋、象棋,也包括赛马、飞机比赛、美式足球、摔跤、格斗等,认为这些游戏形式各异,但都有一个共同的特征,即"都是斗争,表明人为了获取某种特别的荣誉与其他人或者与非人的力量斗争的情形"(108)。因此,和这些游戏相关的人物在面临人生中竞争的情形时,也会具有"游戏意识"(game-consciousness),把其他人看成可以打败或利用的对手。迈克·奥里阿德(Michael Oriard)在《威廉·福克纳的娱乐图景》("The Ludic Vision of William Faulkner",1982)中批判了这种观点,认为里纳尔迪仅仅将福克纳小说中的"游戏意识"定义为"恶的主要形式"(170)。相反,福克纳笔下的娱乐意象区别为"悲剧式的游戏"(tragical games)和"戏剧式的游戏"(comical games),认为这两者一起构成了福克纳关于"人类状况的定义"(170)。虽然里纳尔迪和奥里阿德的研究方法现在看来略显陈旧,但他们很早就敏锐地注意到福克纳文本中这道独特的景观——体育书写还是值得称道的。90年代大众文化、日常生活研究的兴起使得福克纳笔下的体育书写成为重点考察对象之一,如弗兰克·P.菲里在2006年的博士论文《体育传统、南方传统和现代美国的民族神话创造:福克纳作品研究》中研究了福克纳文本中有组织的娱乐形式,如足球、棒球、赛马、职业拳击赛等,论述了特定历史时期美国南方对于全国性体育传统的回应以及体育对于南方居民的文化身份的建构。

  弗兰克·P.菲里在研究中选取了《掠夺者》里的赛马、《村子》里的足球、《押沙龙,押沙龙!》里的拳击、《喧哗与骚动》里的棒球等体育活动,而且在具体研究中注重特定历史时期的物质文化,一些有洞见的研究结论也拓宽了本小节的研究思路。如果借助"物质无意识"的视角来研究三部曲中的体育书写,将文本中和体育相关的意象汇聚起来的话,这些零散却反复出现的微观细节指涉了20世纪上半叶南方历史转型期的文化变革。如果将这些和体育相关的"物质无意识"汇聚起来，并比较和归纳其呈现方式和机制，可以借此反观福克纳对南方转型期和体育相关的主流意识形态的回应和反拨。

在斯诺普斯三部曲中，处处都能看到20世纪体育的发展在文本中留下的印迹，除了在大学里越来越流行的美式足球联赛、在高中里可以参加的棒球队等，还有和体育相关的间接书写，如小说中多处提及建设高尔夫球场的征地计划、琳达的追求者曾经获得的和拳击赛有关的"金手套奖"等。甚至还有一些体育相关的书写出现在人物刻画中，比如，《村子》里在刻画弗莱姆时将弗莱姆的成功和美式足球相联系："弗拉姆的最后成功是建立在一系列精心计划的基础上的"；"他像一个狡猾的四分卫，穿过各种阻挡，最终接近目标"（Fury, 79）。美式足球赛、职业拳击赛、棒球、高尔夫球场以及其他很多相关描写，这些在三部曲文本中呈现了和体育娱乐相关的物品体系，构成了三部曲中另一个重要的物质无意识体系。各种体育活动在文本中以不同形式出现在文本的各个层面，折射了20世纪上半叶和体育相关的物质文化，是考察南方社会转型期文化变革的另一个重要层面。

在20世纪上半叶，体育被美国主流意识形态赋予了很多特殊的意义。美国内战虽然结束了南北分裂的状态，但是南北方从文化上来说很长时间都没有实现真正的统一，南方的政治经济模式和北方有着很大的差距；此外，有着不同文化背景的源源不断的移民也加剧了这种文化的分裂，因此寻求统一的现代民族身份成为来自各个领域的文化呼唤。在这样的文化气候之下，可以用来传播共同的价值观、传统、信念的体育被视为培养统一民族身份、增强民族凝聚力的最好途径。被誉为"美国足球之父"的沃尔特·坎普（Walter Camp）提倡把体育当作寻找同一民族身份的途径。他在1921年提名将体育比喻为"统一民族的民间宽广的高速公路"，而且赋予了体育一个重要地位，即"不同种族身份的人们的共同社会公分母"（society's common denominator for citizens of manifold ethnicities）（转引自 Fury, 4）。

而在所有体育活动中，源自欧洲、被坎普加以改革的美式足球受到了特别的青睐。迈克·曼德尔鲍姆（Michael Mandelbaum）称美式足球是"机器时代的体育活动"，在他看来，"正是在19世纪和20世纪的工业社会，美式足球才诞生的；它体现了这个世界的显著特征"（81）。美式足球强调团队精神和科学组织，其对时间的强调体现了体育的工业特征,球员角色的具体化体现了现代工业的合作内涵,因此美式足球也契合了工业时代的概念,常常被类比为现代公司。精确、策略、角色具体化等概念成为美式足球所代表的文化精神,体现了中产阶级的价值体系,正如迈克·诺瓦克(Michael Novak)所言,"美式足球体现了技巧、策略、毁灭性的失望和具有爆炸性的'得分',这些也是我们工作生活的特点"(76)。

需要指出的是,在福克纳生活的南方,大学足球在20世纪上半叶的南方非常受欢迎,其地位尤为重要,正如罗伯特·J.希格斯(Robert J. Higgs)所言,"在南方腹地,足球是统治者,而不是棉花"(99)。S. W. 波普在研究大学足球时,认为大学足球将高等教育和体育结合在一起,不但有利于促进大学足球的普及,也可以帮助培养中产阶级意识形态,帮助"中产阶级确立关于行为举止、价值观等的普通规范模式,和体制化的体育所做的一切非常相似"(86);而业余运动员将大学足球发展成为一项"表现中产阶级尊严和理性娱乐的榜样,其视角也为大众接受,转变为美国体育正统、钟爱的本质"(86)。总之,大学足球将教育、业余性、体育等组合在一起,有效地纠正了足球活动本身粗暴的负面形象,体现了一种成功美国梦的典型范式,有效地强化了这一时期和现代文明精神相关的宏大叙述。此外,大学足球被南方的很多大学广为接受,也提供了在赛场上成功的机会,可以帮助改变全国对南方不好的印象,为南方人提供了民族成功的范式。在赛场上取得成功还可以使南方人在全国范围内赢得尊重,帮助融入美国主流社会,正如S. W. 波普宣称,19世纪末新一代思想进步的南方人接纳足球,来效仿东西部资产阶级的一些文化观念,在国家体育方面获得尊重(91—92)。总之,从某种意义上来说,大学足球可以被视为现代南方的一股改革力量。

对于这一时期的主流意识形态中对于体育的很多表述,对于大学足球在南方近乎神话的吹捧,对于南方居民对于大学足球的狂热和足球英雄在南方大学上帝般的地位,福克纳显然是心存质疑的,甚至有些反感。这一点可以从三部曲文本很多对大学足球的过渡指涉中反映出来。在三部曲中,既有美式足球的直接描写,也有关于美式足球球衣、球鞋、足球标志的书写,还有和美式足球相关的一些运动术语、球员形象等,这些书写在文本中构成了一个和体育相关的象征体系,其呈现机制也体现了福克纳对于主流意识形态所赋予的体育的神话地位的质疑,揭示了福克纳对于体育作为全国"文化公分母"这一表述的反讽。

在三部曲的体育书写中,各种和足球相关的物品(如球鞋、球衣等)在小说以一种滑稽夸张的形式出现。美式足球最早在三部曲中的出现不是足球本身,而是足球鞋,呈现出"未见其人,先闻其声"的文本艺术效果。当老瓦纳为乡村学校寻找教师时,连续碰到的多双足球鞋引起了他的注意:

……走进屋子时,他看到一个极为苍老的妇人,坐在冰冷的壁炉旁边,抽着一根肮脏的陶制的小烟管,脚上穿了一双看上去很结实的男人的鞋,鞋子的外观显得有点不合矩,甚至有点儿古怪。不过,瓦尔纳并没有注意鞋子。后来他听到自己身后响起一阵刮擦撞击的声音,他转过头来,看到一个大约十岁的女孩,穿着一身破旧但却相当干净的方格花布衣裳,脚上穿的鞋子和那个老妇人的鞋子一模一样——如果说有什么不同,那就是她脚上的鞋子显得还要大一点儿。这时他才注意到了鞋子。第二天早晨,当瓦尔纳要离开时,他又看到了三双同样的鞋子。此刻,他发现这种鞋子与他所见过、甚至听说过的鞋子都不一样,主人告诉他它们是些什么鞋子。

"什么?"瓦尔纳问道,"足球鞋"?

"那是一种游戏,"拉巴夫说道,"他们在大学里玩这种游戏。"他解释说。(《村子》,137)

从这段描述可以看出,原本是男性运动员穿的球鞋在这里却出现了物的夸张的"误用",被两位年纪很大或者年纪很小的女性穿着。而且,球鞋在年纪很大的老妇人的脚下"显得有点不合矩,甚至有点儿古怪"。此外,时尚运动的足球鞋和周围的废旧物品出现对比,如"冰冷的壁炉""肮脏的陶制的小烟管"等。充满活力的足球鞋和荒凉的住房并置在一起,显示出一种非常不协调的感觉,也凸现了足球运动的荒诞。这一系列的描写为后面的足球运动铺设了滑稽反讽的基调,体现了福克纳的质疑态度。

在接下来的部分,足球鞋的呈现更为古怪夸张。拉巴夫不断地给家里寄足球鞋,"合起来一共是五双",而家里原先已经"七双"。虽然数量很多,但是足球鞋在家里的地位却很高,每个家庭成员"回到家里把鞋子脱掉,让需要到外面去的人穿"。更令人忍俊不禁的是拉巴夫老祖母对足球鞋的态度:"把从鞋盒里露出来的第一双抓过来,固定下来只能她穿,根本不让任何其他人穿那双鞋子。她坐在椅子里,摇动着腿,她仿佛很喜欢防滑鞋底儿在地板上弄出的声音"。(139)拉巴夫老祖母对足球鞋近乎霸道的占有滑稽夸张,不但体现了足球在这一时期美国南方所享受的地位以及和足球相关的物质文化,小说关于足球的书写一方面体现了大学足球在南方的流行程度,另一方面批评了大学足球的商业化,传达了福克纳对南方居民对于足球这个体育活动近乎神话的追捧的嘲讽态度。

而最直接、也最能体现福克纳嘲讽态度的是小说中对于印有足球标志的运动衫的呈现。拉巴夫在大学里打球,不但可以得到免费的足球鞋,还被免费提供了足球运动衫:

> 他们还给了在大学里的儿子一件运动衫,一件质地很好、又厚又暖和的深蓝色运动衫,正前方印有一个巨大的红色 M,曾祖母把它也拿了去,尽管运动衫对她来说太大了一点儿。她在星期天就会把运动衫穿上,一年四季,在晴朗的日子里,她坐在他身边的到教堂去的马车的座上,那赏心悦目、象征勇气和毅力的深红色,在太阳下显得光彩夺目。在阴沉的日子里,她坐在椅子里,摇晃着,嘴里吸着烟丝不燃烧的小烟管,运动衫挂在她那枯萎干瘪的胸脯和肚子上,上面的字七扭八歪,一点儿不显眼,但依然是深红色,依然是勇敢的象征。(139—140)

在这段描写中,展示体育精神的运动衫上的印字穿在祖母身上的运动衫后变得"七扭八歪,一点儿不显眼",歪曲的印字似乎将南方神圣体育神话拉下圣坛,充满了福克纳对宏大叙述的质疑。而且,无论是阴沉的天气描写,还是年迈体衰的祖母形象,都衬托出足球运动衫试图宣传的体育精神的可笑;而原本充满活力的运动衫却挂在祖母"枯萎干瘪的胸脯和肚子"上,这一极大的反差和对比更集中体现了福克纳对于足球宣传和体育精神的无情嘲讽。

除了和足球相关的物品体系书写,小说中还有和足球物质奖励相关的书写,尤其是大学足球功利化的商业行为的叙述,和主流意识形态所构建的大学足球精神相悖。为了吸引大学生的参与,大学足球的组织者做了很多前期投入,比如,提供免费的球鞋和球衣、顺利地从大学毕业等,而所有这些投入都是源于大学足球赛的丰厚利润。显然,足球队的成功不但给南方大学带来地区荣誉,还有很多对于球员本身物质上的奖励。《村子》中,拉巴夫的教练为了动员拉巴夫打球,提供了很多优厚的条件,不但可以免费上学,还可以拿到免费的衣服和球鞋。在两个州立学院之间进行的感恩节球赛结束之后,拉巴夫身穿球衣的照片被登在孟菲斯的报纸上,得到了村子里很多人的追捧和尊重,甚至当着他的面时"说话也比较谨慎"。而当他获得了密西西比谷地锦标赛的冠军之后,他轻易地获得了一个文学硕士学位和一个法学学士学位。当他后面打算准备律师考试,最后选择律师行业时,"甚至他在选择的职业领域有人已许诺给他某个位置"(156)。当拉巴夫回想大学时,所有生活归纳为"足球场里防滑鞋践踏得边界模糊的白线,骑在不知疲惫的马上的一个个夜晚,还有他身穿大衣,仅用那盏灯取暖,坐在那展开的书上面,翻看上面写满死气沉沉的冗词赘语的那些夜晚"(151)。换言之,足球是他大学生活的主要部分。拉巴夫的经历实际上呼应了大学足球的神话地位。大学足球成功的价值是难以估量的,不但会有奖杯、广告、新的汽车、杂志采访、配备可供咨询的公共办公室,还会有很多崇拜。这些颇具功利化商业回报也体现了大学足球本身具有的商业特征,和主流意识形态宣传的大学足球所体现的崇高精神相去甚远,表明了主流意识形态对于大学足球一厢情愿的美化。

　　理解福克纳对于主流意识形态的讽刺,最为关键的还是小说中球员拉巴夫这一形象。作为三部曲中的重要男性人物形象,评论界也试图将这位人物和文学作品中其他人物相联系来理解这位球员的身份特征,比如杰伊·沃特森将拉巴夫比作加文·斯蒂文斯(Gavin Stevens)的先驱,因为两者都和尤拉关系特殊;凯瑟琳·D. 霍尔莫斯(Catherine D. Holmes)则认为这个人物和欧文《睡谷传奇》中的伊卡伯德·克莱恩(Ichabod Crane)有点相似,都是"来自偏远落后地区的学校老师形象"(89)。还有一部分学者将这一人物形象和当时南方文化中的一些其他人物相联系,认为拉巴夫这个人物的刻画回应了美国小说中的一些广为人知的关于成功的故事。克里斯丁·K. 麦辛格(Christian K. Messenger)认为拉巴夫是福克纳对于美国通俗小说系列中的主人公弗兰克·梅里威尔(Frank Merriwell)①的戏访,而戏访的原因则是因为"体育在南方地区的臭名昭著的影响"(220)。弗兰克·P.菲里在研究中则将拉巴夫和亚拉巴马州具有传奇色彩的美式足球明星和教练贝·布莱恩特(Bear Bryant)②相联系,认为两者都体现了美式足球对于构塑南方地区文化身份的一种持续影响力。查尔斯·里根·威尔逊认为足球领域取得的成功在南方人眼里意义非凡,因为它"代表了一种可能性,即南方可以在一些具有美德的领域获得成功,比如足球场"。南方足球的成功标志着"现代南方经历了变革,或者至少是它自我意识中对神话形象以及在全国的名声已经发生改变,比如克服了内疚(黑人已经融入这种活动中),改变了总是失败(布莱恩特赢了比赛)、贫穷(布莱恩特一夜暴富)等形象"(Wilson, "The Death", 50)。

总之,作为球员,拉巴夫在足球上获得的成功和很多南方大学足球成功的故事传说有点类似,是大学足球的一个成功范式。而通过赢球获得各种荣誉也契合了这一时期的体育文化,即将体育运动和成功的美国梦相联系。从这个意义上来说,拉巴夫实际上成为大学足球体现的体育精神的化身。

在小说中,拉巴夫很多和足球相关的书写都和现代工业精神相关。在大学打了几年足球的拉巴夫去学校教书时,足球的规则已经成为他的一个牢固观念,他不但随身带着告诉他精确时间的钟表,而且将这种体育精神应用到工作中:

> ……他没有助手,甚至在那个单一的屋子里没有分隔部分,可他却根据能力把学生们隔离开,使之成为一种常规,他们不仅遵守这种常规,而且逐渐相信应该这么做。他并不为此感到骄傲,他甚至并不满意。不过他对情况在变化、有进展感到满意,如果不是朝着在更大限度上增加学生的知识的方向发展,至少也是朝着教会他们维护秩序、遵守纪律的方向发展。(《村子》,152)

---

① 弗兰克·梅里威尔是美国畅销书作家吉尔伯特·帕顿(Gilbert Patten, 1866–1945)笔下的著名人物形象。吉尔伯特·帕顿因创作名为《弗兰克·梅里威尔》(Frank Merriwell)的体育系列小说而知名,他在该系列小说中将主人公弗兰克·梅里威尔塑造为美国流行体育故事中力挽危澜式的人物。

② Bear Bryant(1913–1983),又名 Paul William "Bear" Bryant,是来自亚拉巴马州的著名美式足球明星,被很多人视为美国历史上最伟大的美式足球教练。

纪律、秩序正是足球赛场上强调的精神。正如体育历史学者指出的那样，大学足球展示了在公司时代的南方现代性——接受工业资本主义的团队精神和科学组织（Pope, 92）。

但是，身为足球球员的拉巴夫自己对于足球的理解非常具有反讽意味。当教练希望他加入球队时，他起先的态度是拒绝。但是当教练提出很多优厚条件时，他似乎不太相信，在他看来，足球就是玩。在老瓦纳询问他是否喜欢这项"游戏"时，福克纳刻画了拉巴夫的真实想法。拉巴夫表面上回答他喜欢，但是他心里面对于足球却不置可否。当教练让他修建足球场时，他觉得非常可笑，而且和利益挂钩：

> ……他接受了那份工作，具体的活儿是把地面弄平，建一个足球场。那时，他还不知道什么是足球场，而且他也不在乎它是什么。对他来说，那只是每天让他赚如此之多的额外的钱的机会，他不时带着一种讥嘲的阴冷心绪想着，为这种游戏准备场地，需要花费的人力和费用，远远超过平整面积相同、用来种庄稼的土地所需的人力和费用。即使如此，他也没有让手中的铁铲停下来。说实在的，花那么多时间和金钱以求有收获，人至少要在上面种取黄金才能说得通。到了九月份，他对建这种场地依然觉得好笑，而不感到好奇。（《村子》, 143—144）

这里拉巴夫将修建足球场地和农民种地相比较，可见对于拉巴夫这个足球球员来说，足球在他心目中并没有像主流意识所宣传的那样培养民族精神，而是和做生意、种地一样可以从中赚钱，而且收益更大，他"不相信任何人只是为了打球而给我所有这一切"（144）。但是等到场地建好后，他发现在场地上运动的年轻人并不是像他想象的那样在玩足球，而是在专心练习，而且还要支付给教练练习的费用，他忽然像弗莱姆和拉特利夫一样，发现了除了种田之外的其他更为有效的生财之道。虽然参加足球赛，但是足球赛体现的体育精神似乎与他无关，拉巴夫关心的只是实用价值，而足球相关的体育精神在拉巴夫这个人物身上土崩瓦解。

而且，这样一个体育运动员却有着和体育精神相冲突的外表和性格，他的外表使人和隐士相联系：

第一章 "物质无意识"与转型期美国南方文化的矛盾重构 ‖ 063

……这是个并不太单薄但确实是瘦削的男人,他长了一头直直的黑发,像马尾巴一样粗;他有着印第安人那种高高的颧骨,锐利的眼睛颜色较淡,显得从容;一个思想者式的鼻子,鼻梁很长,但鼻孔略显圆弧形,给人以傲慢自大的感觉;他有一张薄薄的嘴唇,显得神秘、残酷、野心勃勃;他长了一张雄辩家的脸,一张相信语言的力量战无不胜、如果必要还可以牺牲原则的脸。(《村子》,141)

在福克纳的笔下,和足球球员的高大、强劲恰恰相反,拉巴夫是一个缺乏男性特质的人物形象。此外,他孤立、特立独行的性格和体育运动中强调的合作精神也相悖,体现了福克纳对于所谓的足球英雄的嘲讽。

最为值得关注的是,球员拉巴夫本人在小说中和尤拉的故事有着一个失败的结局,被福克纳也刻画成一个失败的人物形象,这一点和强调成功的体育精神极不协调,和足球的内在特点也形成冲突。虽然他在球场上取得胜利,但是他在小说中因为对尤拉的"斯巴达式的追求"呈现出浓厚的失败的意味,成为一个失败叙述的象征。正如弗兰克·P.菲里认为的那样,这一点使福克纳关于拉巴夫的书写呈现了一种荒诞效果,"体现了福克纳对这种宏大叙述的抗拒、对华而不实的建构的民族体育传统的抗拒、对于足球能够将南方解救出失败的羞辱历史的空洞宣称的质疑"(90)。

由此可见,小说中大学足球和成功相关的意识形态和小说中塑造的失败的球员形象形成反讽,体现了福克纳对这一时期体育意识形态的质疑,对于体育作为"文化公分母"的叙述的讽刺。换言之,这一系列和足球相关的物质无意识书写不但呼应了这一时期和体育娱乐相关的物质文化,也揭示了福克纳对于和体育相关主流意识形态的反讽。

第二章 "物的社会生命"与转型期美国南方地域空间的变革隐喻

以奥克斯福镇为原型的小镇被福克纳书写进约克纳帕塔瓦法作品体系,他的很多作品都刻画了一个叫作杰斐逊镇的景象。在被问及奥克斯福是否是杰斐逊镇的原型时,福克纳这样回答道:

> 不全是。当然,和其他小镇相比,它要更像奥克斯福,因为我出生在那儿……但是所有这些小镇加起来的总和等于杰斐逊。作家只能牺牲一些好的素材,选择其中的一个。(Meriwether and Millgate,279)

在斯洛普斯三部曲中,福克纳将杰斐逊镇作为《城镇》《大宅》的主要场景,描写了杰斐逊镇的消费变革和城镇居民的日常生活,构塑了美国文学传统中独具一格"福克纳式小镇"(the Faulknerian Small Town)。

需要指出的是,当评论者在提到福克纳的城镇书写时,似乎主要集中于杰斐逊镇书写,而忽视了其笔下一些其他小镇的书写。在斯诺普斯三部曲的第一部《村子》中呈现了老法国人湾,在短篇小说《亚伯拉罕父》(Father Abraham)中被描述为距离"杰斐逊镇东南方二十英里的地方"(14)。虽然《村子》中有不少关于老法国人湾破败乡村庄园以及农作物的描写,但是小说有相当的篇幅描写了老法国人湾的一个乡村商业中心,集中了老法国人湾的几乎所有商业店铺,而且小说的很多重要事件都被设置在这里。由此可见,《村子》中的老法国人湾书写呈现了由乡村中心发展而成的村镇的空间意象。从这个意义上说,斯洛普斯三部曲中呈现的老法国人湾和杰斐逊镇分别勾勒了美国南方小镇发展的两种形态,都是美国文学中典型的小镇书写。

作为美国文学史上的重要景观,小镇书写也是很多美国作家笔下重要的创作题材。马克·吐温、刘易斯、桑顿·怀尔德都在作品中以自己熟悉的小镇生活为题材,将作品的主要背景选择发生在乡村的集镇或者规模更大的城镇,在作品中深入挖掘了小镇作为文化载体的特殊价值,形成了与都市文学所不同的文学景观。很多评论者试图将福克纳三部曲中的小镇书写置于美国小镇文学的传统中来解析三部曲的主题。理查德·格雷(Richard Gray)指出马斯特的《匙河集》和安德森的《温斯堡,俄亥俄》对《城镇》创作的影响,认为后者延续了"小镇的社会讽刺和小镇悲剧"的故事模式(339)。斯蒂芬·L.穆尼(Stephen L. Mooney)比较了福克纳和桑顿·怀尔德笔下的小镇书写,分析了小镇书写的意义:

> 每部作品将一系列相互联系、有一些主要人物参与的事情以戏剧作品展现出来,试图将小镇描述成一个有意识、有精神的环境,这里有着它独特的氛围,在这里发生的事情是独特的,不可能在其他地方重复发生。里面的人物极具个性,每个人都有着与众不同的品质。人物行为其实就是一系列不连贯的事件,有着自身独特的意义。但是其意义并不在于演绎了合理、统一剧情的那些人物,而在于慢慢将其自身展现为一个统一现实整体的城镇,一个比它任何构成部分都伟大的现实统一体的城镇。(121—122)

穆尼特别提到了福克纳与桑顿·怀尔德在各自小镇书写中的独特之处,无论是人物、场景还是事件都"不可能在其他地方重复发生",但是在他看来,这些都形成了一个"统一现实整体的城镇",浓缩为作家表情达意的隐喻。一个个独具特色的小镇空间在作家的笔下或辛辣地讽刺了城镇的落后和闭塞,或毫不留情地揭示了小镇的各种阴暗面,或象征了现代工业文明影响下乡村和城镇居民心灵的异化,形成了异彩纷呈的美国小镇文学传统。

在斯诺普斯三部曲中,无论是老法国人湾的中心集镇,还是杰斐逊镇,都显示出一个共同的特点,即它们随着美国工业化的发展而快速崛起,而且城镇居民的生活也随着北方工商业文明的入侵呈现出以消费为主导的社会变革。因此,福克纳笔下的小镇展示了20世纪上半叶工业化进程和工商业文明影响下的美国社会的缓慢变革,是透视美国文化政治变迁的重要窗口。正如托斯丹·凡勃伦(Thorstein Veblen)所言,"小镇是美国伟大机构中的一个,或许是最伟大的一个,因为它在塑造公众情绪和赋予美国文化独特性方面比任何其他机构都要重要,况且这种作用还在继续"(407)。福克纳评论者迈尔斯·奥维尔(Miles Orvell)也认为小镇对于研究美国不同时期的文化结构有着重要的意义,认为此类研究在美国文化研究的主导范式中常常被忽视。在他看来,"小镇不断维持在美国的想象中,包括电影和小说……小镇是战后时期最具代表的空间原型"(105)。

在最近的一篇论文《秩序和反抗:福克纳的小镇以及记忆的场所》("Order and Rebellion: Faulkner's Small Town and the Place of Memory",2007)中,迈尔斯·奥维尔将福克纳的城镇书写置于美国文学的小镇传统来研究,比较了霍桑、刘易斯、威拉·凯瑟作品中的小镇书写,论述了福克纳的城镇书写在美国文化形成过程中的意义。奥维尔通过福克纳笔下和法院、纪念碑等相关的书写揭示了一幅充满悖论的图景:福克纳一方面将城镇广场置于一个更大的语境中,即已经改变和正在改变的大众文化世界,呈现了现代生活的纷乱与喧嚣;但另一方面,福克纳通过法院等建筑呈现了"城镇的相对的秩序和圣洁"。因此,城镇有了更广泛的意义,成为"秩序、稳定、和平的象征"(111)。这种悖论图景在奥维尔看来体现了现代性的矛盾,福克纳"把小镇作为研究现代性的悖论的场所,是记忆的场所,在它的历史以及变革力量中,体现了秩序和改变的矛盾"(109)。

奥维尔的研究引导我们关注福克纳小镇对于研究美国特定历史时期社会变迁的意义。需要指出的是,奥维尔在研究福克纳小镇书写时,运用了一个术语,即"福克纳式小镇",试图在美国文学的小镇传统中归纳福克纳小镇书写的独到之处。那么,福克纳在三部曲中如何书写"福克纳式小镇",他是怎样将自己所生活的奥克斯福的变革体验传达在文本中?本章节无意比较小说中的杰斐逊镇和现实中的奥克斯福之间的关系,而是要思考"福克纳式小镇"是如何成为美国特定历史时期历史的变革的隐喻,老法国人湾的集镇和杰斐逊镇如何在文本中凝结成为美国文化想象的特征。建筑、商品、礼物的"社会生命"揭示了与之所对应的"福克纳式小镇"在历史转型期的深层裂变,传达了福克纳对于历史转型期以消费为主导的变革的批判与审思。

第一节　建筑书写:消费主导的"边界地理空间"

福克纳在文本中非常擅长呈现不同的建筑类型,如农村商店、锯木厂、住房、商店、马棚、法院等。在他看来,和文学一样,建筑也是"生活的一部分"(Hines,1),对于人类的文化和文明有着重要的贡献。他的五部小说都有着建筑的含义,如《圣殿》《标塔》《村子》《城镇》《大宅》,而《八月之光》和《押沙龙,押沙龙!》原先的标题是《黑房子》也是和建筑有关。除了通过建筑来暗示标题和主题,福克纳作品中很多主要人物和重要事件都和建筑有关,比如在《烧马棚》中,主人公萨蒂在哈里斯的牲口棚被烧毁后陷入了深深矛盾和痛苦中。

很多学者都探讨了建筑书写在作品中的独特审美价值。杰斐逊镇规模不大,但是法院在所有地理景观中有着牢固的统治地位。威廉姆·T.鲁兹卡(William T. Ruzicka)在《福克纳小说中的建筑:约克纳帕塔瓦法小说中地方的意义》(*Faulkner's Fictive Architecture: Natural and Man-made Place in the Yoknapatawpha Novels*,1984)里论述了福克纳作品体系中建筑的象征意义。最具有代表性的是托马斯·S.海因斯(Thomas S. Hines)的论著《福克纳和可触摸的过去:约克纳帕塔瓦法的建筑》(*William Faulkner and the Tangible Past: Architecture of Yoknapatawpha*,1996)。在导言中,海因斯明确指出他研究福克纳作品中建筑书写的意义,即"不但是理解福克纳作品的另一种方式,同时也可以帮助考察建筑的力量如何影响和揭示福克纳自己所说的'人活着的喜剧和悲剧'"(xiv)。在提到自己的选题原因时,海因斯指出自己曾主修了"美国社会文化历史",副修了"装饰艺术史",这一切都源于自己一直以来对于"物质文化"的兴趣(xii)。不过在研究方法上海因斯并没有应用物质文化的批评视角,而是详尽地分析了福克纳作品中的建筑如何呈现为小说中的重要背景书写,又是如何在文本中埋设了象征意义。

"物具有社会生命"这一命题假设认为物的动态运动轨迹可以揭示出社会语境的意义改变过程,在研究方法上强调关注物的动态变化过程,包括随着时间的推移而出现的地位的兴衰、空间的位移出现的"重新语境化"等。如果借用这一命题来考察福克纳三部曲中的建筑书写的话,可以清晰地勾勒出文本中商店、传统庄园、法院、照相馆等建筑的运动变化过程:传统庄园日渐破败,而老法国人湾的农村商店逐渐成为集镇的中心,获得景观控制权;老法国人湾的农村商店从无人看管到有人经营的销售模式的转变;杰斐逊镇有人经营的杂货铺逐渐被现代超市所取代;杰斐逊镇拥有各种商店的广场上升成为城镇的中心,和曾经显赫一时,位居城镇中心的法院几乎平起平坐,共同执行其在城镇的主导地位,呈现出空间并置的景观。照相馆的原始作用发生改变,不再是拍照摄影的场所,而是沦为播放黄色幻灯片的隐蔽窝点。这些建筑在老法国人湾和杰斐逊镇的"运动轨迹"的梳理和还原实际上指向了福克纳小镇书写的一个显著特点,即传统文化的代表,如老庄园、法院等或逐渐萧条和破败,或传统力量被削弱,象征着传统文明逐渐消逝的过程,而工商业文明的象征农村商店和现代超市等日渐繁荣,喻示着福克纳笔下的小镇正经历着现代工商业文明冲击下的社会变革,照相馆挪为他用的作用改变对应了消费带来的负面影响。总之,福克纳笔下各种建筑的变化轨迹揭示出"福克纳式小镇"的空间布局特征,即威廉姆斯笔下的消费主导的"边界地理空间"模式。

在三部曲和老法国人湾集镇相关的书写中,小说多次聚焦了老法国人湾集镇上的一座农村商店。由于南方农村地处偏僻,加上交通不便,到了19世纪末20世纪初,农村商店的数量在美国南方农村剧增,逐渐成为村村必不可少的设施。由此可见,农村商店的诞生最初是为了满足远离城镇的南方农民的日常用品的需求,而且最早的农村商店主要是一些商人应种植园主的要求开设的赊账商店,为没有地的穷苦白人和黑人提供基本物资,等到秋季谷物丰收后再收回欠款以及10%的利息(Clark, *Pills, Petticoats, and Plows*, 83)。但是在《村子》中,农村商店的地位和作用已悄然发生变化,向着新的轨迹运行。

在老法国人湾,农村商店位于老法国人湾的十字路口,周围也聚集了越来越多的其他的店铺,如瓦纳的轧棉花机房、精细磨面房和铁匠铺,可以为旅行推销商和牲口贩子提供膳食住宿的小约翰旅馆等。老法国人湾的居民在闲暇之余不但会去农村商店购物,还会借着旅馆的便利,出手阔绰地点各种食物,享受美食和酒精带来的快乐。男人们往往会三五成群地聚集在店铺、旅馆的门廊内外,整日待在那里,"固执而徒劳地互相比看看谁坐得久"(《村子》113)。他们或坐着或蹲着,一边嚼着烟叶,一边议论各种政治新闻和小道消息。各种和消费有关的生意场所逐渐成为周围农民的聚集地，也使得这个十字路口慢慢晋升为老法国人湾的集贸市场和"商业中心"，成为村民们购物消费的重要场所，而在这一商业中心农村商店更是"中心的中心"，在老法国人湾这一地理空间中发挥着绝对的空间控制权。

　　由此可见，在福克纳的笔下，农村商店并不是一成不变的静态物品，而是呈现出了意义丰富的"运动轨迹"。从最初的默默无闻的状态经历了逐渐繁荣的过程，从原本只是满足生活基本需求的功能到成为南方农民的购物天堂，农村商店这一动态的变化过程的背后隐藏了一个事实，即南方社会逐渐被纳入商业轨道，传统生活方式日渐消解，新的因素不断产生并逐步发挥作用，商业在村子里已经处于支配地位。从这个意义上来说，农村商店日渐上升的主导地位以及最终在整个建筑景观上的控制地位也上升成为一个隐喻，暗示了一点：在小镇变迁过程中，农村商店在老法国人湾日渐繁荣的动态发展呼应了福克纳笔下小镇地理空间消费为导向的社会变革。在消费的主导力量下，现代商业伦理价值也慢慢地影响着小镇居民们的道德判断和对幸福生活的理解。

　　和农村商店在老法国人湾这一地理空间日渐繁荣的社会生命相比，老法国人湾的一处庄园则呈现了越来越衰败的"运动轨迹"。曾经是美国南北战争前一处规模巨大的庄园，如今却破败不堪，庄园里到处是"巨型大厦的残墙断壁、倾塌了的马厩、奴隶的住地、荒草疯长的庭院、砖砌的台阶，还有骑马兜风的场地"。在这块土地里，就连土地最早的主人"从荒野中开辟出来的曾丰沃一时的良田也有一部分早已变回过去那种藤蔓与柏屑植物交错丛生的丛林"（《村子》，1）。除了庄园本身的荒凉，福克纳还聚焦了庄园里一处破败的房子：

　　　　大厅里裂开大口的门框上已没有挂在那里的门，从它的天花板上垂吊下一个曾经是水晶枝形吊灯的架子，它的那段楼梯上的木板早已被撬掉，拿去修补牲口棚、鸡窝和厕所了，它的楼梯立柱、核桃木栏杆和盘旋楼梯的中心柱早就被劈砍下来，当成柴火烧掉了。他们选的那间屋子有十四英尺高的天花板。在毁损的窗户上方，残存有曾经镀过金的、上面破着精细金银丝饰物的上楣，还有螺纹状、锯齿状的毁损了的板条，灰泥从上面脱落，另外还有一个棱柱状枝形吊灯的架子。（488）

在这段叙述中，福克纳不但表现了庄园建筑的破败景象，也通过"残存""毁损""架子"等词向读者暗示：房子虽然主体还在，但灵魂早已逝去。这些有着明显"衰败叙事"特征的描述不但使文本呈现出伤感怀旧的情绪，同时更加凸显了以农村商店为中心的商业中心在老法国人湾的景观控制权。

商业中心的热闹非凡和老法国人湾的破败田园形成了鲜明对比，暗示了伴随着传统农耕生活方式"衰败"的是新的市场经济活动的兴盛。而《村子》最后关于旧庄园的买卖活动更是意味深长。弗莱姆将这块老法国人湾的地盘卖给了拉特利夫、布克赖特和阿姆斯迪德三人，"拉特利夫给了他一份转让契约，将他在杰弗逊镇拥有的一半儿饭店转给了他"（484—485）。作为传统象征的旧庄园最后作为商品被买卖，这标志着小说中一种新的社会秩序的到来，而这种秩序主要由市场经济所决定。对此，莫里·露伊莎·斯金费尔做了很好的总结：

> 福克纳从前专注于父子关系，视其为社会发展的重要问题，而在《村子》里他放弃了他的一贯主题，转而描述各种买卖交易、财产名称、买卖计谋以及账务安排，这些都证实了一点，即小说呈现了一副由市场经济操控并受其影响的社会景象。（Skinfill, 69）

农村商店的"运动轨迹"还体现经营方式的转变上。当瓦纳将商店交给弗莱姆经营时，购买模式从此发生改变：

> 在这里买东西多年的顾客，以往大多采用自助的方式，把应付的钱放进存放奶酪的笼中的雪茄盒子里，现在买任何一种小东西都要经一个男人的手，两个月以前他们甚至就没听说过他的名字。他对直接的问题，回答是和不，而且他显然从不直接或长时间去看任何一张脸，以便记住和那张脸对应的名字，不过只要是有关钱的事，他从未出过差错。（《村子》, 76）

乔迪·瓦纳经营的乡村商品原本传统的赊账模式，大多数时候无人经营，村民可以直接取货，但弗莱姆成为农村商店的店员之后，村民们必须通过弗莱姆才能购买商品，而且在钱的问题上弗莱姆计算得非常精确。

由此可见,和农村商店的"运动轨迹"对应的是两种不同类型的生意人形象,前者是传统的、过时的生意人,而后者则是现代的生意人形象。虽然村民们和弗莱姆打交道感觉缺乏人情味,但是弗莱姆的经营方式却推动了老法国人湾的"经济现代化"(economic modernization)(Percial,181)。从这个意义上而言,福克纳的这部小说和巴尔扎克的《赛查·皮罗多兴衰记》相似,两者都展示了一段经济现代化的历史,而且都刻画了一种"自己赚钱,让别人损失钱"的夏洛克式生意人形象。在斯洛普斯家族侵入老法国人湾之前,村民们原先已经"习惯了老瓦纳家族独裁式的交易",但是随着以瓦纳家族为代表的旧的经营方式的解体,以弗莱姆为代表的斯洛普斯家族在村子里以经营店铺、经商为生,渐渐控制并掌管了村子里的经济形式和商品活动,村民们最终"不得不接受斯洛普斯家族在村子占据统治地位的现实"(Fargnoli, Golay, and Hamblin, 108)。斯洛普斯家族在老法国人湾的定居从某种意义上代表了城市工商业势力的入侵,他们的到来传播了都市消费文化,改变了村子里的社会和经济状况,也无形中影响了村民们的生活方式和生活态度。

和老法国人湾中的农村商店呈现类似运动轨迹的是三部曲中杰斐逊城镇广场的商业中心。这个商业中心的前身只是伫立着纪念碑的广场,除了几具雕像之外,别无其他建筑,而且广场位于庄严而神圣的法院前面,原本是法院的延伸和补充。但是,现代工商业文明在杰斐逊镇的入侵改变了这个广场的命运。广场周围聚集了越来越多的商店,如超市、花店、理发店、五金店等,也出现了越来越多的新的公共消费空间,如电影院、酒吧和咖啡馆。在《城镇》《大宅》中,福克纳多次讲述了这个商业中心的热闹景象。城镇居民会在闲暇之余去电影院看电影,或者在咖啡馆会客聊天,品尝冰激凌。来到县城的杰斐逊居民常常到广场上娱乐或者在广场附近的商店购物,这使得广场成为镇上的商业中心,"是很多镇上的人每天要去的地方,也是全县的人每周向往要去的麦加之地,每周六进一趟城的生活带给了他们无比的快乐"(*Requiem*, 202)。

杰斐逊广场在城镇的地位日渐上升,日渐繁华的商业场景似乎也在喧宾夺主,因为广场原先只是法院的附属建筑,如今却在挑战着法院的中心地位。杰斐逊镇规模不大,但是法院曾经在所有地理景观中有着牢固的统治地位。威廉姆·T.鲁兹卡在《福克纳小说中的建筑》里根据福克纳在《修女安魂曲》中对杰弗逊镇的描述绘制了地图,对杰弗逊镇的空间布局做了详细的分析(124)。从城镇的格局来看,法院处于"中央,焦点,中心;位于整个镇的地理中心"(*Requiem*,200)。整个城镇围绕这一轴心向四周扩散,成为所有其他建筑或物品的中心和参照。在《城镇》《大宅》中,很多其他建筑或物品的定位无一例外以法院为中心,都是距离法院以西、以东、以南或以北多少里。法院不但是全镇的地理中心,也是政治中心。法院里面设有杰斐逊的行政机构,是镇政府的办公地点,很多和城镇相关的法规文件都在这里制定和通过,就连结婚也需要到法院来登记。还有法院里收藏了杰斐逊镇的很多档案记录,有专门管理杰斐逊镇过去历史资料的办事人员和办公室,杰斐逊镇上的居民常常去法院里查阅相关材料,了解和过去有关的历史记载。由此可见,法院作为城镇的地理中心和政治中心代表着杰斐逊镇的历史和过去,是城镇传统的化身,是城市精神的一个重要符号。但是,这样一个曾经的中心和绝对的权威在福克纳的笔下却被不动声色地悄然消解和削弱了。杰斐逊广场,这个和商业消费有关的地理景观,和法院形成了有趣的并置。而法院在维持城镇传统的同时,其统治地位发生了微妙变化。

如果说法院代表了城镇的传统政治中心,那么广场周围的新兴的商业中心则代表了城镇的消费文化空间。和法院的严肃庄严相比,城镇居民似乎对广场周围的商店更有兴趣。被安排在庄严而神圣的法院前面的广场原本只是人们瞻仰纪念碑雕像的场所,如今功能却在慢慢改变,成为现代消费购物的场所。这一运动轨迹使得广场失去了南方传统文化所赋予的意义,填充了城镇的经济文化空间,成了消费物品展示的一个公共空间广场。为城镇居民提供休闲和娱乐的城镇商业景观的出现,无疑挑战了法院所象征的相对严肃的城镇的权威力量和传统秩序,尽管法院在城镇的地理景观中仍然处于中心地位,但是其作为城镇政治文化中心的地位在一定程度上被削弱,其作为城镇传统的力量也逐渐在淡化。

某种意义而言,象征传统秩序的法院和代表城镇消费空间的购物广场展示了一幅现代化与传统旧式的景观并置混杂的格局,折射了20世纪上半叶南方城镇在转型期历史变革中独特的消费文化。和购物有关的空间挤压着法院占据的传统权力空间,城镇居民对商业中心的热忱折射了商业文明在杰斐逊镇的入侵。福克纳在南方小镇书写时将购物广场和法院同时并置在杰斐逊城镇，两者居于同等重要的中心地位，这种现代化与传统旧式的景观并置混杂的格局也是转型期社会的自我割裂的空间隐喻，暗示着现代文明向正统权威和传统秩序的公开挑战，表明了消费文化对传统思想的侵蚀，而广场购物的日渐繁荣景象也喻示着传统中心地位的逐步消解和商品的胜利。咖啡馆体现了平等、休闲的大众文化，而新的消费商品意象，如冰激凌、可乐等，则极大地满足了人们的物质需求。年轻一代是这些场所消费的主体，他们在购物与消费过程中得到快乐与满足，同时又在消费中被规定和建构。

最为值得关注的是超市在城镇的诞生。在三部曲中，沃尔·斯诺普斯租用了杰弗逊镇的最后的马厩，在这块地上建造了杰弗逊镇的第一个自助式商店，尽管这种连锁经营模式的超市已经遍布全国其他很多城市，但沃尔·斯诺普斯的超市却是"镇上人见到的第一个"，因为从前的商店大多是柜台式经营，不能从货架上直接挑选(*The Town*, 113—114)。在沃尔·斯诺普斯建造的杰弗逊镇的第一个自助式商店里，超市提供了标准化的服务，里面的商品有着固定的价格，顾客直接接触挑选商品，然后到收银处付账，收银员通过机器找零打印凭票，将商品装袋、递还顾客，买卖完成。顾客与超市雇员几乎不交谈，或者顶多是关于商品的技术性的简短询问与回复。

作为工业化大规模生产的产物，超市在城镇的出现可以看作是类似斯诺普斯·华尔街这样的精明商人瞅准了商机的结果，但是超市也体现了现代社会特点的商品交易形态。因此，和弗莱姆接手经营的农村商店一样，超市的出现标志着杰斐逊镇经济现代化的过程，是福克纳笔下南方小镇消费现代化的重要隐喻。超市在某种意义上是现代社会组织形式，超市雇员的雇佣模式、角色规范、职业方式都体现着现代社会的特征。超市一切按程序运行，顾客必须遵守出口入口的顺序，雇员往往不会与顾客多说超出角色范围的话。而且，每个具体的顾客几乎等于普遍顾客的范畴，顾客在消费的同时似乎还在一定程度上实现着不同阶层的一视同仁。正如丹尼尔·布尔斯廷所认为的那样，超市的这种消费形式成了人们享有民主的一种形式，换言之，超市的兴起推进了消费的民主化(114)。

如果将《村子》中农村商店、《城镇》中的超市联系起来考察的话，特定历史时期的南方小镇的店铺经营模式的"前世今生"一目了然，从无人经营的赊款商店，到有人经营的店铺销售模式，再到无人经营、出口结账的现代超市销售模式,南方小镇的经济现代化的过程就跃然纸上了,这一运动轨迹也揭示了美国20世纪上半叶消费的民主化和大众化的趋势。无论是农村商店还是城镇超市,都对应了一种正在变迁、正在成形的社会形态。这种变迁的地理空间背后反映了杰弗逊镇内在而又微妙的文化变革,而以消费为导向是这场文化变革的重要特征,"各种购买行为处于人们生活的基础位置"(Horton,193)。人们开始消费汽车、电影、收音机、新的时装和音乐,而城镇传统的农业文明也慢慢转变为工业的、现代的、消费的文化。

除了杰斐逊广场商业中心的繁荣以及现代超市在城镇的出现,杰斐逊镇还有一个建筑的运动轨迹也非常值得关注。在《城镇》中,作者花了很长的篇幅记载了斯诺普斯家族重要人物沃德·斯诺普斯的照相馆生意。从法国回来后沃德·斯诺普斯在杰斐逊一个巷子里开了一个照相馆。这个略显神秘的照相馆的窗户被报纸蒙住,门也始终是关着的。当照相馆正式开张营业时,广告上写着"尤其欢迎女士",而且在门的底部还写了"茶"。镇上几乎"所有的女性和一半的男性都怀着好奇心跑过去看为什么门都是始终关着的"。随着时间的推移,镇上的人慢慢发现沃德·斯诺普斯的顾客大部分都是男性,往往都是在晚上从侧门进入照相馆。而且,照相馆的生意不断扩张,就连其他镇上的男性也来到这个照相馆。谜底最后揭开,沃德·斯诺普斯在照相馆里放映的是自己从巴黎战争的时候带回来的黄色照片。他将上面印有男性和女性在赤身裸体性交的法国明信片(French postcards)制作成幻灯片用幻灯投射在墙上。(*The Town*, 68 – 71)

在这段书写中,福克纳先抑后扬的叙事格调大大增加了读者对于照相馆的好奇。从照相馆的运动轨迹来看,照相馆本来的身份是拍照摄影,现在却沦为播放黄色幻灯片的隐蔽窝点,这一转变轨迹暗示了现代消费文明对于传统道德的负面影响。出现在"20世纪30年代的半裸体照片"和"汽车、泳衣一起,预示着一种新的大众文化的到来"(Horton,46)。在《城镇》中,福克纳将照相机、照片所代表的大众文化和黄色病毒相联系来暗示大众文化影响下城镇道德的滑坡。在福克纳笔下,照相馆被刻画为阴暗神秘的病毒传播者,将来自大都市巴黎的黄色照片传播到南方小镇,揭示了现代工商业文明在南方小镇的渗透。如果说黄色照片象征着影响城市生态的黄色病毒,那么照相馆的作用改变为危险病毒的复制者,直接参与破坏城镇的传统道德。照相馆的生意被小说中城镇道德的守护者拉特利夫等人贬斥为斯诺普斯工业（Snopes Industry）。在杰斐逊镇，各种娱乐经济呈现多元化发展趋势，城镇里不但有各种提供冰激凌和可乐的休闲咖啡馆，还有满足大众审美娱乐需求的电影院，包括沃德·斯诺普斯经营的照相馆。这些娱乐经济的发展为社会大众提供了多元的审美选择，但是同时也出现了类似《城镇》中描写的情形，即价值的失落和道德的失范，其最终代价是人作为社会主体的责任缺失。从这个意义来说，照相馆在城镇运动轨迹的转变也揭示了一个南方社会转型期的普遍矛盾，即传统道德和娱乐消费为功能和价值的大众文化之间的深层对立。

  福克纳笔下各种建筑的变化轨迹揭示出"福克纳式小镇"的空间布局特征，即威廉姆斯笔下的消费主导的"边界地理空间"模式。在《乡村和城市》中，雷蒙德·威廉姆斯创造性地提出了"边界乡村小说"（border country novel）这一概念，并将哈代、艾略特、劳伦斯、吉本等作家的作品划归为这一类。威廉姆斯的"边界乡村小说"有两个重要特征：首先这类小说展示了地理空间的变迁，尤其是城市化进程中乡村到城市的地理变迁；其次，勾勒了文化空间的变迁、社会形态的过渡和成形，其中包括变迁中的各种矛盾和冲突。威廉姆斯这一概念的关键词是"边界"，强调了一种处于过渡、变化阶段的"地理空间"形态以及传统生活方式向现代生活方式过渡的充满矛盾和联系的"文化空间"（刘进，289）。无论是老法国人湾从乡村到城镇过渡的"边界地理空间"，还是杰斐逊镇从城镇向都市过渡的"边界地理空间"，都指向了南方社会20世纪上半叶的"边界文化空间"。

  从三部曲文本中商店、传统庄园、法院、照相馆等建筑书写的运动轨迹来看，这种变化的过程勾勒出一种处于过渡、变化阶段的"地理空间"形态，呈现出"边界地理空间"特征，隐喻了消费文化在美国南方社会空间的渗透以及南方小镇日渐浓厚的商业氛围。而"边界地理空间"也指涉了充满矛盾和联系的"文化空间"，揭示出福克纳式小镇的一个重要特征，即南方小镇在经济现代化过程中传统生活方式向现代生活方式过渡的形态。内战前后，从事农业生产的南方人在购物消费方面基本上是一种"节俭为先，量入为出"的消费观念。而到了20世纪初，北方和城市的消费观念慢慢渗透到南方社会的每个角落，将它们渐渐纳入现代商业生活的轨道，超前消费和注重享乐的现代消费观念逐渐被一部分人接受。旧的价值观日趋解体，而新的秩序尚待重建，这使得曾经一直恪守祖辈传统伦理的南方人无所适从,从而产生了社会转型期人所特有的伦理危机。一部分南方白人开始放弃传统伦理法则,转而接受可以带给他们物质享受的现代消费观念,"代表着利益冲动的金钱至上观"渐渐占据这部分白人的心灵,使得他们渐渐地融入一种以注重享乐消费为特征的消费文化中(Thompson, 146)。在三部曲中,日益膨胀的对物质和金钱的渴望渐渐地弥漫在社会空气里,从老法国人湾十字路口的商业中心慢慢扩散到村子里的每个角落,从杰斐逊城镇的各种店铺漫漫延伸至大街小巷。

第二节 商品书写:南方社会阶层"区分的物质化"

在《〈坟墓中的旗帜〉与阶层的物质文化》("*Flags in the Dust and the Material Culture of Class*",2007)中,凯文·雷利分析了福克纳早期作品《坟墓中的旗帜》中的一些物品书写,包括烟嘴、雪茄、香烟、福特汽车等物品,认为这些物品书写揭示了南方特定历史时期的阶层关系。雷利在论文中特别提到研究文本中物品书写对于理解其所处世界的重要性:

> 故事中的那些物品本身不会讲故事,只有把它们和所处的世界相联系才能明白其中的意义。要想理解物质文化和《坟墓中的旗帜》的关系,需要确认这些符号和物品如何指涉过去的那个世界,如何揭示那个世界的意义。反过来,既然小说也表现了两个历史时期的关系,我们必须追问的是新世界在自我重塑的过程中是如何赋予这些物品新的意义、新的形象或者新的地位。(68)

雷利在研究中主要将《坟墓中的旗帜》中的一些物品书写置于特定历史语境中,分析了这些不同物品所对应的阶层文化。当论述到"上层社会的物"中,雷利将文本中的物品书写与阶层相联系,认为老人福尔斯(Falls)在拜访拜亚德·萨多里斯时把烟嘴还给了他,这表示了他对上层社会的人以及他们家族的尊敬;而拜亚德把烟嘴藏了起来,但他继续吸烟,而且吸的是雪茄。因为他是唯一一个拥有雪茄的人,雪茄象征了拜亚德的财政权力和社会地位(69)。

第二章 "物的社会生命"与转型期美国南方地域空间的变革隐喻 ‖ 077

在注解中,雷利提到自己对于文本中物品书写的重视得益于布罗代尔、福柯、布尔迪厄等关注日常生活中微观细节研究的思想,这些理论家主张在文化研究中将视野转向日常生活领域的琐碎物品,试图挖掘这些琐碎物品背后隐藏的意识形态意义。事实上,布罗代尔、福柯、布尔迪厄等理论家在物质文化研究中也大放异彩,他们的观点丰富并完善了物质文化批评视角。该批评视角中关于"物的社会生命"的研究假设拓宽了文学文本中物品书写和社会阶层研究的视野。不过,雷利在研究中更多思考的是《坟墓中的旗帜》中的物品书写所指涉的不同阶层的文化以及权力关系,对于这些物品如何参与社会阶层的编码、如何执行社会区分功能等涉及较少。

"物的社会生命"的研究假设不但强调关注物品动态运动过程的"轨迹"(trajectory),还注重挖掘文学文本中的物品书写如何指涉社会意识形态,如何执行社会区分功能,如何规训社会空间。这一假设对于研究福克纳三部曲文本中杰斐逊镇和老法国人湾的阶层图景有着重要的启示,从而可以从另一侧面透视"福克纳式小镇"在转型期以消费为主导的社会变革。三部曲中,建筑的运动轨迹暗示了消费场所在老法国人湾和杰斐逊镇的景观控制权,指涉了"福克纳式小镇"越来越物质化的社会氛围转变,而另一重要物品书写——商品也同样呼应了消费文化变革中对于"福克纳式小镇"的影响。不过,和建筑所呈现的"边界地理空间"相区别的是,商品书写指向了老法国人湾和杰斐逊镇中的社会阶层与权力关系。因此,本小节将借助"物的社会生命"的批评话语考察三部曲中的商品书写,研究商品如何参与社会空间中的意义建构,如何通过其符号功能对社会阶层进行重新编码。商品在南方社会阶层的分配与重组过程中的参与和决定体现了在商品经济大潮冲击中阶层区分的"物质化"趋势,变相地揭示了"福克纳式小镇"的一个重要特点,即以消费为主导的从传统文明向商业文明过渡转型的社会空间模式。

在三部曲呈现的老法国人湾和杰斐逊城镇中,很多商品无一例外地被消费者用来显示自己的社会身份和社会地位,其中马是一个典型的例子。《村子》里的人物几乎无一例外都倾向于通过马来彰显自己的身份和社会地位。作为该地区的贵族和首富,老瓦尔纳总是骑着他那匹肥壮的白马在村子里招摇,而他的儿子乔迪骑的则是一匹上好的红马。作为镇上的"中产阶级",缝纫机经销商拉特利夫的马则相对来说要差很多,仅仅是"两匹破旧的小马驹",看起来"和山羊一样小"(16)。而小说的主人公穷白人弗莱姆的境况更差,刚来到老法国人湾的时候,他一贫如洗,只能经过乔迪的同意暂时借骑他的骡子,根本就没有使用马的资格。当小说里主人公地位发生变化时,往往也会首先从马的使用上体现出来。比如,弗莱姆一开始只能借用比马低一等的骡子,但随着他在法国人湾地位的日益上升、财富的日渐增长,他开始使用乔迪过去骑过的那匹"菊花红棕马"(121),这意味着他和乔迪几乎是地位相当、都是老瓦尔纳的继承人。

除了马这个商品,和密切相关的马车、汽车、服饰等也不例外,都是社会地位的象征。在《村子》里,每当在聚会场合,瓦尔纳的双人四轮马车总会和其他贫穷白人牛马拉的车子并置在一起,马车作为标记成功而又清晰地将统治阶级和被统治阶级显著的区隔开来。而儿子乔迪的马车则是闪光发亮的轻便马车,"由一匹漂亮的牝马或公马拉着,马身上套有铜饰的挽具",马和马车都是属于乔迪,村子里的其他和他同年龄的年轻男人只能"怨恨而又无能为力地望着不属于他们自己的东西"(176)。而当弗莱姆和尤拉结婚后,地位发生转变,这直接体现在他使用的高档马车,是"一辆有着闪闪发光的轮子和顶部有飘着流苏的女用阳伞的轻便马车",马车的车轮"在发光"(405)。由此可见,马车的社会意义在于,标记着使用和占有这一物品的主人的地位和身份。《城镇》中,不同品牌的汽车也被不同阶层所使用,福特汽车成为大众汽车的标志。

从文本中这些商品书写来看,无论是马还是马车,无论是汽车还是服饰,都呈现出物质文化批评者所阐述的"物的社会生命",执行商品的"区分"功能。道格拉斯和伊舍伍德在《商品的世界》中将商品和消费联系在一起,系统论述了商品在消费领域的"社会生命"。他们在研究中通过人们对商品的使用来划分社会群体,指出商品的社会生命在于"帮助人们进行分类划分,保持社会关系,然后赋予物和人以价值及意义"(Woodward, 95)。正如道格拉斯自己所言,"所有物品都具有社会意义,而商品作为思考的来源,可以帮助区分出明确而又稳定的文化界限"(38)。物质文化研究者还特别强调商品在购买前后的意义转变过程。物质文化研究的重要理论家丹尼尔·米勒(Daniel Miller)通过勾勒了物品随着语境变化而变化的过程,阐述了商品的"社会生命",尤其是商品在消费领域如何凭借意义制造能力(meaning-making capacities of objects)进行社会区分(Miller,1987:179-190)。

从马的"前世今生"来看,马在进入消费领域后摇身变为标记社会地位成为区分不同阶层的工具。在20世纪初,以农业为主的南方经济尚不发达,马不但是重要的交通工具,也是乡间野下从事劳作的重要生产工具,有着极为重要的使用价值。同时由于南方农村在战后现金缺乏,物物交易盛行,马也有着非常重要的交换价值。马曾一度被视为类似黄金的固定交换物,被人们用来换取各种生活物品。但在"福克纳式小镇"里,马这一商品在老法国人湾被不同的人使用,标记了不同人物的社会阶层,这正是其"社会生命"的体现。同样,在走出交换领域之前,服饰只是遮衣蔽体的工具,但是一旦走进消费领域,就有着惊人的"意义制造能力"。在老法国人湾,贫穷白人因为在田地里劳动,所以对服装的要求是耐磨、耐脏,而干净的白上衣显然不符合这样的要求。相反,不用干活的有钱人则没有这么多的顾忌,可以经常穿着干净的白色上衣。久而久之,干净的白上衣也就制造出这样一种意义:即成为不用干活的有闲阶层的象征,可以被用来辨别不同社会身份。这样一来,干净的白上衣在老法国人湾被重新"语境化",成为村子里的"集体服饰"。因此,老法国人湾几乎人人拥有白衬衣,只要有可能,许多穷苦白人都会设法拥有一件白色衬衣,在一些重要场合穿,尽管"衬衣已被洗得变形或穿得已不再合身"(《村子》,142)。就连刚到老法国人湾的弗莱姆也希望拥有一件白衬衣,因为这是融入村子这一群体的一个重要手段。由此可见,不同的商品成为不同人物地位和身份区隔符号,凭借其"社会生命"在福克纳笔下的乡村、城镇社会空间里扮演着阶层区分的工具,揭示了老法国人湾、杰斐逊城镇的阶层图景和政治关系。

更进一步来考察的话,消费领域的商品在"福克纳式小镇"中扮演了社会阶层编码的角色,揭示了乡村和城镇里和等级秩序和文化形态相关的政治关系。但反过来看的话,成为不同人物身份、地位、利益的重要象征的各种商品实际上也抽象成为一个个文化符号,构建了一个基于物质基础的符号体系,将社会身份具象化为符号表征。商品的这种"社会工作"或"社会生命"在物质文化研究者看来是"社会区分的物质化"。伍德沃德在《理解物质文化》中详细论述了商品能够对社会重新编码的社会生命。他在论述商品如何作为社会标记完成"文化工作"时重点指出了现代消费社会中的消费物品的"表达功能":

对消费行为的历史解释充分说明消费现在成为——至少已经这样了一段时间——构成社会差异和造成社会地位不同、塑造自我认同的重要范畴,而不再单单是生存的方式。出于严谨,要牢记崭新物品的使用以满足显示不同的文明程度或者个人风格并不是消费唯一的原因,或者说并不是消费唯一的方式。然而,现代消费社会是建立在区分的物质化(materialisation of distinction)基础之上的,也就是文化与社会地位重现于物品自身的再次编码。(113)

在这段话中,伍德沃德明确指出了商品的社会编码的文化功能,但是他特别指出社会"区分的物质化"逐渐成为建构现代消费社会的文化基础。换言之,商品的社会化体现在其对社会阶层、地位等的编码,而反之这样的社会也呈现出了物质化的特征,即物品成为社会表达、社会身份和社会差异再现的方式。

三部曲商品对于乡村和城镇的社会阶层的编码不但呼应,也证明了伍德沃德关于现代社会在消费"区分的物质化"的论述。在三部曲中,无论是老法国人湾的居民,还是杰斐逊镇的居民,都希望通过商品的占有和使用来改变自己的身份和地位,或者说改变自己所处的社会阶层。在老法国人湾的乡村社会空间里,弗莱姆一直通过服饰的改变来体现自己身份地位的转变。众多女孩子们也希望自己能像尤拉一样,通过模仿尤拉的服饰,从而和尤拉一样成为男孩子们追逐的目标。在杰斐逊城镇,拥有各种时尚物品来标记自己的品位和社会阶层是很多新中产阶级的目标。"区分的物质化"不但使老法国人湾和杰斐逊城镇的居民关注各种商品的消费和占有,也在引导着乡村和城镇居民的商品消费观,变得越来越关注物品的符码价值。而这种对于商品符号价值的关注也反映了三部曲中的乡村和城镇社会空间呈现了消费社会的一些特征。而小说中的人物通过自己占有的物品的符号意义来体现自己的身份也体现了三部曲中的乡村和城镇社会空间受到消费文化的巨大影响。海尔格·迪特默(Helga Dittmar)个人身份受到物质财产的符号意义之影响正是消费文化的一个特征。正如她所言,在消费文化中,"物质财富说明了他/她属于哪个群体,而且还是在社会物质环境中寻找其他人的手段,此外,物质财产向人们提供了关于其他人社会地位的信息"(转引自西莉亚·卢瑞,7)。

对于商品符号意义的关注也变相地培养和巩固了一种基于财富为

基础的权力关系和等级秩序。在老法国人湾和杰斐逊镇,人们越来越习惯通过服饰来判定一个人的身份地位,将考究的穿着和上等人的生活方式联系在一起。整个老法国人湾"对外表的关注胜过其他一切"(Gold, 306)。商品的占有和使用代表着金钱和地位,可以帮助自己获得他人的尊重。这一逻辑无疑在老法国人湾和杰斐逊镇营造了一种风气,即有钱才能获得别人的尊重,要讲究自己的穿着,要占有更多的商品,显示自己的经济实力。而这种社会氛围"使人不得不希望通过发家致富来获得别人的尊重"(Gwynn and Blotner, 33 – 34)。因此,对商品符码价值的关注刺激了人们对商品的消费,进而也影响了人们的消费观和伦理价值观,使人的心灵日益平面化。

对于商品符码价值的关注也使得人物注重奢侈品的占有。在三部曲中,为了提升自己的身份地位、维系自己的社会权利,人们会关注时尚,增加对奢侈品的购买,从而推动和促进了奢侈品的生产和消费。在小说里,领结在整个老法国人湾显然属于奢侈品之列。来源于欧洲的领结在内战后才开始在美国本土生产,到了 20 世纪初才达到欧洲的生产水平,但制作领结所用的布料仍大多还是从欧洲进口的。因此,在 19 世纪末、20 世纪初,佩带领结成为一种时尚,是都市上层人士才可以享用的奢侈品。在整个老法国人湾,只有老瓦纳拥有领结,且只有在重要场合才佩带,因此可以说领结的出现把老法国人湾在服装方面的消费提升到了一个新的高度。对于白衬衣,人们可以通过努力就可以购买,满足自己想拥有的欲望,而领结则成了除老瓦纳之外其他人无法企及的奢望。

在老法国人湾,领结这样一个时尚产品无疑带动并刺激了消费等级体系中较低的阶层。最初处于消费等级体系的最底层的弗莱姆在成为店铺收银员之后,为自己添置了两件在村子里很流行的白衬衣,提升了自己的消费档次。野心勃勃的他并不就此满足,而是想跻身老法国人湾的上层。因此,他首先要考虑到他的外观服饰怎样去迎合上层社会的生活方式和穿着举止,而对他而言拥有领结也就意味着拥有了与众不同的身份和生活意义。领结成为他在村子里"不可或缺的门面",使他在老法国人湾获得了一种前所未有的优越感和满足(Gold, 306)。但这种基于商品基础上的幸福也是短暂的,事实也确实如此:他并没有因此而满足,而是又举家迁往城镇,去寻找更大的发展和"幸福"去了。

对于奢侈品的消费也必然会在一定程度上影响和改变人们对于幸

福的理解和价值的判断。从这个意义上而言，奢侈品的消费只会刺激人们更多的需求，使人产生更多的欲望，从而也制造了一种更大的不满足，将欲望指向了一个"更加扩大的满意领域"（蒋道超，41）。在消费文化里，当消费等级较低阶层的人们消费水平相对于高消费阶层的距离很大时，人们往往会感到一种极大的不满足，觉得自己不够完美或生活有所欠缺，因此会想方设法地模仿较高阶层的消费。当这种目的达到时，他们则会获得一种暂时的满足感和幸福感，而奢侈品消费的出现使得他们和高消费阶层的距离拉大，内心平衡被打破。正如克里斯托夫·林德纳（Christoph Lindner）所言，20 世纪初是个"消费者痴狂和崇拜的年代，这种痴狂激发起人们各种各样的欲望，使人们不知道什么是满足"（3）；"琳琅满目、千姿百态的商品有效地构筑了一个物质享受和放纵的梦幻世界"（96）。

由此可见，商品的社会生命不但体现为社会的编码和区分作用，也体现为阶层的重组作品，消费者通过不同商品消费的效仿来实现阶层的流动。换言之，商品在消费领域的社会生命赋予了商品的区分，也使得消费者更加注重通过商品的效仿来实现阶层的流动，通过更好的商品体现自己独特的社会地位。而通过对商品的社会生命的分析，福克纳笔下的乡村和城镇则体现了商品文明冲击下以消费为主导的社会空气的变化。对商品符码价值的关注无疑使人们更加注重物质和消费，而奢侈品领结的出现使人变得更不满足，产生了更多的物质欲望和追求，从而也更强化了南方居民在社会转型期物质至上的思想倾向，传播了一种本质上基于物质主义和享乐消费的新价值观和伦理观。物质主义，"现代世界的最高伦理，为斯洛普斯家族提供了处事标准和价值取向，帮助他们在老法国人湾顺利立足"（Gold, 306）。

第三节　礼物书写：传统"南方荣誉"的沦丧与拯救

在 20 世纪上半叶美国几个令人瞩目的诺贝尔奖获得者中，来自南方上层社会的福克纳恐怕是最为强调伦理道德、南方荣誉的作家之一。在短小精悍的演说辞中，福克纳三次提到人类"正直诚实"的品质，并归纳为"勇敢""荣誉""希望""尊严""同情"等。在 1962 年西点军校的演讲中，福克纳再次重申了这一观点，将"驱动人类心灵的力量"归纳为"勇敢""骄傲""荣誉""怜悯"。此外，福克纳还具体表达了自己对于旧南方上流社会所倡导的优雅和礼仪的崇尚："我认为我最喜欢的特质是彬彬有礼，自然而然的彬彬有礼，即向所有人、每个人说'谢谢'，称呼其'先生''女士'"（Faulkner at West Point, 76）。伯特伦·怀亚特-布朗（Bertram Wyatt-Brown）在《南方荣誉：旧南方的伦理道德和行为规范》（Southern Honor: Ethics and Behavior in the Old South, 1982）曾将南方白人男性的一切道德准则和行为规范归纳为"南方荣誉"（3），和福克纳所强调的"勇敢""骄傲""荣誉""怜悯"等品质内在相通。

由于福克纳对于南方传统伦理道德的公开强调基本都是在他1949年获得诺贝尔奖之后，并不是每个评论者都认为福克纳的这些演讲是发自他内心深处的真实想法，有的甚至认为这只是福克纳作为公共人物的一种作秀。莫斯·佩卡姆（Morse Peckham）认为福克纳之所以将诺贝尔获奖感言撰写得这么积极乐观，是为了"契合某些特殊场合"，福克纳在"非常谨慎地"消解"作为公共人物形象一部分"的紧张，这些演讲是"福克纳为公众提供的是一块魔幻的、带有理想主义色彩的蘸奶的面包"（9）。因此，福克纳实际上是在"扮演诺贝尔奖理想主义作家的某些特质——诺贝尔文学奖就是为这种作家而设的"（9）。不过也有评论者对福克纳在获得诺贝尔奖之后的公开演讲给予了肯定。在诺埃尔·波尔克看来，这些演讲"并不是福克纳对诺贝尔奖赋予他文学巨匠外衣简单的、未经思考的下意识反应"，而是"源自作家内心深处想要做的事情：一是试图将他自己回归到他的自大和绝望使他背离的人性和人道，二是试图赋予这同样的人性与人道不带任何思想幻想地面对他们独自个体的能力"（Children of the Dark House, 261）。

的确，很难揣测那个在1949年一下子被置于诺贝尔奖光环下的福克纳在阐述人类永恒价值时内心深处究竟在想什么，但是有一点可以肯定，福克纳不断在不同场合频繁强调的"南方荣誉"、南方传统价值观在他所生活的小镇正在被所谓的现代工业文明所侵蚀或者取代。换言之，作家对于人类永恒价值或者南方传统人伦价值的强调可能正是源于现实中的某种失落。在1955年写给艾尔斯·琼森（Else Jonsson）的信中，福克纳令人吃惊地表白了他对人性的失望：

我在做我所能做的一切。我已经看到我不得不离开家园的时间了,就像希特勒统治时期犹太人被迫离开纳粹德国一样。当然,我并不希望这真的会发生。但我思考了好多次,或许除了一场灾难、一次战败,没有什么可以唤醒美国,拯救我们自己或者拯救留给我们的一切。我知道,这封信很令人沮丧。但是,人类太可怕了。(*Selected Letters*, 382)

虽然福克纳在这封信里所表白的失望可能是源于他的种族立场遭到误解,但另一方面南方社会本身的道德沦丧也是一个重要诱因,旧南方所崇尚的"南方荣誉"已经唤不起人们的任何激情。在他所生活的城镇,各种消费品,包括汽车、超级市场、购物中心、邮售商品等,陆陆续续地走进千家万户,南方传统价值观也随之面临解体的危险。越来越浓厚的商业氛围使得人们越来越关注一些能够给他们带来现世享受的消费物品,人和人之间的古道热肠渐渐被一种精明算计所取代,粗犷朴素的小镇面貌逐渐变得喧嚣嘈杂,"人们所感受到的乡村小镇是人格的沦丧、人性的扭曲,褊狭和闭塞挥之不去"(Spindler, 98)。这种失落也被福克纳隐晦地编织进小说创作中,尤其是他在 50 年代之后创作的一些后期作品中略带伤感地展示了南方传统价值和人伦规范在现代工商业文明强势入侵时的节节溃败,比如,在《掠夺者》中,他甚至用工业时代的重要象征——汽车来寻找前工业时代的纯真和美好。

而在斯诺普斯三部曲中,他通过商业建筑对传统建筑的倾轧来隐喻消费时代的到来,通过符号化的消费物品行使的阶层区隔功能暗示南方小镇如何在一步步物质化。此外,还有一个最能体现南方淳朴小镇转型期消费变革的是礼物书写,礼物的商品化、礼物赠送的功利化表明物质主义已经渗透到更深、更隐蔽的人际关系层面,暗示了礼物所承载的道德功能的退化,也暗示了南方小镇的世风日下。本小节从三部曲中和礼物赠送相关的书写入手,借助物质文化批评的相关话语研究现代工商业文明如何从更深层面作用于老法国人湾、杰斐逊镇的人与人之间的日常交往,福克纳笔下的南方小镇在消费变革的影响下如何变得越来越商业化、功利化和物质化。

三部曲中多处提到了生活在老法国人湾和杰斐逊的南方居民之间的礼物赠送关系,福克纳笔下的很多人都经常会捧到赠送礼物或者被赠送礼物的场合。比如,在《村子》中,拉特利夫在拜访刚刚搬到老法国人湾的阿比时送了一瓶酒,而弗莱姆在花斑马交易顺利结束后购买了一些糖果作为礼物送给阿姆斯迪德的孩子。在《城镇》中，加文也常常购买冰激凌作为礼物送给迈里森，因为迈里森经常帮他送书给琳达；此外，在妇女联合会举办的舞会上，加文购买鲜花作为礼物赠送给尤拉，表示出自己对尤拉的好感；而在和琳达的交往中，加文为了不让琳达受到斯诺普斯的影响，常常赠送书籍给琳达阅读；此外，加文有时邀请琳达在咖啡馆见面时，不但请琳达品尝咖啡，也会购买饮料、冰激凌等给琳达。

从传统的礼物研究理论来看，文本中的这些礼物书写似乎在表明老法国人湾、杰斐逊镇居民之间无比和谐美好的关系。传统的礼物研究常常认为礼物代表着好的方面，如牺牲、博爱等理想，比如爱默生曾经这样定义真正的礼物：礼物传递了来自赠予者的意义，展示了赠予者品质，"是他自己的一部分"（Emerson, 25）。传统的礼物研究将礼物和商品严格区别开来，认为礼物透露着利他主义，而商品则和市场领域的算计、精明、糟糕的不近人情、自私自利等概念相联系。作为礼物研究中的里程碑式人物，毛斯（Marcel Mauss）从人类学的角度分析了礼物的社会生命，将"互惠性"概念作为礼物研究的重要立足点。在他看来，礼物表面上看来是自愿的、自然产生的，没有自我利益的，但实际上是义务的、计划的，而且是符合自我利益的。但是毛斯的理论核心在于，回赠的义务加强巩固了社会联系，保证了文化的延续。换言之，他严格区分了礼物和商品的概念，肯定了礼物赠送有着积极的情感意义和文化意义。物质文化研究者阿帕杜伊继承了毛斯的观点，通过商品和礼物的对比进一步阐述了礼物的社会生命，认为两者的共同特点都是维系社会关系，但是礼物比商品更具有"情感意义"，礼物把人们带进"义务和责任"当中，"责任感、道德义务和责任是礼物包含的特征"；人们对于他们所得到的要"进行补偿、感恩以及感激"，而商品则和市场领域的算计、精明、糟糕的不近人情、自私自利等概念相联系（Appadurai, 11）。

但是，如果进一步捋清这些礼物赠送书写所涉及的赠送主体、赠送环节的具体语境，那么这些礼物在"重新语境化"过程中的意义则渐渐剥离出来，其伪装的面纱下隐藏着深刻的文化意义和权力关系。当加文购买鲜花赠送给尤拉，福克纳并没有进一步书写尤拉和琳达如何回赠加文；就连每次在咖啡馆见面都是加文慷慨地请客，琳达似乎从来无须回请。在三部曲的第二部《城镇》中，市长斯潘、律师加文、弗莱姆和妻子尤拉等都应邀参加舞会。女性纷纷喷上香水，戴上耳环和围巾，而且还配上一幅长及臂肘的白手套。而男士们则穿上燕尾服，打上白色的领结，而且男士们都需要赠给女性花束，而女性则不需要任何回赠。在这些文本例子中，从赠送的主体来看，男性是赠送的主动方，而女性则是受方，往往没有回赠的义务。而且，从赠送的物品礼物来看，鲜花也很容易使人联想起女性的"顺服"和"忍耐"。① 由此可见，文本中的这些缺乏回赠环节的礼物赠送从本质上来说是不平等的赠送关系，揭示了南方社会根深蒂固的男尊女卑的性别逻辑、男性和女性之间"控制和服从"的权力话语。无须回赠的女性也呼应了其在父权体系中从属地位，而通过礼物的赠送，男性也强化了其在南方社会的主导地位。

福克纳笔下的礼物赠送体现了南方小镇中"控制和服从"的性别权力话语，这也是目前评论界研究福克纳礼物书写的主要思路，只不过他们在研究中更为关注南方种植园主和奴隶之间蕴含着的权力等级关系。② 本小节将摆脱礼物赠送中"控制和服从"的研究模式，重点论述礼物书写所折射的一个更为深刻的现象，以及南方小镇在现代工商业文明影响下的日趋功利化。在老法国人湾花斑马交易后，损人利己的弗莱姆为了掩盖自己的卑鄙行径，特意购买了一些糖果作为礼物送给阿姆斯迪德的孩子，而阿姆斯迪德在交易中的损失最为惨重。在《城镇》中，弗莱姆为了达到自己不可告人的目的，"不停地送给琳达物品，包括她并不太需要的衣服"（185）。而且，弗莱姆甚至要送给琳达价值昂贵的皮毛大衣，尽管后来遭到了尤拉的拒绝。弗莱姆这一系列举动如司马昭之心昭然若揭，他表面上通过一些礼物的小恩小惠，实则是希

---

① 帕米拉·格里什·纳恩（Pamela Gerrish Nunn）在《问题图片》（*Problem Pictures*）中通过鲜花意象分析了维多利亚人的道德观念，认为具有女性色彩的鲜花也对应了女性从属的身份，"花使人耐心地顺服、顺从地忍耐，在不利的环境中保持天真的开心"（转引自 Catherine Gimelli Martin，234）。

② 艾瑞克·迪赛尔（Erik Dussere）在研究福克纳作品中表现的种族关系时分析了《坟墓的闯入者》中白人主人公查尔斯·迈里森和黑人路喀斯之间的礼物赠送关系，认为他们之间的礼物赠送隐喻了"白人想要维持主人地位，而黑人拒绝从属地位的政治关系"（42）。艾瑞克·迪赛尔在证明自己的观点时提到了肯尼斯·格林伯格通过礼物赠送分析指出了南方种植园主和奴隶之间蕴含着的权力等级关系（43）。肯尼斯·格林伯格（Kenneth Greenberg）在《荣誉和奴隶》（*Honor and Slavery*）中指出，在赠送礼物时，"给"可能是一个奴隶主最常用的动词，祈使句也是最常用的句式，这种"礼物的语言也是控制的语言，表达了他们和奴隶的关系"。因此，从这个意义上来说，"赠送礼物也可能是一种侮辱，或者是对自己优越感的一种强调，而不需要礼物回赠的这种慷慨或者好意也可以用来证明'赠予者'的社会地位"（6）。

望琳达能够转让出财产继承权,从而达到自己独吞巨额财产的目的。从这个意义上来说,弗莱姆赠送给琳达的礼物已经有着明显的商品的性质,因为其赠送的目的是类似商品交换式的交易。

事实上,礼物和商品的传统区分、传统礼物话语中关于礼物的理想化陈述已经遭到了很多学者的质疑。德里达、西苏、布尔迪厄在各自研究中指出了礼物本身因为有着回报的义务而具有的"悖论性",礼物需要回报的义务使它具有商品交换的特征。① 在他们看来,礼物赠送的内在二重性凸现了礼物的社会生命。一方面,以自发性的赠送形式出现的礼物体现了赠予者的慷慨,赋予了礼物以情感意义;另一方面,回赠的义务或者"互惠性"概念又使礼物具有了商品交换的性质。

而就弗莱姆礼物赠送的相关书写而言,传统礼物话语中礼物和商品的二元对立关系被打破,礼物赠送被蒙上了商品交换的特征。弗莱姆赠送的礼物表面上"不需回报",但实际上却是不怀好意的贿赂,充满美好情感的礼物赠送在他手上蜕变成人与人之间赤裸裸的利益链条。而且,小说中的弗莱姆是潜入老法国人湾、杰斐逊镇的外地人,代表了外来的现代工商业文明力量,他的精明和算计也使他和现代资本主义商业精神画上等号。因此,和弗莱姆相关的礼物赠送书写似乎也在暗示南方历史转型期现代工商业文明对于杰斐逊镇最为深层的人际关系的渗透和倾轧。从这个意义上来说,福克纳笔下的弗莱姆礼物赠送实际上指向了南方小镇在商业精神倾轧下道德沦丧、人与人之间越来越功利化的现实。正如布尔迪厄所言,"礼物赠送是一种虚构,是个人和集体对于伪装成礼物实则为经济计算和交换的利己行为的一种错误判断"("Selections", 198)。

最能体现礼物赠送的商品化和功利化的是小说中"不可让渡的财产"被作为特殊礼物堂而皇之地赠送。安妮特·韦纳(Annette Weiner)和莫里斯·戈德利耶(Maurice Godelier)在研究中区分了"可让渡的财产"(Alienable Possessions)和"不可让渡的财产"(Inalienable Possessions),前者主要包括名誉、身份、地位、亲情等。这两位学者特别

---

① 德里达(Jacques Derrida)在《赠送时刻》(Given Time)中质疑了毛斯关于礼物的观点,指出了毛斯关于礼物交换概念中包含的内在矛盾:"礼物怎么可能同时被给予和被交换?"(13)而西苏(Hélène Cixous)则认为,需要回报的义务也是特别值得推敲的,她把这一点认为是"礼物自身所具有的悖论"(263)。对于她来说,希望得到回报的礼物暗示了对礼物的否定,礼物的情感价值变得无效。

指出，不可让渡的财产必须被保留，这样可以维护个人或群体的身份。而在老法国人湾，一些"不可让渡的财产"被频频拿出来作为交易，成为揭示南方小镇道德沦丧的最好隐喻。在《村子》中，由于尤拉怀上了来自外地的麦卡伦的孩子，而麦卡伦又不知去向，因此父亲老瓦纳为了维护家族的荣誉和面子，要求弗莱姆和尤拉结婚，而作为交换，老瓦纳则赠送给了弗莱姆优厚的嫁妆，不但给了一大笔钱，而且把老法国人湾的一处老庄园转移到弗莱姆的名下。在《城镇》中，当尤拉和弗莱姆从老法国人湾搬到城镇时，尤拉成为斯潘的情妇，斯潘利用其市长的权力为弗莱姆在杰斐逊镇的电站安排一个职位，而作为回赠，弗莱姆则一直对于尤拉和斯潘之间的情事保持沉默。在老瓦纳、弗莱姆、斯潘这些赠送主体之间，家族的名誉、自身的权力、亲情等"不可让渡的财产"都沦为可以谋取私利的工具，而赠送主体之间的关系也不啻于是一种赤裸裸的利益交换。

不难发现，两次礼物赠送呈现出一个共同的特点，即弗莱姆在礼物赠送中对于物质财富的关注大于对于其名声的关注。从老瓦纳和弗莱姆之间的礼物交换来看，老瓦纳赠送给弗莱姆的是土地和金钱，而弗莱姆回赠的是迎娶老瓦纳怀孕的女儿，挽救了老瓦纳家族的声誉。在20世纪上半叶的美国南方，南方淑女的神话使得南方社会对于名誉和贞节异常看重，弗莱姆和老瓦纳之间的交换意味着传统保守的老瓦纳通过金钱和土地换取名誉和贞节，但是，从弗莱姆的角度，他在得到金钱和土地的同时也会背上羞辱，失去名誉。但是弗莱姆和老瓦纳之间成功的互惠交换这一等式无疑表明了弗莱姆对于物质财富的关注大于南方社会的传统名誉。在《城镇》中，弗莱姆和市长斯潘之间的互惠交换进一步证明了这一点。在《城镇》里，从礼物交换的互惠等式来看，弗莱姆得到了金钱和权力，赠送出去的是自己的妻子，同时也包括自己的名声。从弗莱姆的两次礼物赠送的过程来看，他赠送出去的都是不可让渡的物品，比如自己作为丈夫的声誉。

由此可见，弗莱姆不顾一切地通过各种方式换取土地、金钱等物质财富，体现了现代社会商业精神中唯利是图的一面。他在礼物赠送中对于头衔、名誉等不可让渡的财产的舍弃也暗示了现代工商业精神主导下的利益至上的价值观对于南方传统价值观的倾轧。而这一过程中，老瓦纳、斯潘等虽然没有像弗莱姆那样重利轻义，但是他们共同将礼物赠送沦为肮脏的商品交易，将最为宝贵的东西沦为商品，女性尤拉也在一次次交易中被"不断转手",这些都隐喻了福克纳笔下的南方小镇逐渐物质化的事实。

和弗莱姆、斯潘、老瓦纳等"商品化"的交换特征形成鲜明对比的是律师加文、拉特利夫等在赠送礼物时的慷慨,福克纳似乎在通过这一股正义的力量来拯救一个世风日下的南方小镇。小说的很多细节描写了加文和拉特利夫和以弗莱姆为代表的斯诺普斯家族的对抗和较量,尤其是加文、拉特利夫对于传统道德规范的维护。加文时刻担心和弗莱姆生活在一起的尤拉的女儿琳达受到弗莱姆的精神毒害,而书籍在加文看来可以净化心灵,可以使心灵在日渐污浊的商业空气中免受污染,所以加文一方面通过赠送的书籍使琳达获取知识,另一方面也希望通过书籍的力量来使琳达远离弗莱姆商业精神的影响。在赠送书籍时,加文不但慷慨地请客,还向她灌输自己的道德理念。书籍这一礼物本身的纯净色彩以及加文在礼物赠送时表现出的慷慨都使人联想起南方社会的传统绅士,也展示了南方传统社会的一个重要品质,即伯特伦·怀亚特-布朗所归纳的"南方荣誉"。

在福克纳笔下,律师加文充满正义的形象和弗莱姆最后的悲剧结局无疑隐喻了福克纳对现代工商业文明的态度,表达了福克纳对消费入侵城镇的态度,尤其是对斯诺普斯商业精神的不满。颇为吊诡的是,弗莱姆最终没有被加文所杀害,相反,和弗莱姆同一家族的明克最终扮演了为民除害的角色。这一方面似乎在暗示福克纳对于这种风气沦丧是否还有希望回归的怀疑,而另一方面血族关系本身和南方传统价值观的内在关联也在暗示弗莱姆抛弃南方传统的严重后果。

同样是展示现代工业文明的入侵和传统文明的消逝,安德森大量书写了病毒化的环境和扭曲的人物形象,通过伤残意象揭示现代工业文明的入侵,斯坦贝克则擅长通过质朴的贫穷白人形象塑造来暗示作家对传统价值的留念。虽然前者是福克纳的文学领路人,后者是福克纳的重要支持者[①],三位作家都书写了现代工业文明对传统价值观的倾轧和特定地域空间的道德滑坡,但福克纳更倾向于通过日常生活细节

[①] 福克纳在诺贝尔奖典礼上对于"南方荣誉"、作家责任的强调得到了1962年获得诺贝尔奖的斯坦贝克的高调回应。在获奖感言中,斯坦贝克直言不讳他对福克纳的崇敬,称福克纳为"我的伟大先驱",非常认同福克纳"唯有相互冲突的人类之心才值得描写"的观点。他认为福克纳"比大多数人都要高明,他既了解人类的力量,又了解人类的弱点"。

描写这种"润物细无声"式的变革，比如礼物赠送中所折射的淳朴的人际关系的变味。

在本章节的开头，笔者曾提到迈尔斯·奥维尔最近的一篇论文《秩序和反抗：福克纳的小镇以及记忆的场所》。迈尔斯·奥维尔在论述什么是"福克纳式小镇"时指出，

> 福克纳笔下的小镇不但包含了很多怀旧的因素，同时也反映了现代性的矛盾。它是一个当地的事情融入更大的社会力量的地方。它是身份的矩阵，其中把个人的主体放在了两个对应的力量的交织点中，然后回到历史，这体现在文化记忆的外在的、物质的象征上。走向未来，大众文化的一个更大的世界冲击着小镇生活。在走进 20 世纪 20 年代的小镇生活的话语中，福克纳提供了一幅更为复杂的图景，既不是讽刺式，也不是中产阶级理想主义。他把小镇作为研究现代性的悖论的场所，是记忆的场所，在他的历史中和它的改变力量中体现了秩序和改变的矛盾。（109）

奥维尔归纳的"福克纳式小镇"的重要特点是"现代性的矛盾"，即一方面是由于外来的大众文化和消费文化带来的影响导致的秩序打破和混乱状态，而另一方面则是法院等建筑所代表的"秩序、稳定和和平"。但是，笔者认为，借助物质文化批评视角考察，并且将"福克纳式小镇"书写置于美国文学小镇书写传统来看的话，"福克纳式小镇"在三部曲中独具一格，构塑了一个面对现代工商业文明冲击的南方小镇典型。"福克纳式小镇"抓住了可以深刻表现社会变革的关键点，即书写了小镇里以消费为主导的多层面的文化结构转型，包括地理空间的消费化、阶层区分的物质化和礼物赠送的商品化。这一切对于福克纳本人来说无疑是灾难。在现实生活中，面对现代化痕迹日益明显的奥克斯福，福克纳除了时不时地选择离开，还有一个缓解压力的方法就是购买土地，希望土地能将置身其中的他"保护起来"（帕里尼，169）。而在小说中，他则没有选择逃避，而是勇敢细腻地呈现了一个受现代工业文明和消费所影响的一步步物质化和商品化的"福克纳式小镇"，丰富了美国文学中的小镇传统。

第三章 "物性"与转型期美国南方人物身份的动态塑形

斯洛普斯三部曲中主要讲述了贫穷白人弗莱姆·斯洛普斯的发迹和衰落史,但同时也刻画了该家族的其他人物形象,包括在监狱关押38年仍然不忘向堂兄弗莱姆寻仇的明克·斯洛普斯、和《烧马棚》故事相关的弗莱姆的父亲阿比·斯洛普斯等。弗莱姆·斯洛普斯在明克·斯洛普斯入狱时不但没有出手相救,却巧施伎俩,延长明克在监狱的关押时间,最终被明克杀害。此外,老法国人湾的种植园主瓦纳和儿子乔迪、弃农经商的巡回经销商拉特利夫、从法学院毕业后成为杰斐逊镇律师的加文等也在小说中占有着重要的一席之地;尤拉和女儿琳达是三部曲中的主要两位女性人物形象。作为老瓦纳的女儿,尤拉因为意外怀孕而被迫嫁给弗莱姆挽救家族声誉,而弗莱姆在与尤拉父亲的交易中得到大笔的经济回报;到了杰斐逊镇后,尤拉成为市长斯潘的情妇,而弗莱姆则利用尤拉作为自己向上攀爬的棋子。当尤拉和斯潘的关系暴露后,尤拉开枪自杀,斯潘远走他乡,弗莱姆也达到了自己权力和金钱的巅峰。尤拉最后开枪自杀为三部曲笼罩了浓厚的悲剧色彩,也使得她和弗莱姆·斯洛普斯、明克·斯洛普斯并列成为三部曲中三个主要悲剧人物。

由于福克纳在不同时期塑造了众多人物形象,而且这些人物在约克纳帕塔瓦法体系小说中轮番出场,令人眼花缭乱,因此评论界进行了整理归类。马尔科姆·考利(Malcolm Cowley)将福克纳的作品人物形象分为五组:庄园主和他们的后代、杰斐逊镇里人、穷白人、印第安人、黑人。同时又按家族进行了如下分类:康普生-沙多里斯家族、斯诺普斯家族、麦卡斯林家族、拉特利夫-本德伦家族等(转引自 Hoffman and Vickery, 98 – 99)。而克里斯特尔·格里纳沃尔特(Crystal Greenawalt)在 2006 年的博士论文《福克纳小说中的人性》("The Human Spirit in

Faulkner's Fiction")中将福克纳笔下人物的创作模式分为四大类:南方旧秩序里的人物,如康普生家族、沙多里斯家族、霍拉斯·本鲍(Horace Benbow)、爱米莉·格尔森(Emily Grierson)等;南方的外来者(the newcomers to the south),如萨德本家族、斯诺普斯家族等;黑人和混血儿形象,包括迪尔西(Dilsey)、卢卡斯·布钱普(Lucas Beauchamp)、赖得(Rider)、查尔斯·本(Charles Bon)、乔·克里斯默斯(Joe Christmas);穷白人形象,主要包括本德仑家族中的人物。克里斯特尔·格里纳沃尔特和马尔科姆·考利在归类时或根据家族姓氏、或根据生活的不同地域、或根据人种、或根据本地人外地人之分进行分类,基本概括了福克纳笔下的人物类型。

就三部曲而言,斯诺普斯家族既是典型的"南方的外来者",也是"穷白人"形象。在提到白人形象时,马尔科姆·考利区分为"庄园主和他们的后代、杰斐逊镇人、穷白人",而克里斯特尔·格里纳沃尔特则区分为南方"旧秩序里的人物、南方的外来者、穷白人"。在三部曲这类以普通白人为题材的作品中,福克纳通过贫穷白人的发迹和衰落书写了20世纪上半叶从新南方向现代南方过渡的历史转型期南方普通居民的日常生活和情感纠葛。同样是悲剧呈现,无论是没落贵族,还是斯诺普斯三部曲中的普通白人,其兴起和衰落都和历史洪流的裹挟息息相关,这也正是福克纳作品创作浓厚历史感和地域意识的源泉之一。

如果将三部曲的白人形象置于新南方向现代南方转型的历史语境来考察的话,一个新的问题呈现在面前:既然在前面两章节中论述了20世纪上半叶的历史转型期南方传统文明和价值观如何在北方工商业文明与物质力量的影响下逐渐瓦解的缓慢历程,那么这种影响是如何体现在具体人物身上的呢?换言之,三部曲中的普通白人形象如何呼应20世纪上半叶新南方向现代南方历史转型期的文化变革和消费变革?福克纳是如何通过形形色色的人物塑造,包括人物命运在历史洪流中的悲欢沉浮,从不同侧面诠释南方历史转型期的时代气质和文化精神?

对于南方历史变革对于三部曲人物身份的影响,评论界很早就给予了关注,比如沃伦·贝克和弗朗西斯·露伊莎·莫里斯·尼克分别考察了斯诺普斯三部曲中男性人物形象和女性人物形象的身份特征,不过他们在研究中都没有突显出新南方向现代南方转型的历史语境中的核心问题,即工商业文明的入侵和消费主导的社会变革对于人物身份的影响,也没有涉及"物的时代"(Age of Things)和人物命运沉浮的内在耦合和因果关联。

"物的时代"是一部分学者对于美国 19 世纪末 20 世纪初工业文明和消费变革的一个特指。内战后,工业现代化必然导致大批量生产的物品进入流通市场,整个社会逐渐被纳入物的发明、生产、流通、消费体系中,成为"民族文化的主要特征"(Brown, *The Material Unconscious*, 4)。各种新的物品充斥在人们的周围,各种旨在介绍、普及、推广新物品的展览会和广告为人们提供了各种"物的课程"。跟上新物品的步伐意味着跟上了时代的步伐,不了解这些物品或者买不起新物品意味着失败和落伍。亨利·詹姆士曾借助笔下的人物感慨道:"他们每隔五年就重新制造出各种新的物品,能够紧紧跟随新物品的步伐真棒啊"(*Washington Square*, 26)。努力工作,拼命赚钱,或者一夜暴富,从地位卑贱的平民变成受人尊敬的大富翁,从而有能力购买各种商品,过上舒适、受人尊敬的生活,这便成为 20 世纪上半叶新一代美国人的"美国梦"。实用主义哲学成为这一时期的主流意识形态,对物质的追求使人们在成功和道德原则之间选择前者;刺激消费,"允许大众娱乐"等经济学家们的呼吁使得以物质享受为标志的"美国梦"获得了广泛的社会认可和文化支持,物质产品也获得了一种前所未有的控制力量,"不是我们占有物品,而是物品占有了我们"(Anon, 716)。

三部曲中形形色色的人物也被福克纳巧妙地嵌入这一时期复杂的社会历史语境中,而人物命运的沉浮也体现了以消费为主导的地域空间的变革,揭示了"物的时代"对人物命运的操纵和人物内心的冲击。弗莱姆·斯洛普斯、尤拉·瓦纳、明克·斯洛普斯是三部曲中两条主线的主要人物,也是三部曲中三个主要悲剧人物。在《村子》中,工商业文明的入侵不但影响着老法国人湾的社会空气,也改变了人们的价值判断,而弗莱姆则成为福克纳笔下追逐物质利益的一个典型;同样,杰斐逊镇的主旋律也逐渐被"物质主义"思潮替代,虽然以加文为代表的正义人士试图通过各种途径洁净社会空气,但这种努力无异于螳臂当车。在这样的物质利益至上的地域空间里,人物的悲剧有其主观因素,但也有其历史的必然因素。尤拉一次次地被当作商品交换,成为弗莱姆追逐利益的工具。而明克面对和豪斯顿的巨大贫富差距,心里也不免失衡,其悲剧人生的背后仍然无法摆脱利益的控制。总之,对于现代工商业文明的冲击,弗莱姆、尤拉、明克虽然悲剧结局相似,但他们对于这场变革或主动适应、或被动地接受、或强烈地抵抗,在文本中呈现了丰富多彩而又形式各异的身份变化特征,抽象凝结为新南方向现代南方过渡的福克纳式的悲剧人物典型。

第一节　弗莱姆的物化:现代南方追逐物质利益的"空心人"

弗莱姆人物形象不但是福克纳笔下贫穷白人形象中最重要的代表人物,也是世界文学中著名的暴发户形象,和巴尔扎克、左拉、德莱赛、华顿等笔下的生意人形象一起镌刻在文学殿堂的画廊上。这个最早出现在短篇小说《亚伯拉罕父》中的人物形象后来也时不时现身在福克纳其他约克纳帕塔瓦法体系小说中,但只有在斯诺普斯三部曲中得到了全面而深刻的呈现,他的发迹和衰败构成了整个三部曲的最主要的情节线索。① 在三部曲中,这个来自外乡的人物寡言少语,从一露面就是乡村和城镇居民议论和关注的焦点,引发了文本内外的种种猜测,使他成为福克纳所有人物形象中最为复杂、最为饱满、引发争议最多的人物形象之一。

从文本中种种关于弗莱姆的描写来看,福克纳很少直接介入弗莱姆的内心,也没有赋予弗莱姆第一人称视角讲述自我的机会,但是正如"真正的心理描写其实就是没有心理"一样,真正的人物描写往往没有人物。② 没有很多弗莱姆的直接描写,相反,弗莱姆周围的人和物成为福克纳书写弗莱姆的重要策略。小说中多处通过借代手法用弗莱姆使用的物品来指代弗莱姆,包括弗莱姆佩戴的领结等;弗莱姆第一次在文本中的出现被置于门窗的背景之中,和早年塑造爱米莉人物形象时用的手法如出一辙;此外,这一人物形象在福克纳笔下一方面寡言少语,但另一方面却有着很多重复的动作,比如吐吐沫、嘴巴不停地在咀嚼、一动不动地坐在椅子上等。由此看来,不但弗莱姆像谜一样令人匪夷

---

① Thomas E. Dasher 曾统计弗莱姆出现在福克纳下列小说中:《亚伯拉罕父》《花斑马》《坟墓中的旗帜》《萨多里斯》《在我弥留之际》斯诺普斯三部曲、《掠夺者》中(398)。
② 余华曾在博客中撰文《奥克斯福的威廉·福克纳》,称师傅福克纳教给他的心理描写的绝招是"真正的心理描写其实就是没有心理"。

所思,就连福克纳为何如此刻画这一人物也值得探究。

自三部曲问世以来,围绕弗莱姆的评价和争议就没有停止过。受传统的道德批评模式的影响,弗莱姆·斯诺普斯在早年常常被很多评论者认为是背信弃义、巧取豪夺的负面人物形象,他和他的家族也成为福克纳研究的一个重要术语"斯诺普斯主义"(Snopesism)的起源,被评论界专门用来指涉那些败坏社会风气、物质利益至上的类型人物。①

20世纪90年代文化批评的盛行使得评论界对于弗莱姆不似从前那么苛刻,很多研究者开始试图在南方经济现代化语境中揣摩弗莱姆的种种行为动机。莫里·露伊莎·斯金费尔认为,作为一个生意人,弗莱姆"可能对美国南方农村和城镇的经济现代化有着积极的作用",因为经济现代化也需要这一类的生意人。斯金费尔进而通过这一人物的塑造揭示福克纳创作三部曲的意义,认为将弗莱姆刻画成一个由新南方的佃农转变而来的生意人形象"标志了福克纳对独立的资本世界的发现"(Skinfill, 106)。玛莎·班塔(Martha Banta)的研究更进了一步,她区分了三部曲中弗莱姆的资本主义和老瓦纳的资本主义。直到弗莱姆到来之前,老瓦纳一直是老法国人湾的店铺拥有者和资本家。老瓦纳代表着旧式的企业家,而弗莱姆代表先进资本主义,体现在弗莱姆很多机器式的方式上。因此,在玛莎·班塔看来,正是弗莱姆带来了这种金融资本主义,弗莱姆对于"南方农村经济现代化的实现起了重要的作用"(309)。还有的评论者试图重新评价弗莱姆的阶级身份。比如,理查德·戈登(Richard Godden)认为没有必要孤立地把弗莱姆看成是一个生意人,弗莱姆并不是一个资本主义隐喻,和经济现代化关系不大;相反,这个人物体现了杰斐逊镇隐蔽的权力关系,"被城镇里真正的权力结构利用,成了资本主义的替罪羊","代表了平民主义和阶级怒火"(populism and class rage)(78)。

弗莱姆批评话语的总体导向也影响了评论界对于三部曲中和弗莱

---

① 譬如,理查德·C.克罗威尔在探讨斯诺普斯家族的人物形象时,将弗莱姆视为是"约克纳帕塔瓦县的腐蚀力量"。他在梳理"斯诺普斯主义"这一术语的演变时,认为福克纳实际上在暗示弗莱姆代表的斯诺普斯主义对约克纳帕塔瓦世界的负面影响,斯诺普斯主义实际上处于"约克纳帕塔瓦法世界的主导思想的对立面"(Crowell, 85)。和克罗威尔观点相似的还有斯蒂芬·J.纳普,他在《家庭、血统、群体、宗教:福克纳和南方血缘意识》中从血族关系入手分析了南方家族观念及传统对人物的影响。在他看来,弗莱姆在追逐利益过程中无视南方传统,背叛南方的血族关系,没有出手相救自己的同族兄弟,而这是导致弗莱姆最后被明克杀害的主要原因(Knapp, 86)。

姆相关的侧面书写策略的判断。评论界常常将弗莱姆的种种行为举止和他在文本中表现的寡言少语、精于算计等其他特征联系在一起,用"机器式的性格"来归纳弗莱姆的身份特征。理查德·M.库克(Richard M. Cook)认为,

> 弗莱姆从未被对家庭的忠诚和作为人尊严的尊重所羁绊。机器本身并不需要关注自己内心世界,它可以稳定快速地适应环境。弗莱姆是南方的怪异之人,他之所以可以上升是因为他激发了他所在地区里很多人的潜在力量,将他们成为和他一样怪异的人。弗莱姆强迫或引诱每个人参与他的游戏,包括品德高尚的拉特利夫。他可以像瘟疫一样兴盛不衰,是因为人们很难理解或控制他所运转的机制。(7)

在这段话中,库克将弗莱姆比作机器,无须关注任何人性的羁绊,只需像机器一样运作。沃尔普(Volpe)的研究对于弗莱姆的评价更为直白,他认为弗莱姆只想"赚钱",这一目标"使他的思想变得很单一,普通人很难做到这一点,就连他的亲戚对他的冷漠都感到吃惊"(322)。尤格(Urgo)则认为,弗莱姆"表面上木讷,实际上是一个行动力很强的人",是斯诺普斯家族唯一"知道如何实现自己的目标,最后获得成功的人"(*Faulkner's Apocrypha*, 163)。

由此可见,评论界对于弗莱姆在文本中的身份特征已经有所指涉,对于弗莱姆精明冷漠、利益至上的基本特征也有所触及,但面对这样一个丰富复杂的人物形象,尤其是文本中大量关于弗莱姆的侧面书写,笔者认为这一人物还有进一步探索的广阔空间。三部曲中有很多关于弗莱姆购买、占有、使用物品的书写,评论界对此都未尽其意。如何领会文本中这些和弗莱姆相关的侧面书写?如何将这一人物置于新南方向现代南方转型的宏大历史背景中,去理解福克纳怎样借助这一生意人形象投射自己对于特定历史文化的想象诉求?物质文化批评视角的"物性"理论中关于物人关系的阐释为理解弗莱姆人物形象提供了另一个突破口。本小节将抓住文本中弗莱姆购买的家具、穿戴的服饰,装修的房屋等重要细节书写,深入挖掘福克纳笔下现代生意人形象的身份特征,并进一步透视福克纳在这一人物身上投射的情感主张。

在《城镇》中有一处没有引起足够重视的重要细节,即弗莱姆在家

具店的长时间沉默,以及人物之间长时间的凝视等。小说通过尤拉和加文的对话间接描写了弗莱姆在孟菲斯的一家店铺购买家具的情形。尤拉向加文提到了弗莱姆在家具店时的一个微妙举动,即弗莱姆在和家具店老板夫人之间长长的对视之后,老板夫人知道了弗莱姆真正想要的东西。而在此之前,家具店老板也试图给弗莱姆归类,想要根据弗莱姆的社会经历来询问弗莱姆想要的家具款式,但弗莱姆似乎都不太满意。对此,加文猜测,弗莱姆实际上是想挑选合适的家具来使自己跻身于受人尊敬的市民阶层(*The Town*, 193 – 194)。

这一细节也引起了评论界的关注。尼可(Nichol)的观点和文本中加文的猜测基本一致,认为弗莱姆想要通过家具来获得尊敬,而福克纳也用这段家具的故事来证明"弗莱姆一直在模仿所在社区群体的习俗与规矩以便尽快地融入进去"(497)。最有见地的是艾琳·佩尔西尔(Irene Percial)的研究。她在《资本主义人格化:经济想象、小说与企业家》(*Personifying Capitalism: Economic Imagination, the Novel, and the Entrepreneur*, 2005)中回应了关于弗莱姆人物形象的一些争论,认为前面的论述要么是叙述视角上的解读,要么是经济上的解读,从这些方面考察弗莱姆都行不通,理解弗莱姆的关键在于要把关注从"经济行为转向经济认识论",应该关注小说中一些长时间的不说话、长时间的注视等,从这些充满意义的停顿和沉默来挖掘小说的意义。艾琳·佩尔西尔在研究中特别援引了弗莱姆去家具店挑选家具的情形,认为这一细节只是斯诺普斯三部曲中很多沉默描写的其中一个例子而已。在她看来,弗莱姆并不是要寻找能代表他自己的家具,不是在努力让世人知道他是多么成功、多么富有,也不是向世人展示他的贵族血统,相反,他所努力追求的是生意人的"沉默"策略。佩尔西尔的结论是,文本中这些沉默和停顿表明福克纳在揭示一点,即"正是在对话的间隙,正是在合乎逻辑意义连贯的故事与小说体系间的叙述间歇里,企业家找到了最赚钱的商机"(xi)。

的确,弗莱姆在文本中很多时候被描写为一个沉默的形象,艾琳·佩尔西尔的分析也令人耳目一新,不过艾琳·佩尔西尔似乎没有过多关注到福克纳在书写弗莱姆的另一面,即小说中多处提到和弗莱姆相关的物品,如从他在老法国人湾到最后被杀始终不曾解下的领结,每次在地位发生改变时都会更换的帽子,嘴里不停咀嚼的烟草等,包括从家具店买回来的家具。这一切都表明弗莱姆是一个喜欢购买、占用物品的人物形象。从最初的一文不名,到终于成为杰斐逊银行的行长,弗莱姆通过自己的精明和商业手腕一步步地向成功迈进。弗莱姆不像斯潘拥有家族遗传给他的经济资本和政治资本,也不像加文有着哈佛、海德堡大学的高等教育背景,因此从贫穷白人摇身变为银行行长,不但需要处心积虑地抓住各种机会,卑微地做出各种牺牲,包括为了物质利益和已经怀了别人孩子的尤拉结婚,更多的是源自内心对成功的强烈渴望和物质力量的强烈诱惑。因此,不妨设想,从社会底层打拼到现在的弗莱姆看到这些古式、高贵的家具时会不会像左拉作品《妇女乐园》中的黛妮丝·鲍杜进入百货商店时兴奋激动的情形呢?弗莱姆在家具店的沉默情形是不是就像德莱塞笔下的嘉莉妹妹在静静地凝视百货商店橱窗里展列的商品呢?

物质文化批评者将这种现象解释为"物恋"。托多罗(Chodorow)从文化心理学角度剖析了这一过程。他认为,在这一凝视过程中,心理分析的几个基本过程在人与物的各种关系中都在发挥作用:

> 第一个就是投射。当进行心理投射时,我们把自己的情感、信仰或者自我的一部分投射到其他人或者物品上。第二个是投入,即物品的构成因素被投入到自我。因此,在人—物关系中发生了能量的辩证转换。一方面,人们把某种特殊意义、幻觉/想、欲望和情感投射到物品上;另一方面,物品也被投入到自我,被使用,功能得到细化,被人玩耍,最终完全耗尽。(15)

如果借用托多罗关于物人关系的"能量的辩证转换"来看,也可以对弗莱姆在家具店的沉默做进一步的推测。在弗莱姆走进大都市孟菲斯的家具店时,物人关系已经发生了转换,不再是一种人与人之间或物与物之间的社会关系,而是一种人的主体和无生命的客体之间的社会关系,在这里关于人和物的现代性的本体区分不再有意义。当弗莱姆看到各种款式的家具时,商品凭借其迷人的外表、充满活力的内在生命侵入到弗莱姆的内心,在这一刻弗莱姆沉浸在商品和自我构建的狭隘空间里,主体客体难分彼此,对商品的冲动和占有欲望使弗莱姆内心发生了一些微妙的变化。正如 D. W. 温尼科特(D. W. Winnicott)所言,人和物品之间的交流发生在一个"潜在空间——一种介于主体和客体之间的某个地方的内在空间——不是个体的主体,也不是外在的物品环境,而是在两者相遇时产生的一种创作性的和娱乐的空间"(100)。

值得关注的是,孟菲斯家具店的家具是被陈列在一个房间里,老板在向弗莱姆介绍家具的历史,也就是在替不同款式的家具在做广告。换言之,各种款式的家具在房间里一一得到陈列,辅之以家具老板的详细介绍,这些对于家具类似广告的介绍使弗莱姆获得一种"物的课程"的教育作用,使弗莱姆不但看到销售的商品,还获得了关于物品的知识。弗兰克·鲍姆(Frank Baum)认为,商品被陈列或者在橱窗里展示的根本目的在于使"物体变活,有生命"(86)。对于商场经理而言,他们的任务不光是销售商品,而是要通过各种方式使商品呈现出诱人的形象,能够最大限度地诱导人们的欲望。在这样的区域场所里,物有了自己的生命,神奇地变成有机体,不是"因为具有内在的抽象价值的地位,而是因为它们对感官的诱惑"(Brown, A Sense of Things, 31-32)。家具的陈列和家具周围的环境形成了一个整体,其中物获得了自己的生命,通过它们审美价值的催眠力量迷惑了人们。家具这一商品在老板的介绍下、在静静的陈列中得到了夸耀的显示,这种陈列有着类似广告一样的作用,"哄骗或安排物体,这样他们可以向世人讲述自己的故事"(Stewart Culin,转引自 Bronner, 231)。

因此,可以得出这样一个假设:福克纳通过弗莱姆面对家具这一商品时的沉默行为摹写了一个在 20 世纪上半叶被"城市的商品世界施了催眠术"的美国人形象,塑造了一个在商品社会中通过购买东西的行为而客观化的主体。弗莱姆所处的 20 年代正是美国历史上物质主义盛行的时候,新商品层出不穷。为了让消费者对商品有更多的了解,百货商店常常利用玻璃橱窗来展示商品,商品在橱窗的灯光照射下格外炫目。此外,展览馆和博物馆也会经常举办针对各种物品的展览。"百货商店""展览"和"新博物馆"成为"物的课程"(object lessons)的三联板,教会美国人"物品的艺术和风格"(Harris, 154)。这些"物的课程"产生的重要背景之一就是工业化的发展将人们裹挟进了商品时代,复印技术的发展使人们身边充斥着各种广告杂志和贴画,几乎患上了"感官过敏症"(hyperaesthesia)①,而"物的课程"则是针对这一现象的一种

---

① 西美尔将现代人"害怕和物品距离太近,有近距离的接触"的情形理解为现代性的病态状况,叫作"感官过敏证"(hyperaesthesia)。而西门·J. 布朗纳认为物的课程可以治疗这种病症(转移自 Brown, A Sense of Things, 34)。

调和。正如西门·J. 布朗纳（Simon J. Bronner）所言，当物品"在形式上和概念上的展示也构建了一个无处不在的、无序混乱的物的世界"时，物的课程帮助人们控制物质世界（physical world）（217—254）。不过，"物的课程"在物质文化研究者看来是进步时代（progressive era）伟大的陈词滥调之一，因为当参观者沿着展厅行走时，他们像被展品催了眠似的，"带着一种茫然的渴望"（Brown, A Sense of Things, 34）。因此，从这个意义上来说，走到家具店购物的弗莱姆实际上是美国工商业文明影响下的"城市精神催眠影响的受害者"，在被展示的商品所折服的同时也呈现了物化的身份特征。

弗莱姆的物化特征还体现在文本中很多他所占有的物品的相关书写中。"占有"（possession）的重要性被很多物质文化批评者所强调，被认为是个体获得稳定身份的最重要的因素。迪特默（Dittmar）曾断言：有时真正使人们对物品产生心驰神往感觉的往往只有对物的占有（9）。伍德沃德也特别指出物品是透视人物身份的可靠信息：

> 从社会身份角度来说，在没有人际交往情况下，物品代表了个人某种特定特征。因此，就在个体所拥有物品中肉眼看到的物品就可以向我们提供许多关于这个人的信息，根本不需要我们同他说话就可以确定其地位。从个体身份角度来说，物品将极大地促进身份有可靠、高效的表现——他们是高效社会表现不可或缺的一部分，借此物品（似乎）融入了其拥有者以便提供更加令人信服的表现。（137）

由此可见，各种占有的物品，包括穿戴的服饰、装修的住房等书写，和弗莱姆的心理身份密切相关，是研究这个有争议的人物的重要入口。将家具购买回家后，家具不再是陈列在商店里向顾客散发诱惑力的商品，而是成为弗莱姆占有的物品，弗莱姆拥有了对家具的唯一控制权。在三部曲中，弗莱姆拥有控制权的当然不只是家具，还有各种其他物品，尤其包括穿在身上的衣服、打在脖子上的领结、戴在头上的帽子，还有从斯潘手下买下的大宅等。弗莱姆只有在占有这些物品时，才能获得提升自我的感觉，才能"理解自己是谁，让别人知道自己是谁"（Woodward, 135）。

在三部曲第一部《村子》的开始，弗莱姆随父亲阿比·斯诺普斯初到老法国人湾时穿的是一件满是油垢的白衬衣和廉价的灰裤子(《村子》,30),戴的是一顶"灰布帽子";但是当受雇于瓦纳家经营的农村商店后,弗莱姆换上了一件崭新的白衬衣,而且"一整个星期都穿着它"。而白衬衣在老法国人湾被大部分人拥有,是村民们普遍承认的"共同服装"。由于此时弗莱姆刚刚来到老法国人湾,在村民眼里是典型的外地人。由于南方的地域封闭性,很多本地人对外地人很排斥,而初来乍到的外地人也感到很难融入新的群体。因此,弗莱姆首先考虑到他的外观服饰怎样去迎合本地人的生活方式和穿着举止,希望通过服饰的改变来融入新的环境和生活。而拥有一件和村民们一样的白衬衣无疑拉近了和村民们的距离,可以获得村民们的认可和信任。从这个意义上来说,伍德沃德的归纳不无道理:"物品同样可以传达个人、文化和情感意义,与主观身份相关——这些在人际交往中起到润滑剂的作用,有助于个人按自己的意愿行事"(135)。

  白衬衣体现了弗莱姆刚刚来到老法国人湾时想要和村民保持一致,获得认同感的努力。但是当弗莱姆在村子里逐渐站稳脚跟,获得老瓦纳的信任之后,村民们惊讶地发现弗莱姆出现在教堂,而且还带着领结:"一个小巧的、机制的黑色蝴蝶结。领结在后面捏在一起,用卡子固定起来,它不到两英寸长"。这个领结在老法国人湾除了老瓦纳之外,是"整个老法国人湾这一乡村唯一的领结",而且据杰斐逊镇居民的观察,弗莱姆一直到死都带着领结。在文本中,福克纳似乎在通过领结表达对这个人物的不满:他将领结贬低为"一种小而邪恶、没有深度、意义暧昧的污渍般的玩意儿"(《村子》,78)。领结黑色而又小巧的外形不但呼应着弗莱姆矮小的身材,也衬托出其性格的诡秘和阴暗。但是领结对弗莱姆却意义重大,而且在文本中领结和白衬衣形成了有趣而又意味深长的对比。白衬衣是老法国人湾很多人都拥有的衣服,但是领结在老法国人湾属于奢侈品之列,只有老瓦纳拥有,且只有在重要场合才佩带。为什么弗莱姆在刚到老法国人湾时急于拥有一件大部分村民都有的白衬衣,而后来却想要拥有一个大部分人都没有的领结呢?除了他经济状况改变之外,还有一个最有可能的原因就是他要显示出自己与众不同的身份,或者说让村子里的人感觉到他的与众不同。商品化和流水线生产也使现代社会步入复制时代,或者说出现鲍德里亚所预言的"表征危机"(crisis of representation)①,商品化是要把所有物品都同质化,都简约为交换价值,而同时也存在一种反向动力——独特化,即人的天性要求物品独特、强大、有意义,人们不断地卷入到反对同质性的斗争中(Kopytoff,68)。这种现代性的悖论被阿帕杜伊描述为"轨迹"和"偏离"的双重步骤(dual processes called "paths" and "diversions"),"轨迹"指的就是物品的习惯性使用,这种使用是文化规定的,而"偏离"就是这种轨迹被打破或者修正,后者用来追求个性(Woodward,104)。

对于弗莱姆而言,拥有一件大部分村民都有的白衬衣可以使他迅速摆脱自己外地人的身份,尽快被本地人接受,和本地人拥有同样的身份。但是当这种愿望一旦实现,他在老法国人湾不再纠结于自己外地人的身份之后,天性和欲望又驱使他获得能够显示独特地位的领结。拥有领结象征着他和瓦纳已经平起平坐,同样处于老法国人湾的上层社会。在当时的老法国人湾,领结作为奢侈品消费,对于弗莱姆来说已经完全符号化了,成为他获得男性尊严、确定上层身份、获得幸福的重要途径。

由此可见,领结对于塑造弗莱姆心理身份的作用不可忽视,而这也正是消费物品的魅力所在。道格拉斯和伊希伍德在《商品的世界》中指出:

> 消费物品的吸引力,仅仅部分在于能够满足需求,更重要的魅力在于它能够不断地提供表现、确定以及操纵自我的机会。社会参与者在别人眼里来、参照别人的物品来理解自己:他们渴望看到自己体现在别人的谈论和行动中,体现在他们周围的物中。(vii)

在三部曲中,弗莱姆一辈子都戴着领结,也一辈子戴着帽子。对于领结,杰斐逊居民不确定弗莱姆的领结是否更换过,有的认为他拥有无数的领结。但是对于帽子,人们可以确定他的帽子在不同时期被更换

---

① 鲍德里亚认为人类在后现代陷入了"表征危机"(crisis of representation),因为此时人类现实的表征可以被系统地、无止境地同类复制。当某个表征生产出新的仿真复制品时,后者已经和原先的现实完全脱离,而这种仿真品还可以继续产生新的复制品,这样的循环往复当然离现实会越来越远。具体可查阅《物体系》(2001)、《生产之镜》(2005)、《符号政治经济学批判》(2009)等著作。

为不同的款式。在《村子》的开始,弗莱姆随父亲阿比·斯诺普斯初到老法国人湾,乔迪第一次见到弗莱姆时,弗莱姆戴的是一顶"灰布帽子";到了小说《村子》的最后一章,在弗莱姆和尤拉结婚后,弗莱姆的帽子换成了一顶"有着鲜亮花格的新呢帽"(check cap)。在《城镇》中,弗莱姆当了银行的副行长之后,换上了一顶"乡村牧师和从政者"经常会戴的新帽子。灰布帽子、白衬衣、领结、灰裤子渐渐成为三部曲中弗莱姆的重要标志,和弗莱姆形成了亲密的关系,而服饰的改变也呼应着主人公心理身份的改变。对于弗莱姆而言,服饰除了提供稳定的身份,也塑造了他的身体,有效地提供了身体的补偿,这也印证了安·霍兰德(Anne Hollander)的观点:"我们脑海中对自己身体的想象和期望很大程度上都是依赖服装所建构的"(131)。

三部曲和弗莱姆相关的重要物质细节不但包括家具和服饰,还包括《大宅》里一些关于他和自己装修后的房屋的书写。大宅原先的主人斯潘在尤拉自杀后伤心地离开了杰斐逊镇,弗莱姆乘势买下了这处房产。弗莱姆搬进大宅后,对大宅进行了重新装修,格局使第一次去弗莱姆家的加文想起了远在千里之外的弗农山庄(mount vernon)①。作为华盛顿的住所,弗农山庄既是朝圣之地,也是权力的象征,弗莱姆搬进大宅居住也喻示着他达到了一生权力和财富的巅峰,成为杰斐逊镇的人上人,因为在城镇居民眼里,这座房子虽然不及弗农山庄那么大,但却象征着"杰斐逊镇受人尊敬的几代人和贵族身份",只不过具有反讽意义的是,这些人不会像弗莱姆那样"占有别人的钱",因为身为贵族的他们"不需要这么做"(*The Town*, 196)。

弗莱姆在装修大宅时,特别在壁炉前安装了窄平的木脚蹬架子,"高度正好可以让他放脚"。他在搬进大宅后,时常坐在标志着成功的旋转椅子上,脚放在壁炉的一侧,也不看书,什么也不干,只有嘴巴会习惯性地咀嚼。这一动作在叙述者看来,"不是什么蔑视,也不是什么对他的出身的提醒,而是正如伐木工人所说,是对他自我的确认,或许也是对他自我的警示"(*The Mansion*, 150)。不过,如果借用贝尔克关于房屋和自我的关系来看的话,也许还可以从另一个侧面来理解弗莱姆

---

① 弗农山庄是美国第一任总统华盛顿生活和埋葬的地方,现在已经成为美国人心目中的朝圣之地。Paul Wilstach 曾在《弗农山庄:华盛顿的家园和民族的圣坛》(*Washington's Home and the Nation's Shrine*)中对此做了详细介绍。

的这一行为。罗素·W. 贝尔克在《财产和延伸的自我》中从心理学层面论证了财产和自我感觉的关系。他借用威廉姆斯·詹姆士早年关于现代自我的概念"一个人的自我是他所拥有的全部东西的总和",做了进一步的拓展:"我们就是我们所拥有的,财产是自我感觉的一个重要组成部分"(112—113)。贝尔克继而论述了住房和自我的关系,认为住房是"扩大的自我",是稳定自我身份的一个重要物品。作为优越和成功标志的大宅最终被弗莱姆所占有,这无疑会增加渴望优越和成功的大宅拥有者的内心舒适感。当弗莱姆独处在按照自己意愿装修的大宅里,坐在温暖的壁炉旁,将脚放在木脚蹬架上时,沉浸在主客体共同营造但却难分彼此的空间里,形成了亲密纠缠。由此可见,各种占有的物品给主体带来不一样的感受,拥有这些物品使弗莱姆内心感觉安全和稳定。

从种种和弗莱姆相关的物品书写来看,福克纳笔下的弗莱姆是一个时刻追逐物质利益、极其渴望成功的人物形象。"物质主义"是理解弗莱姆的关键词。与其说他对于家具、服饰、大宅有着浓厚的关注,不如说他是一个热爱金钱、物欲极强的人。挣钱是弗莱姆"终极和恒定不变的参照点",是最终的目标(Warren Beck,29)。这一终极目标的实现使得弗莱姆的人生变得非常专一,甚至到了冷漠的地步。可以说,弗莱姆的发迹史基本上就是财富积聚史,正如小说中的加文评论道:"对弗莱姆而言,钱对他的诱惑就像女人的性对大部分男人的诱惑一样"(*The Town*,112)。从最早在老法国人湾骑的骡子,到通过婚姻交易拥有老法国人湾旧庄园的土地,再到黄铜事件中通过欺骗手段获得在杰斐逊镇的第一桶金,最后登上银行行长的宝座,并成为斯潘大宅的主人,这些标志着他一步步走向财富的巅峰,也喻示着他的美国梦成功实现。在文本中,他获得权力和成功的标志也和很多重要物品相联系,"水站""墓碑""大宅中的旋转椅子"在文本中不断被叙述者强调是弗莱姆迈向成功的三个纪念碑(*The Mansion*,192)。

具有反讽意义的是,弗农山庄常被美国人称为"大宅"(the Mansion),是华盛顿生活和死后栖息的地方,而福克纳颇具匠心将第三部命名为《大宅》,而且将小说中的杰斐逊大宅刻画为弗莱姆权力和财富的标志,同时也是弗莱姆的葬身之地。对物的追逐和关注驱使弗莱姆前行,也最终使他走向不归路,他的生命在到达权力和财富的巅峰时戛然而止。对物质利益的追逐使弗莱姆眼里看不到除了钱财物品之外的东西,他对商品的消费只会刺激他更多的需求,产生更多的欲望,从而也制造了一种更大的不满足。物质文化批评者借助鲍德里亚、坎贝尔(Campbell)、迈可克莱肯(McCracken)等理论解释了物的占有和深层欲望之间的断裂和永恒矛盾,这里不妨用来阐释弗莱姆现象的深层动因。鲍德里亚认为,外在的物并不能真正满足深层次的精神需求,只会制造一种永恒的"精神缺失",永远在刺激人们,但是却不能使人真正满足。迈可克莱肯则进一步解释了人的内心对物品的渴求。他认为,现代工商业消费社会制造了大量的商品,也制造了很多幻想和欲望,因此追求想要得到的物品是消解现实与理想之间鸿沟的重要方式,物品成为人们赋予意义的来源。但是就算人们"在物品中取得了梦想的种种要素",获得了短暂的快感,也无法完全消除深层的、内心的不满足感(转引自 Woodward,142)。对此,坎贝尔归纳道:"这就是消费社会的崇高力量——提供那些承诺给予意义和满足的物品,但是最终却不能满足深层需求"(90)。

  由此可见,弗莱姆在家具、服饰、住房等很多物品上标注了自己的希望、梦想和欲望,通过物的占有将自己情感投射到某一个特定物品中,而在这一过程中他的身份也逐渐变得物化。换言之,与其说他占有了物品,不如说他被物品所占有。表面看来,弗莱姆最后被杀害源于明克的复仇,但实际上他物化的身份特征才真正为他引来了日后的杀身之祸,因为除了利益他什么都不会在乎,就连在当时南方社会看得很重要的血缘关系的表兄被关进了监狱,他也置若罔闻。

  如果将弗莱姆置于南方历史转型期的历史语境来看的话,他只不过是物欲横流的社会中追求物质成功的芸芸众生中的一分子。当时美国盛行的物质主义才是弗莱姆悲剧的真正源头,正如尤金·奥尼尔感慨道:"我们本身就是悲剧,美国物质主义的悲剧。"鼓吹白手起家的物质主义带来的一个负面影响就是社会道德风气的急转直下,很多人为了发财不择手段,互相倾轧,弱肉强食。在拼命挣钱、追逐美国梦的过程中,不少人失去灵魂,价值观发生转变,在追逐物质利益的过程自身也异化为物质客体,呈现为物化的身份特征。从这个意义上来说,福克纳和这一时期的很多作家一样,通过塑造具有物化特征的人物来捕捉美国梦在社会中的阴霾,其笔下的弗莱姆可以被视为一个在现代社会中为了追逐物质利益而丢失灵魂的现代人的隐喻,他的悲剧和阿瑟·米勒笔下的洛曼、奥尼尔笔下的詹姆斯·蒂龙、德莱塞笔下的克莱德等人物一样,都是美国梦破灭的重要范本。

需要进一步指出的是,福克纳在表现弗莱姆"机器式性格"的物化特征时,大量使用了重复技巧,构成了其暴发户形象书写的一大特色。从小说的一开始,福克纳就在重复弗莱姆的服饰和动作,如灰色帽子和吐吐沫、咀嚼口香糖等行为;当弗莱姆在老法国人湾获取一定地位后,福克纳又在重复弗莱姆的领结、格子帽子、吐吐沫、咀嚼烟草等,而当弗莱姆搬进大宅时,福克纳又针对弗莱姆居住习性进行重复叙述,如脚放在脚蹬上,嘴里不停地、空空地咀嚼。由于文本中很少有关于弗莱姆背景、性格的直接刻画,也没有过多呈现弗莱姆的交谈,因此弗莱姆使用物品的习惯行为的重复、各种动作的重复显得格外醒目。

在《物的意义》中,比尔·布朗分析了诺里斯《麦克提格》中塑造的人物习惯性的行为(habitual action),包括崔娜·麦克提格象患有强迫症一样的积蓄、麦克提格酗酒后反复发作以及对于崔娜的反复虐待等,将这些重复的细节视为诺里斯的重复叙述(iterative narration)。布朗借用詹姆士关于习惯的理论,即物品的习惯性使用会造成"习惯的内化"(internalization of habit),认为这种"重复叙述"在文本中表现了波尔克·斯特利特(Polk Street)所说的单调的程式(monotonous routine),使人物成为"习惯的东西"(things of habit)。正如布朗所言,"占有物品的习惯会外化为一种强迫症——这种强迫行为努力向使稳定和拥有物质世界,通过重复来控制物,获得稳定,表现为一种习惯行为,这个物化的个体也只有在物中得到满足"(63)。也就是说,人物在重复使用物品的过程中由于习惯的原因变得物化(human thingified as a result of habit),而人物在物品中得到满足的同时,其身份也体现为一种物化的自我。

比尔·布朗的研究引导我们从另一个层面思考这些在弗莱姆日常生活中被习惯性使用的物品和弗莱姆身份特征之间的关系。虽然福克纳笔下的弗莱姆和诺里斯笔下的麦克提格身份特征不尽相同,但两位作家在表现这两个文学经典人物时都采用了重复叙述。福克纳笔下的弗莱姆重复了弗莱姆习惯使用的各种物品,像诺里斯笔下坚持把钱像金子一样收藏的崔娜一样,都是通过财富的增加获得满足。弗莱姆不但通过自己所拥有的物来认识自己,借助服饰、住房等外在物品帮助确认自己的存在和价值,而且他通过同样的物品做同样的事情,创造了一种统一和连续的景象,帮助他"克服无序和变化"。弗莱姆和物品的习惯性的互动赋予了物品以生命,但是重复使用同样的物品也使他的"神经系统变得机械",成为"习惯的东西"。换言之,弗莱姆的各种重复动作也可以被视为一个主体物化的表现,或者说主体呈现客体化的特征。

从这个意义上来说,同样是塑造美国物质主义影响下的逐利者和社会转型期的暴发户形象,福克纳和同时期的刘易斯、安德森、海明威等相比有着明显的独到之处。他不但通过各种物品书写来暗示弗莱姆的身份,服饰、住房等弗莱姆占有的各种不同的物品也以各自不同的方式悄然侵入弗莱姆的内心,参与着弗莱姆心理身份的建构,而且更为重要的是,这些物品在小说中被不断地重复。重复技巧的大量运用不仅使弗莱姆的物化形象更为深刻地呈现在读者面前,而且更为震撼地展示了一个在追逐物质利益过程中失去灵魂的现代"空心人"形象。①

第二节 尤拉的物化:努力挣脱现代南方父权体系的"包法利夫人"

斯诺普斯三部曲中的女主人公尤拉很容易让人联想起福克纳笔下的其他几位女性人物形象,如《喧哗与骚动》中离家出走和情人私奔的凯蒂、《野棕榈》中抛弃丈夫孩子和医生哈里出走的夏洛特·里顿迈耶、《标塔》中轻佻开放和逃避家庭责任的拉维恩·舒曼。虽然结局不同,但她们都触碰了南方传统道德习俗的禁忌,或未婚先孕,或有了婚外情,成为文本内外关注的焦点。和后面三个人物相比,尤拉显得更为复杂,这不仅是因为她最后选择了一个和其他三位女性不一样的结局——自杀,还因为她作为主要人物出现在三部曲的三部作品中,远比出现在单一作品中的凯蒂、夏洛特、拉维恩要丰富复杂得多,这使她成为福克纳笔下引发争议最多的形象之一。

在1957年被聘为弗吉利亚大学的"驻校作家"时,福克纳曾回答过几个和尤拉相关的问题。在3月份该大学的一次英语俱乐部活动中,当被问及尤拉的创作时,福克纳回答道:"尤拉这个人物形象高于现实,

---

① T. S. 艾略特1925年发表《空心人》,集中表现了西方人在现代工商业文明冲击下精神极为空虚的生存状态。如今,失去灵魂的现代"空心人"和"荒原"一样已经成为西方文学史关于现代工业社会的两个重要象征。

她是个时代错误,小村子没有她的容身之地。杰弗逊也容不下她。"(*Faulkner in the University*, 31)而在5月《纽约时报》发表关于《城镇》评论的第二天,福克纳在课堂上被问及为何《城镇》中的尤拉"没有《村子》中表现得那么自私,也更有主见,有时还有点哲学意味"时,福克纳将原因归结为"年龄的原因",他认为有了孩子的尤拉"意识到孩子在长大,需要被保护"(*Faulkner in the University*, 115–116)。当后来又有学生问起尤拉自杀的原因时,福克纳这样回答道:

> 我觉得是为了孩子。她陷入进退两难的境地,情人要求她离开丈夫,孩子就会发现自己生活在一个破碎的家庭。到了这个时候,不管孩子喜不喜欢弗莱姆,至少他是名义上的父亲。她觉得孩子宁愿有一个自杀的母亲,也好过有一个和情人私奔的母亲。
> (*Faulkner in the University*, 195)

显然,福克纳的这些回答并不能解开评论界关于这个人物形象的心头困惑,几十年来关于尤拉身份特征、自杀原因的各种论争一直持续不断。在《村子》中,尤拉显得懒散怕动,基本上"待在那同一个位置上,而且几乎保持着同样的姿势,她的双手一连几个小时地放在膝盖上,一动不动,就像是两个互不相干的沉睡的身体"(153)。除了肉体外,她的思想也处于静止状态,很少主动思考问题,"疲劳和厌烦仿佛对她的肌肉和身体都不产生任何影响,她好像是懒洋洋的处女时代的象征性自我"(153)。这些文本细节使早年的批评界对尤拉没有多少好感,一些评论者毫不客气地挖掘尤拉的种种缺点,认为尤拉"心智发育迟缓"(Geismar, 178),"懒散、迟钝、肥胖、多少有点不够理智"(Prior, 238),是镇上最不浪漫的人,"实际而又毫无感情"(Brooks, 54)。还有一些评论者似乎更认同福克纳的观点,认为尤拉"是一个超人,甚至是女神一样的人物",她在文本中各种静态的表现是一种"平静和镇定",她"在以加文为代表的体现杰斐逊文明礼仪和基督教道德的语境中显得尤为格格不入"(Gregory, 45–86)。在《城镇》中,尤拉选择自杀来结束自己的生命,这也成为尤拉批评史中的一个争议焦点,评论界从不同侧面借助相关理论话语做了种种推测。诺里斯(Norris)从心理分析的视角来分析三部曲中尤拉自杀的原因,认为尤拉的情事被瓦纳发现后,尤拉"出于羞愧而自杀",因此她的自杀原因和女儿琳达无关

(219)。麦克法兰(McFarland)将尤拉的自杀行为理解为她和"弗莱姆所代表的邪恶力量所做的最后的反抗"(42)。兰金(Rankin)和维克里(Vickery)的观点比较接近,基本认同福克纳在弗吉利亚大学对于尤拉的阐释,认为尤拉的自杀是为了保护女儿而牺牲自己(Rankin,150;Vickery,191)。诺埃尔·波尔克更是盛赞了尤拉的自杀行为,认为尤拉比福克纳笔下的凯蒂、夏洛特、拉维恩等其他女性人物形象要高尚,因为后面三个女性人物都是"放弃了非婚生的孩子使自己免掉责任",而尤拉则是为了女儿琳达牺牲自己,因为她坚信"如果琳达知道她的母亲不仅仅是别人的情妇,而是选择了自杀,那么琳达会更好地生活下去",从这个意义上来说,尤拉的自杀"体现了她对家庭和城镇传统价值的认可",体现了尤拉的"勇气、爱、荣誉"(129)。

评论界对尤拉的丰富展示足以证明福克纳笔下这一女性人物形象的独特审美空间,不过从上述列举的分析来看,评论界在分析尤拉自杀原因以及心理身份时,有两点值得商榷。首先,评论界似乎没有过多关注尤拉在三部曲中的发展变化,也没有过多分析作者在刻画尤拉这一人物形象在三部作品中的不一致之处。换言之,评论界在分析尤拉时基本上是立足于三部曲中的其中一部,对于尤拉人物形象在三部曲中的身份特征还需要进一步连贯起来考察。在第一部《村子》中,尤拉一直处于安静不动的状态,自始至终表现得非常被动,而在后两部,尤拉表现得似乎很积极,在人际交往中很主动。这种不一致不但可以反映尤拉人物形象和心理身份的变化,也可能在揭示作者在三部曲创作中的某种变化,对于理解人物形象和作家的创作有着重要的意义。其次,由于尤拉在三部曲中主要作为被看的对象呈现,《村子》中都是关于外表、行为等描写,只有《城镇》中出现了几次关于她的对话描写,所以评论界在分析尤拉自杀行为和动机时,主要关注文本中针对尤拉的一些细节描写,不过这些细节描写却没有包括进文本中很多关于尤拉使用物品的描写,尤其是三部曲中一些变化的日常物品。这些没有受到足够重视的物质细节是考察尤拉人物形象的重要窗口,对于理解尤拉自杀原因以及性别身份有着重要的参考价值。

如果从物质文化批评视角来看的话,福克纳笔下很多被忽视的关于尤拉的细节描写,尤其是尤拉使用的物品,都可能隐藏着关于尤拉身份特征的秘密,物质文化批评视角对于物质细节的关注也契合了福克纳在刻画尤拉时所采用的侧面细节书写的策略。在《村子》的第二章中,小说以第三人称有限视角多次描述了尤拉的安静与被动,"拥有生命但却没有感知能力,只是等待着"(《村子》,153),而在《城镇》《大宅》中,尤拉的各种言行由小说中其他人物形象通过第一人称视角来呈现,虽然仍然处于被观看、被叙述的地位,但是尤拉的很多行为举止似乎表明她恢复了"感知能力"。在《村子》中,和尤拉相关的物品主要为家用物品书写,但是在《城镇》《大宅》中,尤拉使用的物品发生了戏剧性的变化,比如文本中多次描写尤拉抽烟的细节、尤拉在自杀前去美容院做头发等。这些变化使得尤拉的很多行为举止显得格外扑朔迷离,人物身份也在一定程度上呈现了模糊性和不确定性,却为进一步挖掘尤拉的身份特征提供了可能。因此,本小节拟从和尤拉密切相关的物品入手,如《村子》中的家用物品、书包、胸衣以及《城镇》中的香烟、服饰,借助物质文化批评话语考察尤拉如何从一个缺乏主体意识的物化的客体形象转变为一个努力挣脱传统束缚、恢复主体意识的女性形象,透视这一身份特征的变化如何从更高的层面呼应南方历史转型期的社会变革,如何体现福克纳在历史变革的宏大语境中对于女性身份特征变化的巧妙展示和动态塑形。

尤拉从一出生就和各种家用物品建立了强烈的依赖关系,第一个和她关系密切的物品是村民们见到的村子里唯一的一辆摇篮车,"除了上桌下桌、上床下床之外",她一直待在摇篮车里,直到"个头长得很大,腿在里面伸展不开"(128)。到了幼年时期,她又和椅子结下不解之缘,"在椅子上从一个幼儿长到八岁,从一把椅子上移到另一把椅子上,只有打扫清理房屋和吃饭这类急事才能迫使她从椅子上下来"(129)。除了各种玩具娃娃外,父亲瓦纳在尤拉母亲的要求下让铁匠制作各种小型的持家用具,如扫帚、拖把、小型的真炉等给尤拉当作玩具。这些物品看似平淡无奇,但是和南方社会的其他物品相比,如马、机器、缰绳等,这些物品基本都是南方女性常用的家用物品。这些家用物品和马、机器、缰绳等其他物品在凯瑟琳·D. 霍尔莫斯(Catherine D. Holmes)看来呈现了两个世界的对立,即男性世界(masuline world)和女性世界(feminine world)。在解读《村子》时,她认为,福克纳不但有意把"僵化的、富有攻击性的、马象征的男性世界和流动的奶牛象征的女性世界"做对比,而且通过两性使用的不同物品来剖析两个世界的不同特质和对立(117)。比如,在《花斑马》章节中,在男性手上拿着缰绳、一心想控制马的时候,小约翰太太则似乎置身事外,手上拿着洗衣板和煎锅,抱着从晾衣绳上收下来的衣服,做着和家务有关的事情,在这一刻,《村子》中的两个世界,"男性世界和女性世界戏剧性地同时呈现了"(185)。

尤拉所处的家庭正是两个世界的呈现,父亲和哥哥常常是胯下骑着马,手上握着缰绳,在家中处于控制主导地位,而母亲和尤拉则是和各种家用物品发生联系,处于被动的状态。对做家庭主妇有"生理快感"的尤拉的母亲常常"收藏好熨过的布单,整理塞满杂物的货架,收拾土豆窖,用彩带装饰烟熏房屋的橡木"(《村子》,130)。对此,她自己不但乐此不疲,还把那些持家用具给女儿当玩具,培养幼年的尤拉将来操持家务的女性意识,为未来的家庭主妇的身份做准备。由此可见,尤拉从小就被置于一个女性世界中,和尤拉密切相关的这些家用物品也在参与建构着尤拉的女性意识,使尤拉在不知不觉中认同自己被动的女性身份。

到了上学的年纪,书包成为尤拉形影不离的伙伴,成为和她关系最为密切的日常用品之一。她的书包里面除了一些杂物以外,常常会放一个凉红薯,当她的哥哥把她送到学校后离开时,她"就会待在那同一个位置上,而且几乎保持着同样的姿势,她的双手一连几小时地放在膝盖上,一动也不动,就像是两个互不相干的沉睡的身体"(153)。她对于学习毫无兴趣,常常"坐在学校校舍的台阶上,吃着红薯,平静安详,慢慢嚼食",对她衣服外面的一切毫无知觉(156)。尤拉的书包在小说中被描写为是"俗艳的、用油布做成的装东西的玩意儿",和尤拉本人一起被作者戏谑为"是对整个教育主张的滑稽模仿和似是而非的体现"(133)。在文本中,盛装书本的书包被挪作其他用途,沦为食品的包装袋,里面装着南方的一种常见食品——红薯,书本在文本中的误用使这一物品本身在文本中被放大,提醒我们关注尤拉的身份特征。

列奥·斯泰因在《美学入门》中从审美心理分析了物品的审美认知,阐述日常物品如何引发人们关注的心理机制。在他看来,习惯的打破常常会引导人们关注物的"物性"(thingness of the object),"当工具不再以工具的身份来工作,它就成为一个物,一个要求我们特别关注的物"(Stein,45-49)。在《物的意义》中,比尔·布朗也对物的"误用价值"(misuse value)做了分析,他认为日常生活的程式化常常会使"物质世界现象化",即习惯化妨碍了感官体验,而感官体验常常需要依赖"方向迷惑或位置混乱"(disorientation or dislocation),即习惯的打破,从而使物的身份(objecthood, thinghood)重新客体化(re-objectification)(76)。尤拉的书包在习惯情形下应该是盛装书本,尤拉正常情况下应该是背着书包去上学,但是在小说中这种习惯被打破,读者的期待模式出现偏差,物品在文本中出现了陌生化的审美效果。书包在被习惯使用时,书包"作为物的物性"(character of things as things)被隐藏起来,而一旦书包被误用,无论是"不自然的使用"(unnatural use),还是不符合常规的使用(uncustomary use),都可以反过来揭示出物的构成,物的"物性"也呈现出来。①

在文本中,书包,顾名思义,是用来装书的,是知识和理性的象征,却被装上了象征着人类原始本能的食品,因此装有红薯的书包赋予了尤拉新的意义,重新客体化的书包通过其误用价值建构了尤拉的身份。尤拉背着装有红薯的书包去校舍、常常坐在台阶上吃红薯等意象表明,这是一个和现代理性毫无瓜葛、活在原始本能中的人,是一个现代女性意识尚未萌醒的被动女性形象。和幼年时坐在椅子上一动也不动一样,尤拉背着书包吃红薯时也很少挪动位置,基本上是处于静止不动的状态。这种静止状态除了一方面展示了她对物品过于依赖的密切关系外,另一方面也使她物化为无生命的客体,模糊了她和物品之间的界限,主体变得客体化,变成了无生命的静物。而在这一刻,物品也获得了和主体一样的地位,形成了一个边界不清的主客共同体。从这个意义上来说,尤拉在《村子》中始终表现出的懒散被动的状态也可以被理解为是缺乏主体意识的表现。

在尤拉长到15岁时,她被哥哥乔迪强迫穿上紧身胸衣,每当出门上学的时候,他会在客厅里等着尤拉出来,"紧紧抓住她的胳膊,完全就像他摸一匹新马的马背,寻找马鞍原来弄伤的地方一样,无情地用他那坚硬厚重的大手探摸着,检查她是否穿上了紧身胸衣"(《村子》,179)。此时的尤拉在哥哥乔迪眼里就"像是一匹脾气倔强、故意作对的小雌马","尚不具有独到的价值",只等着成年之后把她嫁出去(131)。换言之,尤拉就像是被囤置在家中待价而沽的商品一样,只是在等待合适的机会出手。这两个细节引起了凯瑟琳·D.霍姆斯的注

---

① 关于这一论点,布朗特意举了刀子被误用的例子来说明这一审美心理过程,阐述了物的"误用价值"。如果刀子被作为螺丝起子来使用的话,人们就会对刀的薄度、硬度、把手的形状和尺寸有一个新的认识。参见 Bill Brown, *A Sense of Things*, 76.

意,她论述了乔迪的行为使尤拉的女性身份被"次人化"(sub-human stratum)。首先,乔迪把尤拉看成"尚不具有独到的价值"的小雌马,揭示了南方女性身份的物化,被男性作为可以任意支配的财产(74);其次,乔迪象摸"一匹新马的马背"一样摸尤拉是否穿了紧身胸衣的行为进一步揭示了乔迪将尤拉看成私有财产,但是这一点并不是体现在他希望马上实现这一财产的交换价值获取的利润,而是体现在"他对于妹妹贞操的一种强烈关注"(92)。

凯瑟琳·D. 霍姆斯的分析不无道理,不过她在研究中主要关注的是乔迪的行为,对于紧身胸衣本身如何作为一个特殊的物品对尤拉的身体形成规约没有触及。换言之,每天束裹在胸衣里的尤拉,其身体被挤压的同时,心理有何微妙的改变?她是怎样回应这一紧贴在身上的外在装饰?服饰和身份的关系是物质文化批评者的重要关注对象,"服饰塑造人的身份"(clothes-make-the-man/woman)也是很多学者的基本理论假设。安·霍兰德(Anne Hollander)在《透视服饰》(Seeing through Clothes, 1978)中指出,"我们脑海中对自己身体的想象和期望很大程度上都是依赖服装所建构的"(131)。玛莎·麦克卢汉(Marshall McLuhan)在《理解媒介：人类的延展》(Understanding Media: The Extensions of Man, 1964)中也同样指出了外在装饰对身体的建构作用,或者说个体和外在补偿(relationship between individuals and their prosthetic extensions)之间的关系。在她看来,"身体一直是被其外在的各种各样的技术所不断改变……从心理角度来说,人在日常使用这些外在的延伸或技术的同时也一直是被这些外在延伸所塑造"(45—46)。

虽然被乔迪强迫穿上紧身胸衣,尤拉却丝毫没有要打破这一束缚的迹象,相反,她"穿着紧身胸衣和缝边加长的衣裙僵硬而拙笨地走着",身体依然处于沉睡状态(《村子》,175)。而且,她最终适应了穿着胸衣的状态,从最初的僵硬拙笨到终于学会了"无须表明自己在丝绸衣裙下穿有紧身胸衣的状态下行走"。由此可见,尤拉的身体被"所有附着在上面的物品"所调控、塑造并改造,而胸衣似乎也有着这样的能力来规约身体。身体的附着物品在尤拉的身上成为福柯的"规训的机构"[disciplinary apparatus(es)]或者是"社会法规控制身体赖以凭借的工具"(de Certeau, 147),这恰恰证明了服饰如何使性别身份物质化(materialization of gender identity)的过程(Fisher, 24)。因此,和南方女性的道德束缚和性别话语息息相关的紧身胸衣不但表现了哥哥乔迪对于尤拉的控制和保护，揭示了南方绅士传统道德观念中对于女性贞操的精心维护和供奉，紧身胸衣本身所具有的力量也在塑造着尤拉的女性意识。和20世纪上半叶开始流行的旨在凸显女性曲线的胸罩相比，尤拉的紧身胸衣的主要功能是遮盖身体，将身材挤压成平板一块，塑造"平胸女孩"。紧身胸衣在消灭丰乳肥臀的同时，也塑造了"平胸时代"，不但代表传统道德的男性话语体系视女性身体的暴露为禁忌，就连女性自己也顺从地服从紧身胸衣对身体的束缚和压制，因为平胸可以"让长串的珍珠项链顺着连衣裙完美地垂挂下来"（于萍，2007）。换言之，紧身胸衣凭借其内在的力量，或者说"物性"，成为规训的工具，不但规约了文化，也规约了处于这一文化中的个体，重塑了尤拉的女性身份。从这个意义上来说，文本中的紧身胸衣意象不但有着浓厚的性意味，也有了仪式化的成分，参与建构了南方性别文化，也强化了尤拉的物化女性身份和"性别化的身体"（gendered body）（Fisher, 24）。

由此可见，从尤拉小时候使用的家用物品，到装着红薯的书包，再到身上穿的紧身胸衣，这些在尤拉成长过程中留下了痕迹的物品不但"规训"了尤拉的女性身份，也在暗示着尤拉的物化身份。在主体物化过程中，不但主客体交织在一起，边界变得模糊，就连客体化的主体本身也沦为纯粹物化的身体本身，这在《村子》中的一个细节中得到了明确无误的展示：

> 甚至即使坐在她哥哥后面的马背上时，那肉乎乎的人儿仿佛也过着两种完全分离、截然不同的生活，就像婴儿在保育护理行为中的表现一样。一个尤拉·瓦尔纳为臀部、大腿和乳房供应血液和营养；另一个尤拉·瓦尔纳则只是栖居在它们中间，它们到哪里，她就跟到哪里，因为这样做不费多少力。她在那里待着很舒服，但她不打算参与它们的活动。就像你待在一间不是你设计的房子里，家具全都摆放好了，房钱也付过了的感觉一样。（《村子》，61）

在这一段里，尤拉的肉体和精神相互分离，她的身体被等同于无生命的住房一样的物品；而栖息在"住房里"的精神也处于被动的状态，无需作任何思考。而缺乏思考能力正是缺乏主体意识的表现，拥有生命但却无法感知则是物化身份的典型特征,这充分体现了尤拉作为主体的客体化过程:她仅仅是肉体的居所,是一具没有主体意识的身体的躯壳。物化的尤拉在文本中常常被描述为没有生命的一个点,"从来不在有生命跃动的任何存在的任何一端"(154)。

物质文化批评者在论述物人关系时常常论述物如何凭借其自有的物性来和主体发生关系。而在《村子》里,福克纳关于尤拉物化身份最绝妙的展示莫过于书写客体化的尤拉如何具有物的物性,如何凭借这种物性向主体施魅。作为只是具有女性躯壳的外表的客体化的尤拉,她和周围的物品一样有着"物性",只不过这种物性的构成很大程度上源于她充满魅力的身体形态,包括她的"五官形状、头发质地和皮肤肌理",更包括她"长筒裙和衣裙之间滚圆的大腿、丰满的乳房、肥实的臀部"。这些结构的组合使她的身体看起来"柔弱无骨、富有曲线",而且当这个"物品"处于行动状态时,其中的一些"部件"开始抖动,甚至裸露出来的时候,这个"物品"的物性也得到了最大限度地张扬,散发出巨大的魔力,她"仅仅在班上同学座位中间的过道里那么一走,就能把那些木制的桌子和凳子变成一个爱神的丛林,吸引着房子里的每一个男人"(《村子》,154)。而这种魔力的产生正是源于尤拉身体里的"物性"施魅的结果,是物质客体的一种内在能力所唤起的丰富的感情。

客体化的尤拉凭借身体的"物性"向主体施魅的一个最好例证是《村子》中所描写的拉巴夫对于尤拉的迷恋。拉巴夫是老瓦纳雇佣的乡村教师,有着"一个思想者式的鼻子",还有"隐士一样的脸",但是他在见到尤拉的第一眼,看到"一张八岁女孩的脸及14岁女孩有着20岁女人曲线的身体"时,他就深深地被尤拉身体里散发的魔力所吸引,就被限制进了这个客体的世界,"犹如一个异教徒在至高无上的原始子宫前得意扬扬地进行朝拜"(152)。尤拉的魔力使他饱受折磨,神魂颠倒,"甚至不知所吃东西的味道,连是否吃过东西都不知道",尤拉所在的老法国人湾和学校校舍成了让他精神、情欲遭受折磨的地方,是"圣山,他的客西马尼,也是他的各各他"(158)。拉巴夫常常"迷恋地将脸贴在"尤拉坐过的凳子上,"拥抱着那坚硬、没有知觉的木头,直到那上面的热度消逝"(159)。但是拉巴夫并不是想要和尤拉结婚,"他只想要她一次,就像一个手上或脚上患有坏疽的男人渴望来上一斧,以使自己再次获得一个相对完整的自我一样"(159)。他只是要使他自己从对"尤拉着魔的迷恋中解脱出来",使他坠入陷阱的"不是引诱者的成熟和经验,而是存在于她内心的盲目而残酷的诸种驱力"(159)。换言之,拉巴夫只希望通过占有这个物品使自己从这个物品的魔力中解脱出来,而这个魔力就是尤拉身上的某种"驱力"或"内在气质"。

尤拉向拉巴夫施魅的过程、拉巴夫对于尤拉狂热的迷恋生动展示了尤拉所具有客体的"物性",也充分揭示了其物化的女性身份。威廉·皮埃兹(William Pietz)在《物恋问题》("The Problem of the Fetishism")中借用马歇尔·雷瑞斯阐述了物使人产生"物恋"的条件。雷瑞斯指出物恋是"一种爱——真正的非理性的疯狂——发自我们自身,从内到外,被遮蔽起来,被限制在一种珍贵的物品之中,如我们用来放置在一个大而不当的空间里的一件家具(任何可移动的财产)",皮埃兹在此基础上提出物品能够产生物恋的条件:这种物的本质可以被"体验为一种'内在自我'向存在于外在空间的、在自我限制的形式中存在的物质客体的现实运动"(66)。也就是说,物恋是物凭借内在的力量或者内在的物性向外在空间施魅的一种运动过程。尤拉的身体是拉巴夫对尤拉产生"物恋"的主要中介,而在这一过程中拉巴夫这一主体和尤拉这一客体产生相遇,尤拉被投射为具有"物性"的客体化的主体,拥有了物化的身份。

如果说福克纳在《村子》里书写了一个典型的具有物化身份的尤拉,那么后两部《城镇》《大宅》中则书写了一个逐渐拥有自我意识的尤拉形象。在《城镇》中,尤拉的行为举止和《村子》有着较大差异,似乎转变成了另一个人,最为引人关注的是她开始像男性一样吸烟。《城镇》中记载了两次尤拉和加文见面时抽烟的情形,都通过加文第一视角叙述模式观察了尤拉吸烟的动作。第一次加文为了劝说尤拉让琳达离开杰斐逊继续读书,亲自去尤拉家中拜访。在尤拉家的客厅里,加文不但注意到弗莱姆家中的装饰和家具,还注意到一个人造金属盒,金属盒里装的不是配套的打火机,而是尤拉用来点烟的火柴。而第二次关于尤拉抽烟的细节描写是在尤拉自杀的前夜,尤拉在夜晚去办公室拜访加文,要求加文许诺娶女儿琳达。加文注意到尤拉俨然像个老烟民一样,不但对烟草很了解,甚至提到加文抽的玉米芯烟斗,而且身上的烟味也很大,以致"当尤拉来到加文的办公室门口时,加文已经闻到烟草的味道"(The Town, 195)。小说通过加文的视角记载了尤拉使用香烟这一物品的情形,用了多个连词 and 将尤拉拿烟、点烟等一系列动作如同电影特写一般展现在读者面前。

在福克纳评论界,吸烟一直用来考察男性人物形象,很少和女性身份联系在一起。在《〈坟墓中的旗帜〉和阶级的物质文化》中,凯文·赖利认为,作为约克纳帕塔瓦法县物质文化的重要标记,"吸烟和起誓、喝酒一起成为密西西比男性特质的三个标志"(73)。由于《坟墓中的旗帜》里没有女性吸烟的细节,凯文·赖利得出这样的结论:"尽管香烟也是20世纪女性权利得以确定的一个象征,但福克纳却没有与此相联系。在约克纳帕塔瓦法的物质文化体系里,香烟只是为男性准备的,福克纳通过这个象征来讲述崛起的新南方对男性的影响"(69)。

虽然凯文·赖利认为福克纳在《坟墓中的旗帜》中没有将女性权利和女性吸烟的意象相联系,但这并不代表福克纳没有在其他作品中加以联系。《城镇》中尤拉吸烟的意象就是一个明证。小说中的很多细节都在暗示尤拉希望拥有和男性同样的权利,而这背后实际上指向了20世纪上半叶美国社会女性争取权利的宏大背景。当尤拉在自杀前夜去拜访加文时,她和加文之间关于香烟的讨论使得两人之间的交谈像两个男性之间的交谈,而非男女异性之间的对话。小说中还将香烟和尤拉的表情描写相呼应,当尤拉坐在椅子里,"香烟还在盘子里冒着烟"。当尤拉临走起身时,还"捡起还没灭的香烟,仔细地压碎后放进盘子里。"当加文提出开车送她回家时,尤拉婉言谢绝,说道:"你看,我也要像个男人一样"。最为值得关注的是,在和加文谈话时,尤拉手上一直平稳地拿着香烟,加文注意到尤拉"在默默而又平静地吸烟,自己看着冒出的烟慢慢升起成烟卷"(*The Town*, 284–287)。

女性嘴里叼着烟、香烟上的烟圈袅袅上升是20世纪上半叶美国很多电影海报或者杂志上的标志性图景,和兴起于这一时期的女权主义运动密切相关。① 罗斯玛丽·埃利奥特(Rosemary Elliot)、凯利·西格雷夫(Kerry Segrave)、彭妮·廷克勤(Penny Tinkler)针对美国19世纪末至20世纪初女性开始大量吸烟的文化现象从不同侧面开展了研究,他们都共同指向一点,即吸烟在女权主义者看来是女性争取平等地位

---

① 最为典型的是在1894年《新女性》伦敦版的广告招贴画中呈现了女性吸烟的意象,而且香烟上的烟圈环绕在海报四周,作者悉尼·格蓝迪把生活中男女之间以香烟为武器的战斗搬到了戏剧舞台。

的一部分，可以帮助重塑女性身份。① 这一时期的不少女性主义者把吸烟看成挑战社会规定的"自然"女性行为的途径之一，吸烟代表着女人的独立、思考和自由。而且，吸烟也成为美国 20 世纪初"新女性运动"的一个标志，手上拿着烟圈环绕的香烟是"新女性"的时尚特征。② 很多女作家、女艺术家本身都是香烟的积极使用者，比如乔治·桑、南希·艾利科特、波伏娃等。女性和男性一样吸烟成为一种象征，喻示着和男性一样享有平等的权利。

尤拉、香烟、烟圈，这一类似海报宣传式的画面出现在《城镇》中，一方面可以看出福克纳对 20 世纪上半叶文化气候变化的回应，另一方面他也在通过 20 世纪上半叶女性解放的文化象征——香烟——来暗示尤拉心理身份的变化，尽管他并不是第一个通过香烟来塑造女性人物的作家。③ 尤拉一边抽烟一边思考的意象可以被理解为女性通过吸烟"获得了滋养思想的力量"，获得和男性一样的独立和尊严，从而摆脱自己从属的身份，实现真正的自我。尤拉试图复制男性标志的吸烟行为使自己拥有男性气概，拥有和男性社会抗争的力量，获得和男性同等的权力。从这个意义上来说，吸烟是尤拉反抗男权社会的一个标志，而香烟则是尤拉摆脱男权话语体系束缚的外在表现，对于塑造尤拉女性主体意识有着重要的意义。

由此可见，《村子》中家用物品、书包、胸衣等物品构塑的是缺乏主体意识的物化的尤拉形象，而《城镇》《大宅》中香烟这一物品意象则呼应了尤拉逐渐苏醒的主体意识，刻画了积极寻求女性地位的南方现代女性形象。但是，即使已经具有了主体意识，尤拉为何最后还是陷入了

---

① Rosemary Elliot 在《1890 年以来的女性与吸烟》中通过各种杂志、电影和医学话语方面的材料重点讨论了吸烟行为如何建构了性别；而 Kerry Segrave 在《美国的女性与吸烟：1880—1950》则梳理了美国女性吸烟的社会文化史，追踪了从 1880 年到 1950 年美国女性吸烟的不同发展历程，她把 1880 年到 1950 年美国女性吸烟的发展历程分成了 5 个阶段；Penny Tinkler 在《吸烟标志：女性、吸烟和英国视觉文化》中梳理了从 1880 年到 1980 年代女性和香烟关系的变化，重点探讨了吸烟如何使男性行为变成两性都接受的行为，揭示了吸烟行为女性化的过程。

② 20 世纪以来，各个阶层的女性都重新开始吸烟，而且逐渐成为一种常见的生活方式。一个著名的例子是1928 年美国烟草公司举行的"好彩"（美国著名的香烟品牌）香烟活动中，新女性们高举香烟这"自由的火把"，和强加在她们身上的"愚蠢的偏见"做斗争。

③ 梅里美的歌剧《卡门》中塑造的叼着烟卷的吉卜赛女郎卡门（Carmen）是文学史上第一个吸烟的女性形象；此外，福楼拜在《包法利夫人》中通过描写艾玛·包法利的吸烟动作来强调包法利对女性自由的追求；艾米尔·左拉在《娜娜》中也塑造了一个嘴角不停吐出烟圈的女性形象娜娜。

自杀的境地呢？这里似乎又回到了评论界关于尤拉自杀原因的争议。

在《城镇》中，还有一些细节也值得回味。为了拯救女儿琳达，尤拉主动去找加文，关上窗户，想通过自己和加文的性交易来换取加文对女儿的帮助。此外，一个时常引起关注的细节是尤拉自杀之前去美发院做了头发。头发在物质文化批评者看来对于男性特质和女性特质建构也有着至关重要的作用。在《早期现代英国文学和文化中的性别物质化》(*Materializing Gender in Early Modern English Literature and Culture*, 2006) 中，威尔·费希尔(Will Fisher)论述了服装和其他附着物品(prosthetic attachments)，包括头发，究竟如何改变身体。在他看来，头发直接参与了性别身份的构塑，"头发剪短了，或又允许长长时，性别的身体会直接被改变或者重构"(24)。这里，尤拉并没有像这一时期的很多女权主义者一样将头发剪得像男性一样短，而是要求美发师给她做了一个更漂亮的发型，表现出她对自己女性身份的认可，正如诺埃尔·波尔克所指出的那样，尤拉从未去过美容厅，她在最后一天去的地方证明了"她和其他杰斐逊女性的一致"("Faulkner and Respectability", 129)。

以上细节揭示了尤拉身份特征中一个无法调和的深层矛盾：一方面是对于自由、平等的女性地位的渴望，而另一方面她也在不自觉地认同自己的从属地位，无奈地屈从于自己的命运。最终，尤拉选择了自杀来结束一切。从这个意义上来说，她是"包法利夫人在美国南方的变体：被小镇的道德驱赶进一个死角"(Gray, 340)。尽管尤拉努力挣脱男权社会的束缚，尽管她后来也像男性一样抽烟，但她从未、也没有能力改变自己的物化身份。在《村子》中，她经历了父亲与弗莱姆之间的交换；而在《城镇》中，她又被弗莱姆作为升迁的砝码和斯潘做交易。尤拉在父权经济体系中被无情地消费和交换，这些遭遇不但进一步印证了她的物化身份和失语状态，而且还赋予了她物化身份的另一特征，即商品化的女性身份(commercialized womanhood)。

最能说明尤拉物化身份的是文本中对于尤拉的无处不在的凝视。在《村子》中，作为尤拉物化身份的重要体现，她的身体在老法国人湾遭遇了男性目光的凝视，很多男性往往会聚集在尤拉上学必经的从学校到商店的一段路程，等着看她"长筒袜与衣裙之间裸露着的大腿部分"(135)。而在《城镇》中，当尤拉婚后随弗莱姆搬到城镇时，他仍然是男性们凝视的对象，杰斐逊的男性们将尤拉视为"昂贵、消费不起的商品"。这种对女性身体的凝视在劳拉·穆维(Laura Mulvey)看来有着深刻的文化内涵。《视觉和其他快感》(Visual and Other Pleasures, 1989)中论述了女性身体给男性带来的视觉效果,认为女性身体的出现使男性陷入色情遐想中(19)。而在《物恋和好奇》(Fetishism and Curiosity, 1996)中,她进一步论述了女性身体出现的方式理解凝视机制的关键,"物与形象,以特殊的形式呈现自己,它们是形象偏离过程的关键。她们具有符号意义也铸就了真实意图的消逝。总而言之,她们很容易被赋予性的意义"(5)。在文本中,尤拉的身体出现的一些特殊方式,包括"太滚圆的腿、太丰满的乳房、太肥实的臀部",都有着明显的女性概念化痕迹,身体沦为物品,成为男性把玩的对象,观赏快感的源泉。而最为特殊的方式莫过于尤拉坐在教师台阶上吃红薯的意象。奥利·列维茨基(Holli Levitsky)在研究中将冷红薯和男性性器官的形状进行类比,认为尤拉的嘴里放着红薯的动作有着特殊的色情意义。此外,尤拉的沉默也在"迫使我们凝视其身体,从她身体的宽度和臃肿里挤出些许信息进行交流"(488—492)。这些特殊的呈现方式,包括容易引发色情想象的动作和身体的大胆暴露,使尤拉成为欲望投射的对象,也使尤拉在男性凝视中客体化。在男性鉴赏眼光下,尤拉被摆放在了"物化"的层面,失去了个体的性格特质。从这个意义上来说,男性目光的凝视制造了尤拉物化的女性身份,正如伊丽莎白·兰德尔(Elisabeth Randall)所言,男性目光的凝视,甚至包括拉巴夫对尤拉的注视和迷恋、哥哥乔迪对尤拉的注视等,"都在文本中呈现了一个无生命的客体(inanimate object)"(37)。

尤拉的身体引发男性的色情形象,在男性们"色情"的眼光之下物化为一具毫无生命力与感情的躯壳,赤裸裸地等着男性的目光检阅,被动地迎合着他们的欲望。在这一凝视过程中,尤拉沦为无生命的客体,呈现了物化的特征,而这一切都体现了尤拉所处的强大的男性话语霸权,同时也揭示了这一话语体系中对女性的性剥削机制。由此可见,在新南方向现代南方过渡的历史转型期,尽管女性以各种形式在争取自己的权利和地位,但是南方社会根深蒂固的男权秩序已经成为集体无意识,扎根在每个人的内心深处,就连尤拉自己也不自觉地认同这种观点。这种深层矛盾将尤拉推向了自杀的境遇,一方面表达了她的反抗,而另一方面也表明她无法改变自己的物化身份。正如沙朗·黛斯芒德·帕拉迪索所言,尤拉"通过自杀这种方式颠覆了这种限制,而自杀行为又标志了她不适合参与这种实现自我的过程"。因此,"尤拉式的美国梦"是无法实现的(Paradiso,142)。

尽管有学者认为福楼拜笔下的包法利夫人、左拉笔下的娜娜、凯特·肖邦笔下的埃德拉、安德森笔下的凯特·斯威夫特是尤拉的原型,但毫无疑问,福克纳笔下的尤拉形象别具魅力,从《村子》里表现的无生命的客体尤拉,到《城镇》《大宅》中拥有更多主体意识的尤拉,这种动态的身份塑形体现了福克纳对于变革南方女性身份变化的独特把握,而尤拉的悲剧结局既是尤拉物化身份的最好注解,也是福克纳本人对于美国南方男权体系中无法摆脱物化身份的女性献上的一曲挽歌。

第三节 明克的物化:现代南方工业文明制造的"瑞普·凡·温克"

1931年8月,《哈勃杂志》(*Harper's Magzine*)刊登了福克纳的短篇小说《猎狗》("The Hound"),讲述了贫穷白人厄内斯特·柯顿因为一头走失的猪和猪的主人豪斯顿产生龃龉,继而将豪斯顿杀害,原因是他圈养了一个冬天却未得到恰当的补偿。这个写于20世纪30年代初期的故事后来被福克纳植入《村子》里,厄内斯特·柯顿这个名字换成了明克·斯诺普斯,纠纷的原因也被福克纳改写,不再是由于豪斯顿家那头走失的猪,而是由于明克家走失的一头奶牛,被豪斯顿圈养了一个冬天。和短篇小说《猎狗》中柯顿和豪斯顿的恩怨相比,三部曲中不但书写了明克和豪斯顿的纠纷,还大量书写了明克和弗莱姆的恩怨始末。相比较而言,三部曲中的明克·斯诺普斯形象远比厄内斯特·柯顿要丰富复杂得多。作为三部曲另一条主线中的核心人物,明克这一人物几乎贯穿了三部曲中的每一部,成为三部曲中分量最重的人物之一,也是和弗莱姆、尤拉并列的三大悲剧人物形象。

明克·斯诺普斯这个名字使人想起"一种鼬鼠",或者可以被比喻为"毒蛇,或者响尾蛇"。这个贫穷白人问世不久就引起了评论界的浓厚兴趣。布鲁克斯在60年代出版的一本比较有影响的专著中率先考察了明克这一人物,认为福克纳在三部曲中并没有把明克刻画成一个正面人物形象:"明克只有两个有价值的东西:一是他的身份,二是他用来捍卫自己这种身份的野蛮的骄傲"(Brooks,230)。不过,布鲁克斯的这一观点并没有得到其他评论者的认同。芭芭拉·布斯·赛鲁亚(Barbara Booth Serruya)和艾琳·格雷戈里(Eileen Gregory)在各自的研究中将三部曲中明克部分和植入的短篇小说、小说出版前的原始草稿、手稿中和明克相关的书写进行仔细比对,认为福克纳塑造了一个渴望自由但却无法改变自己命运、最终不得不屈从于命运的失败者形象。克里斯特尔·格里纳沃尔特(Crystal Greenawalt)和德布拉·麦克考姆(Debra Maccomb)在近年来的研究中又提出了新的见解。格里纳沃尔特在博士论文中对于明克的很多行为从人性角度给予了理解和宽容,认为"明克的这种充满痛苦的执着状态和我们所有人的诉求没有多大的区别"(69—72)。格里纳沃尔特在结论中对于明克的种种行为甚至表现出了赞赏:

> 明克展示了自我的价值,或者说独立个体的价值。他既不聪明,也不富有,也不能融入社会,无法给人带来什么财富,但是他展示了自我的荣誉,维护了家族的忠诚,比起琳达更为直接,为世界除去了一个恶人。(72)

由此可见,在格里纳沃尔特看来,明克杀害弗莱姆是一种惩恶扬善的壮举,替杰斐逊镇的人出了一口恶气。同样,在2008年夏天发表在《密西西比季刊》上的一篇论文中,德布拉·麦克考姆通过将明克和弗莱姆相比较分析了明克的身份特征。德布拉·麦克考姆在分析中抓住了三部曲中几处明克抵制金钱的细节,认为明克是崇尚金钱至上的弗莱姆的对抗力量。小说中的明克不但坚持每个人的平等权,而且也坚信一种互惠互利,这一点使他和弗莱姆家族的"利益至上"的信条相冲突。因此,德布拉·麦克考姆认为,弗莱姆机器式的冷酷代表了斯诺普斯家族的特点,但是明克似乎有点不属于这样的家庭,因为他的一生不停地被卷入到"维护和捍卫自己的简单权力和利益中"(355)。

明克在三部曲中表现的一个最突出特点就是他对实现单一目标的专注和执着,通俗地说,有点认死理。当他从监狱释放时,他丝毫没有想到去见38年未曾见面的妻子和女儿,而是直奔自己的复仇对象而去。对此,布鲁克斯(Cleanth Brooks)给出的解释是,明克是"福克纳笔下很多加尔文主义者的一个典型,这类人物不相信上帝所说的爱和怜悯,而是相信最终有一个公正的审判"(232)。芭芭拉·布斯·赛鲁亚将明克归纳为艾略特"普罗弗洛克"式的失意者形象,对待目标和弗莱姆一样执着,只不过"明克的这种毫不动摇的驱动力来自一种被侵犯的正义和骄傲"(118)。格里纳沃尔特认为,明克的一系列行为都是缘于他内心深处的一个信念,即"主人的正义",是一个"充满宗教色彩的人"。明克之所以在监狱里一直执着于自己的目标,原因在于他坚信"自己的目的和上帝的计划是一致的,因此他能够从一个更大的力量中寻找到支持和力量"(69—72)。

作为福克纳约克帕塔瓦法体系小说中比较知名的贫穷白人形象,明克很容易使人联想起福克纳《烧马棚》中的埃伯·斯诺普斯。为了维护尊严和权利,埃伯·斯诺普斯不但用马粪糟踢斯潘家新买的地毯,而且将斯潘家存储粮食的马棚烧毁;同样也是为了尊严和权利,明克在财产利益受到损害时不计后果地枪杀了豪斯顿,以致在监狱里待了38年。明克在枪杀豪斯顿后却没有动这个地主钱包里的一分钱,这种对于金钱的抗拒又让人联想起斯诺普斯家族的白痴埃克,这两个人似乎都不愿意让钱来主宰自己。据梅里尔·霍顿观察,人物拒绝金钱的意象在福克纳30年代的作品中多处出现(91),而福克纳笔下这些人物对于金钱的"有意识的拒绝"在德布拉·麦克考姆看来是"对资本最真实的暴力给予的反击",表明福克纳对于美国南方向现代资本社会过渡多少有点排斥(343—357)。

不过,明克显然要比这两个人物要复杂得多,他既有白痴埃克的单纯,又有埃伯·斯诺普斯的偏执,38年的监狱生活极大地改变了明克的身份特征。尽管芭芭拉·布斯·赛鲁亚和艾琳·格雷戈里将三部曲中明克书写和三部曲成书之前的短篇小说、草稿、手稿中和明克相关的书写进行了对比,但是他们没有将三部曲本身明克的一些重要变化进行对比,也没有将《村子》和《大宅》中的明克书写进行对比,而这在笔者看来,蕴藏着明克的一些重要身份特征。在比《村子》出版晚19年的《大宅》中,虽然福克纳重复叙述了明克和豪斯顿关于奶牛的经济纷争,但是后者大量追溯了明克和豪斯顿之间关于奶牛的冲突如何发酵、如何逐步升级,而在这过程中明克每次去豪斯顿家时看到的各种豪华物品对明克心理形成了巨大的冲击;尽管评论界关注到了明克对于复仇目标有着惊人的专注,但却没有过多提及38年的牢狱生涯究竟对明克起了多大的作用;尽管艾琳·格雷戈里指出明克出狱后的返乡之旅表明"明克对于城镇的陌生感"(132),但是对于返乡途中明克所接触的大量现代工业物品究竟怎样塑造了明克的身份却没有进一步研究。换言之,明克所看到的豪斯顿家的各种豪华物品、明克所处的帕奇曼监狱、明克在返乡途中接触的大量现代工业物品,这些被忽视的物质细节,如果借助物质文化的批评视角来考察的话,不但可以揭示明克的身份特征在近 40 年的变化轨迹,有的还参与了明克的心理身份建构,是理解福克纳如何塑造转型期人物心理身份变化的重要通道。

在《大宅》的第一章中,福克纳以"明克"为题重复叙述了明克和豪斯顿的恩怨,不但更为详细地书写了明克和豪斯顿关于奶牛的经济冲突,而且还细腻地刻画了各种体现明克和豪斯顿贫富差距的物品。如果将《大宅》和《村子》中的明克书写进行比对的话,前者不像后者那样详细介绍明克杀害豪斯顿的一些细节,也没有集中表现明克杀人之后的逃跑,而是重点聚焦了明克如何和豪斯顿一次次打交道,一次次被豪斯顿所激怒,最后忍无可忍,将豪斯顿枪杀。而在这一冲突发酵过程中,不但豪斯顿本人侵犯了明克的利益,就连豪斯顿所拥有的各种豪华物品也侮辱了他的尊严。当明克去豪斯顿家试图找回自己的"唯一的财富"奶牛时,他注意到即使豪斯顿家黑人的住房都比他好:

> 有钱的豪斯顿,不但富得可以养很多牛,而且可以雇用一个黑人为他干活,这个黑人什么也不用干,只需要喂养和照顾这头牛就可以。豪斯顿装修了一个很好的房子给这个黑人住,比他这个白人,有一个妻子和两个女儿的白人,住得还要好。(*The Mansion*, 22)

生活状况拮据的明克住房简陋,不但远远比不上豪斯顿的宽敞住房,就连豪斯顿家的黑人的住房都比不上。而当豪斯顿本人出现在明克面前时,他手里端着一杯"从孟菲斯买来的上好的红色威士忌,而且还是商店特许销售的",而明克喝的则是"家里用玉米酿的白酒,味道薰得让人窒息"(22)。一方面是自己近乎赤贫的状态,而另一方面是豪斯顿衣食无忧、奢侈豪华的物质生活,这种物质差异使明克的内心平衡逐渐被打破。

如果从"物性"的视角来审视"明克"章节中明克和豪斯顿占有的物品的对比的话,明克杀害豪斯顿的原因不但可以归结于豪斯顿本人态度的傲慢,双方巨大的贫富悬殊也是一个重要的导火索。各种占有的物品成为人物欲望投射的对象,物品的占有和缺乏也直接和身份、地位、满足等情感相连,正如伍德沃德所言,"个体对某物品享有唯一控制权并完全拥有才是调节自我(对物品享有控制权的一方)与他人(对物品不享有控制权的一方)之间界限的核心因素"(137)。住房、威士忌这些物品凭借其独特"物性"以一种微妙的方式作用于明克的内心,成为明克衡量自己和他人身份地位的外在依据。这些物品的缺乏不但使明克感觉自己的自尊受到严重伤害,觉得自己低人一等,连有钱人的黑人的地位都不如。为了维护自己的尊严和权利,《烧马棚》中的埃伯·斯诺普斯选择的是破坏别人占有的物品,而明克则更为极端,直接消灭占有这些物品的豪斯顿。

在新南方向现代南方的过渡时期,南方社会在现代工商业文明的影响下上演了各种激烈的文化变革,贫富差距拉大成为南方社会转型期经济发展带来的一个日渐突出的问题。南方传统文明和价值观在北方工商业文明与物质力量的侵蚀下开始逐渐瓦解,基于物质主义和享乐消费的新价值观和伦理观开始在南方社会传播。从未谋面的商品空前地出现在人们周围,在给人们带来便利的同时也制造了新的不满足。在这一过程中,物质产品获得了一种前所未有的控制力量,不但在生活空间中无处不在,也在侵入人们的心理空间,人们越来越倾向通过外在物品占用的多寡来评判自己的幸福。福克纳利用大量的笔墨书写了明克和豪斯顿各自所使用和占有的物品的差距,细腻地刻画了明克在看到豪斯顿享受丰裕物质时微妙的心理失衡,体现了现代工商业文明主导下的社会变革对人物身份特征的动态塑形。

如果说消费领域的商品,尤其是豪斯顿占有的物品,使得明克的心理天平失衡,那么明克待了38年的监狱作为另一个重要物品也极大地塑造了明克的身份。明克最先被关在杰斐逊镇的监狱8个月,后来转到孟菲斯的帕奇曼监狱。尽管明克所在的监狱不一定是福柯笔下的圆形监狱结构,但他毫无疑问也是福柯"全景敞视主义"的一个典型案例:他始终处于一种被监视的状态;他所关押的房间也是一种封闭的、被割裂的空间;他的任何行为都是在监狱警察的眼皮底下,他的很多情况都被记录在册;他和监狱管理人员之间的关系是典型的控制与被控制关系,权力完全按照等级制度运作。在三部曲中,当明克逃跑未遂被拖进监狱时,一种生不如死的感觉折磨着他。犯人们被一根链条锁在一起,相互牵制和制约。从这个意义上来说,监督无处不在的监狱有着内在的物性,可以作用于人心灵的施事能力,最终达到了"规训"的效果,"一种全然不同的实体,一种全然不同的权力物理学,一种全然不同的干预人体的方式出现了"(福柯,转引自周和军,58—60)。

作为重要的行刑司法机关和政治权力空间,帕奇曼监狱的规训机制和模式监狱最终没有使明克在监狱中悔改,却慢慢变得异化。明克在监狱里唯一的目标就是出狱后复仇,而当他最终出狱后路过孟菲斯时,他也从没有想过和失散多年的妻子、女儿见面。评论界将这一点归结于明克本性的残酷,但是明克所处的监狱也极大地改变了明克的身份特征,正是在监狱里,明克对于自己的复仇目标变得越来越坚定。由此可见,当明克被关押在具有改变灵魂的力量的监狱整整38年,监狱的"物性"凭借其客体的施事能力作用并改变着明克的身体和灵魂,达到"规训"的目的。监狱的"物性"也造成了明克的进一步异化,不但没有让明克的灵魂趋于平静,反而更激起他复仇的欲望。正如福柯所言,"一个人一旦进了监狱,就有一个机制开始运作,把他变得卑鄙、令人厌恶。因此,当他走出监狱时,除了重新犯罪,别无他法……监狱培养职业性"(转引自 Woodward, 13)。

由此可见,无论是住房和威士忌,还是监狱,都凭借客体的物性对明克的心理产生了影响,明克的心理身份也呈现了动态的变化。但是,明克的身份变化并不只局限于他入狱前和入狱后的38年,还应该包括他出狱后的返乡之旅。在《大宅》中,福克纳花费了大量的笔墨书写了明克出狱后的各种经历和见闻,尤其是现代化进程南方环境的改变、各种现代技术物品的出现,就连很多新的食品(如沙丁鱼、可乐等)对明克来说都很陌生,或者价格发生极大改变。毫无疑问,在监狱关押了38年的明克在返回杰斐逊的途中不但经历了剧烈的视觉冲击,也经历了巨大的心理变化。他和华盛顿·欧文笔下沉睡20年的瑞普·凡·温克一样,发现世界已经全部变了模样。对于出狱后的明克心理身份的这一重要变化,评论界关注得很少,但是明克人生的最后一个阶段的重要经历无疑构成了他心理身份的重要部分,也是考察福克纳塑造南方社会转型期人物身份的一个重要环节。从福克纳在《大宅》中书写的明克的出狱的经历归纳来看,破坏的环境、汽车、现代食品都对明克的心理造成了负面影响,凸现了现代化进程对明克的冲击,尤其是在各种现代物品作用下明克的"废物化"。

首先,福克纳细致刻画了明克面对生态环境的破坏和改变时心理发生了错位。当明克出狱后坐在火车里看着车窗外秋天的景象时,想起 38 年前的景象：

> 德尔塔三角洲地带全是棉花的秸秆和柏树的松针……山胡桃、橡胶树、橡树还有枫树叶子的映衬会使这片土地呈现一片金黄和深红色。那些田野也会由于鼠尾草而显得温暖，四周种的漆树也应该变成猩红色了;38 年了,他都记不起这些了。(*The Mansion*, 103)

但是 38 年后，

> 山胡桃自然现在已经没有了,有的被砍成了柴火,有的做成了车轮的轮辐,还有的多年前就已成了孤零零的一棵树；很可能这些树以前生长地方现在已经成为耕地或其他什么了,所以他们在想是谁把树砍掉了,近乎把林子毁了。但他自己非常清楚：这些在他记忆里不会消逝,也不可能消逝,神圣可不侵犯,永不消退,十月里金光四射璀璨无比的记忆。他在想,为什么会这样呢？这个地方变成人不想再回来的一个地方；一个没有什么存在意义的地方。一个人要回去他要承受的痛苦则是他对这个地方的记忆。(105 原文为斜体)

这些细节准确地捕捉了地理景观的变化给明克带来的文化失忆。明克就像希腊神话中的奥德赛一样在监狱历经磨难后踏上漫漫归家路。但是,南方景观的变化和破坏却使明克找不到曾经熟悉的环境,使他心理发生"空间异位"。① 虽然还是曾经的地方,但是在城市化和工业化的滚滚车轮下,传统的农业文明正在慢慢消逝,正是因为景观的改变使明克过去生活的地方产生怀疑,继而引发对自我身份的思考。变化的地理景观也使明克的身份发生动摇,甚至希望回到 38 年前的原有空间,恢复 38 年前已经定位的自我身份。

如果说地理环境的改变导致了明克的身份缺失,那么现代技术物

---

① 福柯曾在《不同空间的正文与上下文》中阐述了这一概念,认为人在关系整体中给自身定位,得到自身发展。异位空间指的是人处于另一种外在于我们所生活空间类型的空间。这一异位空间犹如一面镜子,使我们看到了不存在于其中的自我,在自我缺席之处看见自身,然后又回到自身,开始凝视自己,在我所在之处重构自我(21)。

品则更加威胁到他存在的身份和价值。三部曲中，作者花了很长篇幅描写了明克夜晚在孟菲斯的遭遇，尤其是他遭遇现代技术物品——汽车时的不适，揭示他对都市的体验。在出狱返回杰斐逊的途中，明克路过了他年轻时较为熟悉的大都市孟菲斯，但是一切和他从前的印象大不相同，霓虹灯和汽车的车灯将城市的夜晚变得通明：

> 夜幕降临，两边还有正前方的土地都变成黑的了，难以分辨，他从来没见过的霓虹灯发出的点点光亮在土地上一闪一闪，远处是城市发出的炫目的光，表明那里就是城市，他像小孩子一样坐在座位的边缘，其实他几乎和孩子一样小，会盯着疾驰而过的小汽车看，小汽车随即加入了路上的汽车，彼此的车灯相互映照着，正如同被重力加速度或者抽气机的引力拉着，速度很快，像是在比赛，终点就是远方的城市……（*The Mansion*，264）

在描写汽车作用明克心灵时，福克纳重点书写了汽车闪烁的车灯：

> 现在这辆车见缝插针似的加入其他车辆汇集而成的洪流，都打着方向灯，车辆在灯光映衬下发着光，各色车灯忽闪忽灭。其实，周边的一切时而一明一暗，时而光亮耀眼，分不清有多少颜色，声音很大：突然间，一束束红色的、绿色的和白色的灯光一闪一闪地划过黑夜的高空。（265）

在电光闪烁的城市里，他看到周围的人在五颜六色的光线下"面色苍白，行色匆匆，但是充满激情，毫无睡意"。而他自己却不能适应这种闪烁，城市在他眼里突然"旋转，迅速变化，令人头昏眼花，然后又突然停止不动"。在这一段描写中，和"不断闪烁"相关的电光意象和城市的喧嚣声一起压迫着明克，使他喘不过气来，他逐渐知道了现代城市的意义，表达了自己对现代文明侵入城市的体验：

> 他知道城市是什么了。他想城市是不会睡觉的。它不会沉睡这么久，而现在已经忘记如何沉睡，现在再也没有时间停下许久以试图了解如何睡了；汽车死板地待在其死板的车流中，按照交通信号灯颜色一亮一灭地变化，动一动，然后停下，然后再动一动——

就像以往铁路的信号灯一样——直到最后它开出去,然后停下来。(265—266)

作为工业技术发展的产物,汽车标志着城市的发展和改变,也体现了物和社会的进步和成功,成为现代文明的化身,但是对于明克而言,却直接指向他的精神缺失。正如威廉姆·布雷韦达(William Brevda)所言,对于明克而言,"他所看到的很多和过去不一样的事物使他的记忆产生断裂,而霓虹灯则象征着这种断裂的回忆"(214—244)。30年前,当马车经过时,只要有人招手,常常会停下来,但是在汽车时代,不管是卡车还是汽车都从明克身边快速驰过,以至于明克像孩子一样站在路边不知所措。汽车导致道路拥挤的同时也疏远了人们的心理距离,在提高速度的同时却很少关注到路边的行人,而在明克眼里,30年的马车似乎更有人情味。

除了明克的汽车体验,福克纳还书写了明克在购买食物时的情形:

> 明克要了一条面包,突然他想起了沙丁鱼,想起了40年前的那个味道,他可以为之再掏一块硬币。但是令他吃惊的是,甚至不太相信自己的耳朵,这一听鱼要26美分,而这个摸起来硬硬的小锡罐在他进帕奇曼之前到处都是,只要5美分。(*The Mansion*, 243)

这段书写强调了明克对沙丁鱼罐头价格的巨大反差表示出来的惊讶。而明克之后在其他商店花了11美分买了一罐他从未听过的"午餐肉"(lunch meat),当他问店主什么是午餐肉时,店主不耐烦地说:"不要问,吃了就知道"(259—261)。此外,明克又看到他以前从未见过的饮料,事实上这些饮料不仅包括可口可乐和胡椒博士(Dr. Pepper),还有一些皇冠(Royal Crown)①公司销售的各种口味的汽水。

《大宅》中这一部分关于明克的书写在之前的短篇小说、包括草稿本中都没有出现过,艾琳·格雷戈里在比较了福克纳的不同版本之后仔细分析了这部分,认为福克纳在这几个段落里一直描写明克进入新

---

① 胡椒博士(Dr. Pepper),又译"乐倍""澎泉""荜菝博士"等,创立于1880年,是一种特殊的果汁混合物,使用墨西哥菝葜制作的清凉饮料。Royal Crown公司为加拿大威士忌酒品牌,该公司也经常出品加入威士忌的鸡尾酒。

世界的好奇和不适应，但是福克纳并不是在强调明克的恐惧，而是着重表现了"他在进入这个并不熟悉的世界里流露出的无知和天真"（139）。但是，笔者认为，实际上明克的身份在这里已经发生变化。与其说他出狱后对现代社会很多物品感到不适应，不如说他自己已经不适应现代工业社会，成为现代工业文明制造的"废物"。在监狱里待了38年的明克相对于现代社会的很多时尚物品来看，已经是现代文明中的"废物"，和他想要归来的这个时代完全不相符合。

帕特里夏·耶格尔（Patricia Yaeger）在《去物质的文化——福克纳的废物美学》("Dematerializing Culture: Faulkner's Trash Aesthetic", 2007）中区别了现代废物的两种不同叙述，为理解明克与现代工业文明相抵牾的身份特征提供了思路。耶格尔通过对叶芝、艾略特、菲兹杰拉德的废物书写的对比分析，区分了现代废物的两种不同叙述。在她看来，即使废物在20世纪和21世纪的美学中处于焦点，但是"它闪烁的意义或者说残留的记录是不一样的，崇高的废物（sublime rubbish）一直以来不是一个恒量"（50）。耶格尔认为，艾略特、叶芝等人的废物书写主要表现了对当前废物乃至现代社会的一种谴责，对残存的逝去田园生活的一种怀旧。比如，在艾略特的《荒原》中，现代泰晤士的河面上"有空瓶子、加肉面包的薄纸、绸手帕、硬的纸皮匣子、香烟头"，这些废物象征着西方现代文明的腐朽和没落，反映了叙述者一种永恒的精神忧郁，"在莱芒湖畔我坐下来饮泣"（50）。因此，"艾略特式的废物"和"现代性和死亡等意义直接关联，象征了现代文明的死亡和腐朽"（50）。而第二种叙述则是"菲兹杰拉德式的废物"，是"时尚制造的废物"。菲兹杰拉德在作品中书写了现代消费社会中落伍或不再流行的物品，"在盖兹比的充满牛排和时尚女人的世界里，只有最时尚的东西才行"（51）。但是，如果这些"时尚制造的废物"在作家笔下被赋予活力，则可以反衬现代社会时尚的虚幻性，正如帕特里夏·耶格尔所言，"如果这个废物能够充满活力，那么它也能够象征失去活力的部分，标志了每一个和现代性要求不相吻合的东西"（50）。由此可见，"艾略特式的废物"和"菲兹杰拉德式的废物"都指向了现代性的永恒缺失，但表现方式却有所不同。

明克显然属于"菲兹杰拉德式的废物"。出狱后的明克恍若隔世般地行走在孟菲斯大街上，和现代都市的一切新奇事物格格不入，是这个充满时尚的社会中的废物。不过，虽然和现代工业文明制造的物品相比,明克似乎缺乏生命力,但是这一人物在福克纳笔下却不时焕发出活力。一个典型的例子是在小说《大宅》的最后,加文和拉特利夫借着打火机微弱的光线下到了一个地窖中,找到了最终将弗莱姆杀害的明克:

> 他们进了一个旧的地下室,就像洞穴一样,在一块粗糙的平台上,他们找的这个人缩成一团,半蹲半跪地看着他们,眼睛里闪耀着光芒,就像一个孩子在床边祷告时被打断了一样:并不是对祷告本身感到吃惊,而是被打断了,身上穿的新的工作服也变得又脏又破了。他的两只手缠在膝盖上,眼睛注视着加文手上的微弱的光芒。(The Mansion, 396)

这段几近尾声的书写两次提到了"光芒"。明克独处在与世隔绝的地窖里,宛如被遗忘的废物一般,被外面的时尚社会所彻底抛弃,但是在福克纳笔下,他的眼睛仍然"闪耀着光芒",仍然"注视着加文手上的微弱的光芒"。而且,福克纳似乎有意要通过明克身上穿的又脏又破的制服来暗示明克的落伍和"残余",但即使这样这个废物在福克纳笔下还是被赋予了象征着活力的"光芒",被赋予了生命力,而他周围的现代文明似乎也被衬托得不再那么有吸引力。因此,明克就像耶格尔所归纳"菲兹杰拉德式的废物"一样,象征了时尚的虚幻和现代文明的缺失。这一点也可以从福克纳在小说中多次将明克和孩子进行类比得到进一步证明。作为和现代文明相对立的原始文明的象征,孩子在文学传统中常常是作家表达田园理想的化身,是本真生活方式的代言人。正如浪漫主义诗人华兹华斯曾断言,"孩子是成人的父亲"。马克·吐温也通过孩子的视角来反观现代文明的缺陷。德布拉·麦克考姆认为,福克纳将明克刻画成孩子般的特征,包括其瘦小的身材以及凡事认死理的简单头脑,表明福克纳将明克塑造成金钱腐蚀的社会的一个反对力量。因此,明克在一定意义上是福克纳反思现代文明的代言人,表达了作家对现代性的质疑。

维克里曾将明克身份特征归纳为两点:首先,明克有着为了实现某一目标时令人难以置信的专注,"明克却可以为了一个单一的目标一直等待复仇的那一刻,他和弗莱姆一样,可以对他周围一切干扰他实现目标的事都可以置之不理。生活本身就被他简化成了一种等待。"因此,明克和弗莱姆一样,有着"惊人的自满能力和无情的决心";其次,明克在"自己身上发现自我的价值",而不是周围的世界,他已经"否认了从社会意义上和经济意义上对人的定义"。他的尊严很大程度上体现在他"对自己权利的维护上"(204—205)。维克里所提到的明克对于生活的"简化",如果从物质文化批评视角来理解的话,不妨可以理解为是明克物化身份的体现。与其说明克"否认了从社会意义上和经济意义上对人的定义",不如说他自己根本无法适应现代工业社会,38 年的监狱生活已经使他成为工业时代的废物。

对于传统的消逝、现代工业文明的入侵,作家总是敏感而又伤感,其异彩纷呈的文学书写也成为铭记历史变革的独特记号。欧文笔下的瑞普不但成为美国文学传统中第一个不适应现代社会的人,也成为"晚于时代的人"的代名词。马克·吐温笔下的哈克贝利·芬不接受岸上的生活,和吉姆在水中漂流,竹筏和岸上机械文明形成了鲜明对比。奥康纳、安德森、詹姆斯·瑟伯等很多作家,或怪诞人物形象,或做白日梦者,都在指向现代工业文明的病毒化和传统的消逝。而利用在监狱中关押 38 年的明克来呈现传统与现代的对峙,书写不适应现代工业文明的切身之痛,恐怕只有福克纳能够想到此妙招,而明克,这个"瑞普·凡·温克"式的现代工业文明的"废物",无疑丰富了此类文学传统。

结 论

作为一位在世界文坛影响深远的文学巨匠，福克纳史诗般的家族叙事充分反映了南方社会错综复杂的矛盾，勾勒了美国南方特定历史时期乡村和城镇的社会图景，也显示了整个现代文明的走向。他在创作后期将目光转向新南方向现代南方过渡的特定历史文化语境，以冷静的笔触监视了在城市工商业文明的包围、侵袭下农村和城镇缓慢发生的一切。斯诺普斯三部曲中各种日常生活领域的物质细节在福克纳的笔下凝结为新旧对立的现代经验的隐喻，定格为特定历史时期美国文化精神的一个个缩影和符号。三部曲中形形色色的物品书写契合了物质文化批评话语的内在关注，也呼应了以消费变革为主导、物质产品日渐丰裕为表征的南方社会转型期变革。本书借助物质文化批评话语的三个重要概念，"物质无意识""物的社会生命""物性"，将三部曲中丰富的物质细节与转型期的历史文化、地域空间、人物塑造相结合，渐进式地论证了三部曲如何以隐晦的方式再现了新南方向现代南方转型过渡的深层文化结构，如何想象并构塑了美国南方特定历史时期政治经济语境、特定地域空间、南方居民身份建构之间的互动关系；研究福克纳如何在文本中通过转型期变革的多维书写阐发自己对于整个美国南方历史巨变的种种复杂议题的理性审视和诗学主张。

南方历史转型期变革首先在三部曲文本表层的各种物质细节书写中留下了印记，而各种物质细节不但表现了20世纪上半叶美国南方农业文明和工商业文明的相遇和冲撞时的物质文化，也折射了作家对于南方社会变革接受和排斥兼具的矛盾态度。三部曲文本中出现了很多和南方历史转型期相关的物品书写，既有再现美国南方工业化进程中遭到破坏的环境书写、地理景观物品书写，还有现代工业文明影响下的技术物品书写，更有美国南方20世纪风靡一时的体育物品书写。这些在文本中反复出现的不同层面的物品被看似不经意地镶嵌在他那绵延婉转、结构繁复的长句中,成为 20 世纪上半叶美国南方历史文化的物质表达,呈现了南方城市化进程中社会转型期的变迁图景和文化结构。和木材工业、汽车消费、足球体育等相关的"物质无意识"书写表明,亲历时代变革的福克纳在三部曲中通过对南方文化的想象性再现从不同层面回应了 20 世纪上半叶新南方向现代南方过渡时期的重大文化变革,传达了他对转型期南方社会文化的矛盾态度和对南方居民生存状态的深切关注。

  南方历史转型期变革,尤其是消费主导的变革,在福克纳小镇书写中得到了进一步的体现。福克纳构建的"福克纳式小镇"——老法国人湾和杰斐逊镇——继承了美国文学的小镇书写传统,也独具特色地书写了消费为主导的文化变革对美国南方农村和城镇的深层影响。物质文化批评视角的"物的社会生命"理论帮助从三部曲中的具体物品书写,考察福克纳在文本中呈现的南方社会转型期地域空间的变革想象,揭示福克纳笔下的小镇如何成为美国南方 20 世纪上半叶受工商业文明冲击下的社会空间变革的隐喻。在三部曲中,福克纳书写了不同形态、不同经营方式的商店,包括弗莱姆经营前后的不同经营方式农村商店,包括在城镇出现的超市等,而且呈现了商店在地理景观中的动态发展过程,使得乡村和城镇呈现了以消费为主导的"边界地理空间"的特征;各种交通工具、服饰等物品在乡村和城镇中行使了社会阶层区分的功能,同时也体现了"社会区分的物质化";更为值得关注的是,三部曲中和礼物相关的书写标记了礼物的两种不同的社会生命,表明南方社会以"南方荣誉"为代表的根深蒂固的传统价值观正在遭到现代工商业精神的挑战。这些不同语境中的物品书写在福克纳笔下呼应了以消费为主导的变迁的社会空间,呈现了美国南方 20 世纪上半叶从传统文明向商业文明过渡的转型期所特有的社会空间模式。

  南方历史转型期变革在福克纳三部曲塑造的人物中得到了更加淋漓尽致的体现,而福克纳也通过笔下人物的身份变化呈现的工商业文明主导的现代变革和个体命运的交织。来自"福克纳式小镇"的形形色色的人物不可避免地受到"物的时代"的操纵和冲击。对于现代工商业文明的冲击,弗莱姆、尤拉、明克虽然悲剧结局相似,但他们对于这场变革或主动适应、或被动地接受、或强烈地抵抗,在文本中呈现了丰富多彩但形式各异的身份变化特征。物质文化批评视角的"物性"理论为研究三部曲中三个主要悲剧人物形象提供了突破口,从弗莱姆、尤拉、明克占有、使用或相关的具体物品入手透视出他们的身份建构,尤其是在物质力量冲击下心理身份的动态变化。弗莱姆对于物质财富的追逐诠释了物质主义盛行的 20 世纪上半叶的美国梦和文化精神,而他本人在这一过程中也呈现出客体化特征和"物化自我"的身份,成为美国文学传统中表现"美国梦"主题的又一范本;身处南方社会父权体系中的尤拉在文本中则被呈现为物化的客体形象,引起男性的"物恋",遭到男性世界的"凝视",在父权经济体系中被作为商品不停交换,在这样强大的社会体系中,她的一切努力都以失败告终。她在三部曲中动态的身份特征变化隐喻了南方社会特定历史时期的性别政治,尤其是根深蒂固的男权话语体系和现代商业文明交织影响下女性的悲剧宿命。明克身份特征的动态演绎在三部曲中是最为明显的一个,呈现了清晰的变化轨迹。他在入狱前对于自己作为贫穷白人的身份特别敏感,将物质财富占有的多寡和个人的自尊等同;而在 38 年的监狱中,他的思想和目标变得惊人的单一,复仇是他唯一的目标;他在出狱后处处和现代工业文明抵牾,成为"瑞普·凡·温克"式的现代工业文明的"废物"。在以没落贵族为题材的前期作品中,福克纳以悲凉的笔触渲染了难以融入新秩序的个体的错乱和自怜,呈现了旧南方如何在战后历史滚滚前进的车轮下逐渐被碾成碎片的缩影。而在后期作品中以兴起的贫穷白人形象为主的小说中,福克纳则以一种更为现实主义的创作手法,以冷静平淡的笔触记录了城市化进程中南方农村和城镇的普通居民如何在物质文明的冲击下呈现出不同的人生抉择。

对于 20 世纪上半叶的社会转型期,很多美国作家都以此为背景书写自己对于现代性经验的独特理解,但却很少有作家能像福克纳一样以自己生活的南方社会为立足点,全面而深刻地书写南方社会的百年沧桑和历史巨变。南方特定历史语境中的创作使得福克纳的作品既有浓郁的地方特色,也是整个人类共同生存困境的微观缩写。而且,他在表现新南方向现代南方过渡时期传统和现代交汇的后期作品中,详尽呈现了处于美国南方变革时期的日常生活领域的物质文化,超市、酒吧、饭店、咖啡馆等大量新兴城市消费文化符码喻示着南方社会以消费为主导的深刻变革;在书写南方普通居民的情感纠葛时,福克纳细致摹写了转型期南方居民的日常生活细节,购物、推销等欲望化的消费场景和世俗景象勾勒了传统文明向商业文明过渡的转型期所特有的文化形态。这些使他既不同于同时期的海明威具有极简主义倾向的"冰山原则"式的创作美学,以此来呼应现代社会的冷漠和异化;也使他和自己一开始所崇拜的安德森分道扬镳,后者似乎更喜欢通过各种病态的意象来表现现代工商业文明入侵的灾难后果。作为一个对于语言和结构有着清晰文体意识的作家,福克纳在构建自己约克纳帕塔瓦法小说王国的同时,也自觉地运用各种"微观细节"来诠释新南方向现代南方转型的独特历史语境,同时也成就了他复杂晦涩但却别具一格的叙事格调。

本研究将福克纳斯诺普斯三部曲置于南方社会转型的独特历史语境中,研究所揭示的福克纳作品中有关南方历史转型期农业文明和城市工商业文明的相遇和冲撞、南方白人在社会转型期所经历的传统伦理观和现代消费价值观的冲突,对于反省美国后工业时代物品消费和大众文化的意义不无启示作用,对于思考当下中国社会转型也具有现实的参考意义,尤其是为理解中国当下遭遇物质主义和消费变革的空前冲击所表现的社会裂变提供参照与借鉴。借鉴和运用物质文化研究的批评概念和理论视角深入解读福克纳作品的文化内涵和审美意蕴,不但丰富了国外同类研究,也为我国同行研究福克纳作品中众多物质细节书写提供了一个新的路径选择。在具体研究中,将福克纳及其作品与所处时代的社会、政治、文化建立联系,注重史料的分析和论证,力求客观公允地把握作家在面对特定历史时期社会核心价值观和复杂多样的文化思维模式时所体现的矛盾性和建构性。此外,研究中力图突出学术性和视野的开阔性,不但将研究内容置于福克纳批评传统的节点中审视和评价,还将福克纳置于文学传统的经纬坐标中去衡量和定位。不过,福克纳的后期作品,无论是人物选择,还是场景书写,都呈现出和前期作品所不同的审美旨趣,笔者在研究中以斯诺普斯三部曲为主要考察对象,对于后期创作的其他作品(如《坟墓的闯入者》《修女安魂曲》《寓言》《掠夺者》等)涉及较少。福克纳在这些后期作品中如何书写现新南方向现代南方的变革将是本书今后不断拓展和研究的方向之一。此外,福克纳不同时期的创作丰富多样,大量的物品书写被巧妙地嵌入复杂的社会历史语境中,既呈现了特定历史时代的文化图景,也呼应了作家本人所处时代的历史变迁,如何借助物质文化批评话语全面考察福克纳不同时期的创作也是笔者今后所面临的另一个富有挑战性但却值得深究的话题。在新的话语语境中,福克纳的作品总是呈现出更多意义可能,如陈坛美酒一般历久弥新,这也正是大师持久影响力和永恒艺术魅力所在。

引用文献

Aiken, Charles S. "Faulkner and the Passing of the Old Agrarian Culture". *Faulkner and Material Culture*. Eds. Joseph R. Urgo and Ann J. Abadie. Jackson: University Press of Mississippi, 2007: 3–19.

——. *William Faulkner and the Southern Landscape*. Athens: The University of Georgia Press, 2009.

Anon. "The Contributor's Club: The Tyranny of Things". *Atlantic Monthly* 97 (May 1906). In *A Sense of Things: The Object Matter of American Literature*. Bill Brown. Chicago and London: The University of Chicago Press, 2003: 5.

Appadurai, Arjun. "Introduction: Commodities and the Politics of Value". *The Social Life of Things: Commodities in Cultural Perspective*. Ed. Arjun Appadurai. Cambridge: Cambridge University Press, 1986: 3–63.

Atkinson III, Theodore B. "Faulkner and the Great Depression: Aesthetics, Ideology, and the Politics of Art". Diss. Louisiana State University, 2001.

Auburn, Owen Elmore. "'The Stereoptic Whole': Regenerate Movement, Form and the Color of Life from the Art of William Faulkner". Diss. Auburn University, 2003.

Banta, Martha. *Taylored Lives: Narrative Productions in the Age of Taylor, Veblen, and Ford*. Chicago: University of Chicago Press, 1995.

Bassett, John E. "Faulkner in the Eighties: Crosscurrents in Criticism". *College Literature*, 16.1 (Winter 1989): 1–27.

Baum, Frank. *The Art of Decorating Dry Goods Windows and Interiors*. Chicago: National Window Trimmers' Association, 1900. In *The Cambridge Companion to Theodore Dreiser*. Eds. Leonard Cassuto and Clare Virginia Eby. Cambridge: The Cambridge UP, 2004: 83–99.

Beck, Warren. *Man in Motion: Faulkner's Trilogy*. Madison: University of Wisconsin, 1961.

Benfield, Susan Storing. "The Narrative of Community: The Politics of Storytelling in Faulkner's Snopes Trilogy". Diss. Fordham University, 2004.

Berger, Arthur Asa. *What Objects Mean: An Introduction to Material Culture*. Walnut Creek: Left Coast Press, 2009.

Blotner, Joseph. *Faulkner: A Biogarphy*. 2 Vols. New York: Random House, 1974.

Bourdieu, Pierre. *Distinction: A Social Critique of the Judgement of Taste*. London: Routledge and Kegan Paul, 1984.

——. *Outline for a Theory of Practice*. Tran. Richard Nice. Cambridge: Cambridge University Press, 1977.

——. "Selections from *The Logic of Practice*". *The Logic of the Gift: Toward an Ethic of Generosity*. Ed. Alan D. Schrift. London and New York: Routledge, 1997: 190 – 230.

Bourget, Paul. *Outre-Mer: Impressions of America*. New York: C. Scribner's Sons, 1895. In *A Sense of Things: The Object Matter of American Literature*. Bill Brown. Chicago and London: The University of Chicago Press, 2003: 34.

Braudel, Fernand. *Afterthoughts on Material Civilization and Capitalism*. Tran. Patricia M. Ranum. Baltimore: Johns Hopkins University Press, 1977.

Brevda, William. "Neon Light in August: Electric Signs in Faulkner's Fiction". *Faulkner and Popular Culture*. Eds. Doreen Fowler and Ann J. Abadie. Jackson: University of Mississippi Press, 1990: 214 – 241.

Bronner, Simon J. "Object Lessons: The Work of Ethnological Museums and Collections". *Consuming Visions: Accumulation and Display of Goods in America, 1880 – 1920*. Ed. Simon J. Bronner. New York: Norton, 1989: 217 – 254.

Brooks, Cleanth. *The Yoknapatawpha County*. New Haven and London: Yale University Press, 1963.

Brown, Bill. *A Sense of Things: The Object Matter of American Literature*. Chicago and London: The University of Chicago Press, 2003.

——. *The Material Unconscious: American Amusement*, *Stephen Crane*, *and the Economies of Play*. Harvard: Harvard University Press, 1996.

Buell, Lawrence. "Faulkner and the Claims of the Natural World". *Faulkner and the Nature World: Falkner and Yoknapatawpha 1996*. Eds. Donald M. Kartiganer and Ann J. Abadie. Jackson: University Press of Mississippi, 1999.

——. *Writing for an Endangered World: Literature*, *Culture*, *and Environment in the U. S. and Beyond*. Harvard: Harvard University Press, 2001.

Calder, Lendol. *Financing the American Dream: A Cultural History of Consumer Credit*. Princeton: Princeton University Press, 1999.

Campbell, Colin. *The Romantic Ethic and the Spirit of Modern Consumerism*. Oxford: Basil Blackwell, 1987.

Carey, Glenn O. "William Faulkner on the Automobile as Socio-Sexual Symbol". *The CFA Critic 36* (January 1974): 15–17.

Chodorow, Nancy J. *The Power of Feelings: Personal Meaning in Psychoanalysis*, *Gender*, *and Culture*. London: Yale University Press, 1999.

Cixous, Hélène. "The Laugh of the Medusa" (1975). Trans. Keith Cohen and Paula Cohen. *New French Feminisms: An Anthology*. Ed. and Intro. by Elaine Marks and Isabelle de Courtivron. Hertfordshire: Harvester Wheatsheaf, 1981: 245–264.

Clark, Thomas D. *Pills*, *Petticoats*, *and Plows: The Southern Country Store*. New York: Bobbs-Merrill, 1944.

——. *The Greening of the South*. Lexington: University Press of Kentucky, 1984.

Cobb, James C. "From the First New South to the Second". *The American South in the Twentieth Century*. Eds. Craig S. Pascoe, Karen Trahan Leathem, and Andy Ambrose. Athens: The University of Georgia Press, 2005: 1–15.

Cook, Richard M. "Popeye, Flem, and Sutpen: The Faulknerian Villain as Grotesque". *Studies in American Fiction 3* (Spring 1975): 3–14.

Cowan, Ruth Schwartz. *More Work for Mother: The Ironies of Household Technology from the Open Hearth to the Microwave*. New York: Basic

Books, 1985.

Crowell, Richard C. "Whose Woods These Are: Art and Values in William Faulkner's Snopes Trilogy". Diss. Southern Illinois University, 1985.

Dasher, Thomas E. *William Faulkner's Characters: An Index to the Published and Unpublished Fiction.* New York: Garland, 1981.

De Certeau, Michel. *The Practice of Everyday Life.* Trans. Steven Rendall. Berkeley: University of California Press, 1984.

Deetz, James. *Small Things Forgotten: The Archaeology of Early American Life.* NY: Anchor Books, 1977.

Derrida, Jacques. *Given Time: Counterfeit Money.* Trans. Peggy Kamuf. Chicago and London: University of Chicago Press, 1992.

Dittmar, Helga. *The Social Psychology of Material Possessions: To Have Is to Be.* New York: St Martin's Press, 1992.

Douglas, M. and Isherwood, B. *The World of Goods: Towards an Anthropology of Consumption.* New York: Basic Books, 1996.

Dussere, Erik. "The Debts of History: Southern Honor, Affirmative Action, and Faulkner's Intruder in The Dust". *Faulkner Journal*, Vol. 17 (Fall 2001): 37-57.

Eddy, Marjorie Charmaine. "In-forming Texts: Ideology, Subjectivity, and Gender in William Faulkner's Later Fiction". Diss. University of Toronto, 1991.

Elliot, Rosemary. *Women and Smoking Since 1890.* London: Routledge, 2007.

Emerson, Ralph Waldo. *Selection from Essays and Lectures* (1844). *The Logic of the Gift: Toward an Ethic of Generosity.* Ed. Alan D. Schrift. London and New York: Routledge, 1997: 25-27.

Fargnoli, A. Nicholas, Michael Golay, and Robert W. Hamblin. *William Faulkner: A Literary Reference to His Life and Work.* New York: Facts on File, Inc., 2008.

Faulkner, William. *Father Abraham.* Ed. James B Meriwether. New York: Random House, 1983.

——. *Faulkner at West Point.* Eds. Joseph L. Fant, III and Robert Ashley. New York: Random House, 1964.

——. *Selected Letters of William Faulkner.* Ed. Joseph Blotner. New York:

Random House, 1977.

———. *Sanctuary and Requiem for a Nun*. New York: The New American Library, 1957.

———. *The Town*. New York: Random House, 1957.

———. *The Mansion*. New York: Random House, 1959.

Ferguson, Leland. "Historical Archaeology and the Importance of Material Things". *Historical Archaeology and the Importance of Material Things*. Ed. Leland Ferguson. East Lansing: Society for Historical Archaeology, 1977: 5–8.

Fisher, Will. *Materializing Gender in Early Modern English Literature and Culture*. Cambridge: Cambridge University Press, 2006.

Fleming, E. McClung. "Artifact Study: A Proposed Model". *Winterthur Portfolio*, Vol.9, 1974: 153–173.

Ford, Henry, and Crowther, Samuel. *My Life and Work*. New York: Garden City Publishing Company, Inc, 1922.

Foucault, Michel. *Discipline and Punish: The Birth of the Prison*. Trans. A. Sheridan. New York: Pantheon Books, 1977.

Frederick, Gwynn L. and Joseph, L. Blotner. *Faulkner in the University*. New York: Vintage Books, 1965.

Fulton, Keith Louise. "Linda Snopes Kohl: Faulkner's Radical Woman". *Modern Fiction Studies*, 34.3(Autumn 1988): 425.

Fury, Frank P. "*Sporting Traditions, Southern Traditions and the National Mythmaking of Modern America in Selected Works of William Faulkner*". Diss. Drew University, 2006.

Fussell, Paul. *Class: A Guide through American Status System*. New York: Touchstone Press, 1992.

Geismar, Maxwell David. "William Faulkner: The Negro and the Female". *Writers in Crisis*. Boston: Houghton Mifflin, 1942: 143–183.

Glassie, Henry. *Folk Housing in Middle Virginia: A Structural Analysis of Historic Artifacts*. Knoxville: University of Tennessee Press, 1975.

Godden, Richard. "Earthing *The Hamlet*, an Anti-Ratliffian Reading". *The Faulkner Journal*, xiv 1999(2):75–116.

Gold, Joseph. "The 'Normality' of Snopesism: Universal Themes in Faulkner's

The Hamlet". *William Faulkner: Critical Collection*. Ed. Leland H. Cox. Detroit: Gale Research Company, 1982: 301 – 312.

Gray, Richard. *The Life of William Faulkner: A Critical Biography*. Oxford and Cambridge: Blackwell, 1994.

Greenawalt, Crystal. "The Human Spirit in Faulkner's Fiction". Diss. The Florida State University, 2006.

Greenberg, Kenneth. *Honor & Slavery: Lies, Duels, Masks, Dressing as a Woman, Gifts, Strangers, Humanitarianism, Death, Slave Rebellions, the Proslavery Argument, Baseball, Hunting, and Gambling in the Old South*. Princeton: Princeton University Press, 1996.

Gregory, Nancy Eileen. "A Study of the Early Versions of Faulkner's *The Town* and *The Mansion*". Diss. University of South Carolina, 1975.

Grimwood, Michael. "The Paradigm Shift in Faulkner Studies". Rev. of *New Directions in Faulkner Studies: Faulkner and Yoknapatawpha*. Eds. Doreen Fowler and Ann J. Abadie. *Southern Literary Journal*, 19.1 (Fall 1986): 100 – 102.

Gwynn, L. Frederick and Joseph, L. Blotner. *Faulkner in the University*. New York: Vintage Books, 1965.

Harris, Neil. "Museums, Merchandising, and Popular Taste: The Struggle for Influence". *Material Culture and the Study of American Life*. Ed. Ian M. G. Quimby. New York: Norton, 1978.

Hee, Kang. "The Snopes Trilogy: (Re)reading Faulkner's Masculine and Feminine". Diss. The University of Alabama, 1992.

Heidegger, Martin, "The Thing". *Poetry, Language, Thought*. Ed. and Trans. Albert Hofstadter. New York: Harper Perennial Modern Classics, 2001: 174 – 182.

Hellström, Gustaf. "Presentation Speech". *Nobel Lectures, Literature* 1901 – 1967. Horst Frenz, ed. Amsterdam: Elsevier Publishing Company, 1969: 440 – 443.

Hickman, Nollie. *Mississippi Harvest: Lumbering in the Longleaf Pine Belt, 1840 – 1915*. Jackson: University of Mississippi Press, 1962.

Higgs, Robert J. *Laurel & Thorn: The Athlete in American Literature*. Lexington: University Press of Kentucky, 1981.

Hines, Thomas S. *William Faulkner and the Tangible Past: Architecture of Yoknapatawpha*. Berkeley: University of California Press, 1996.

Hoffman, Frederick J. and Olga W., Vickery. Eds. *William Faulkner: Three Decades of Criticism*. East Lansing, Mich.: Harbinger, 1963.

Hollander, Anne. *Seeing through Clothes*. New York: Viking Press, 1978.

Holmes, Catherine D. *Annotations to William Faulkner's The Hamlet*. New York & London: Garland Publishing, Inc., 1996.

Horton, Merrill. *Annotations to William Faulkner's The Town*. New York and London: Garland Publishing, Inc., 1996.

Inge, M. Thomas. *William Faulkner: The Contemporary Reviews*. Cambridge: Cambridge University Press, 1995.

Inglis, Fred. *Culture: Key Concepts in the Social Sciences*. Cambridge: Polity Press, 2004.

James, Henry. *Washington Square*. In *Henry James: Novels 1881–1886*. New York: Library of America, 1985: 1–190.

Jameson, Fredric. *Marxism and Form: Twentieth-Century Dialectical Theories of Literature*. Princeton: Princeton University Press, 1971.

Jones, Lu Ann. "Gender, Race, and Itinerant Commerce in the Rural New South". *The Journal of Southern History*, Vol. 66, No. 2 (May 2000): 297–320.

Kartiganer, Donald M. "Introduction". *Faulkner and the Nature World: Faulkner and Yoknapatawpha 1996*. Eds. Donald M. Kartiganer and Ann. J. Abadie. Jackson: University Press of Mississippi, 1999: ii-xix.

Kerr, Elizabeth M. *William Faulkner's Yoknapatawpha: "A Kind of Keystone in the Universe"*. New York: Fordham University Press, 1985.

Knapp, Stephen J. "Family, Kin, Community, and Region: Faulkner and the Southern Sense of Kinship". Diss. The University of Toronto, 1986.

Kopytoff, Igor. "The Cultural Biography of Things: Commoditization as Process". *The Social Life of Things. Commodities in Cultural Perspective*. Ed. Arjun Appadurai. Cambridge: Cambridge University Press, 1986: 64–94.

Kracauer, Siegfried. "The Mass Ornament". *The Mass Ornament: Weimar Essays*. Ed. and Trans. Thomas Y. Levin. Cambridge, Mass.: University of California Press, 1979.

Lacan, Jacques. *The Ethics of Psychoanalysis 1959 – 1960. The Seminar of Jacques Lacan* (Vol. 7). Trans. Dennis Porter. Ed. Jacques-Alain Miller. New York, 1992.

Latour, Bruno. *We Have Never Been Modern*. Trans. Catherine Porter. Cambridge, Mass., 1993.

Law, John. *Aircraft Stories: Decentering the Object in Technoscience*. Durham: Duke University Press, 2002.

Levitsky, Holli Gwen. "Carnival, Gender, and Cultural Ambivalence in William Faulkner's Snopes Trilogy". Diss. University of California, 1991.

——. "Exquisite Agony: Desire for the Other in Faulkner's *The Hamlet*". *Women's Studies*, Vol. 22(September 1993): 485 – 496.

Lindner, Christoph. *Fictions of Commodity Culture: From the Victorian to the Postmodern*. Hampshire: Ashgate Publishing Company, 2003.

Maccomb, Debra. "Mink Snopes Deals in Post Holes: Countering the Violence of Capital in Faulkner's Snopes Trilogy". *The Mississippi Quarterly*, Volume 61(June 2008): 343 – 357.

Macherey, Pierre. *A Theory of Literary Production*. Trans. Geoffery Wall. London, Henley and Boston: Routiedge KeganPaul, 1978.

MacKenzie, Donald and Wajcman, Judy. *The Social Shaping of Technology*. Philadelphia: Open University Press, 1999.

Mandelbaum, Michael. *The Meaning of Sport*. New York: Public Affairs, 2004.

Martin, Ann Smart and J. Ritchie Garrison. Eds. *American Material Culture: The Shape of the Field*. Knoxville: University of Tennessee Press, 1997.

Martin, Catherine Gimelli. *Milton and Gender*. Cambridge University Press, 2004.

Marx, Leo. *The Machine in the Garden: Technology and the Pastoral Ideal in America*. Oxford: Oxford University Press, 1967.

Mathews, Mitford M. *A Dictionary of Americanisms on Historical Principles*. Chicago: University of Chicago Press, 1951.

Matthews, John T. *William Faulkner: Seeing through the South*. Malden and Oxford: Wiley-Blackwell, 2009.

Mauss, Marcel. *The Gift: The Form and Reason for Exchange in Archaic Societies* (1950). Trans. W. D. Halls. New York and London: W. W. Norton, 1990.

McFarland, Holly. "The Mask Not Tragic ... Just Damned: The Women in Faulkner's Trilogy". *Ball State University Forum* 18 (Spring 1977): 27 – 50.

McHaney, Thomas L. *Literary Masters: William Faulkner*. Detroit: Gale Group, 2000.

McLuhan, Marshall. *Understanding Media: The Extensions of Man*. New York: McGraw-Hill, 1964.

Meriwether, James B. and Michael, Millgate. Eds. *Lion in the Garden: Interviews with William Faulkner*. New York: Random House, 1968.

Messenger, Christian K. *Sport and the Spirit of Play in American Fiction: Hawthorne to Faulkner*. New York: Columbia University Press, 1981.

Miller, Daniel. Ed. *Material Cultures: Why Some Things Matter*. London: University College London Press, 1998.

——. *Material Culture and Mass Consumption*. London: Blackwell Publishing Limited, 1987.

Milum, Richard A. "Continuity and Change: The Horse, the Automobile and the Airplane in Faulkner's Fiction". *Faulkner: The Unappeased Imagination: A Collection of Critical Essays*. Ed. Glenn O. Carey. Troy: The Whitston Publishing Company, 1980: 157 – 174.

Minter, David. *Faulkner's Questioning Narratives: Fiction of His Major Phase, 1929 – 1942*. Urbana and Chicago: University of Illinois, 2001.

Mooney, Stephen L. "Faulkner's *The Town*: A Question of Voices". *Mississippi Quarterly* 13 (Summer 1960): 117 – 122.

Mulvey, Laura. *Fetishism and Curiosity*. Bloomington: Indiana University Press, 1996.

——. *Visual and Other Pleasures*. Bloomington: Indiana University Press, 1989.

Myers, Fred R. Ed. *The Empire of Things: Regimes of Value and Material Culture*. Santa Fe: School of American Research Press, 2001.

Nichol, Frances Louisa Morris. "Flem Snopes's Knack for Verisimilitude in

Faulkner's Snopes Trilogy". *The Mississippi Quarterly* (Special Issue: William Faulkner) 1997: 493 - 505.

——. *"Woman" in Motion: Faulkner's Trilogy*. Diss. University of Maryland College Park, 1993.

Norris, Nancy. "*The Hamlet*, *The Town* and *The Mansion*: A Psychological Reading of the Snopes Trilogy". *Mosaic* 7:1 (Fall 1973): 213 - 235.

Novak, Michael. *The Joy of Sports: End Zones, Bases, Baskets, Balls, and the Consecration of American Spirits*. New York: Basic Books, 1976.

Oriard, Michael. "The Ludic Vision of William Faulkner". *Modern Fiction Studies*, 28.2 (1982 Summer): 169 - 187.

Orvell, Miles. "Order and Rebellion: Faulkner's Small Town and the Place of Memory". *Faulkner and Material Culture*. Eds. Joseph R. Urgo and Ann J. Abadie. Jackson: University Press of Mississippi, 2007: 104 - 120.

Ownby, Ted. "The Snopes Trilogy and the Emergence of Consumer Culture". *Faulkner and Ideology*. Eds. Donald M. Kartiganer and Ann J. Abadie. Jackson: University of Mississippi Press, 1995: 95 - 128.

Pardini, Samuele F. S. *The Engines of History: The Automobile in American and Italian Literary Cultures, 1908 - 1943*. Buffalo: State University of New York, 2005.

Peckham, Morse. "The Place of Sex in the Work of William Faulkner". *Studies in Twentieth Century* 14 (1974): 1 - 20.

Peek, Charles A. and Robert W., Hamblin. Eds. *A Companion to Faulkner Studies*. Westport: Greenwood Press, 2004.

Percial, Irene. "Personifying Capitalism: Economic Imagination, the Novel, and the Entrepreneur". Diss. University of Canifornia, 2005.

Percy, William Alexander. *Lanterns on the Levee: Recollections of a Planter's Son*. Baton Rouge: Louisiana State University Press, 1973.

Polk, Noel. *Children of the Dark House: Text and Context in Faulkner*. Jackson: University Press of Mississippi, 1996.

——. "Faulkner and Respectability". *Fifty Years of Yoknapatawpha: Faulkner and Yoknapatawpha, 1979*. Eds. Doreen Fowler and Ann J. Abadie. Jackson: University Press of Mississippi, 1980.

Pope, S. W. *Patriotic Games: Sporting Traditions in the American Imagination*,

1876 – 1926. New York: Oxford University Press, 1997.

Prior, Linda. "Theme, Imagery, and Structure in *The Hamlet*". *Mississippi Quarterly* 22 (Summer 1969): 237 – 256.

Prown, Jules David. "Mind in Matter: An Introduction to Material Culture Theory and Method". *Material Life in America, 1600 – 1860*. Ed. Robert Blair St. George. Boston: Northeastern University Press, 1987: 1 – 19.

——. "The Truth of Material Culture: History and Fiction?" *American Artifacts: Essays in Material Culture*. Eds. Jules David Prown and Kenneth Haltman. East Lansing: Michigan State University Press, 2000: 11 – 28.

Railey, Kevin. "*Flags in the Dust* and the Material Culture of Class". *Faulkner and Material Culture*. Eds. Joseph R. Urgo and Ann J. Abadie. Jackson: University Press of Mississippi, 2007: 68 – 81.

Randall, Elisabeth. "Chasing Spotted Horses: The Quest for Human Dignity in Faulkner's Snopes Trilogy". *Faulkner: The Unappeased Imagination: A Collection of Critical Essays*. Ed. Glenn O. Carey. Troy: The Whitston Publishing Company, 1980:139 – 162.

——. "Eyes You Could Feel Not See: The Female Gaze in the Works of William Faulkner". Diss. Southern Illinois University Carbondale, 2007.

Rinaldi, Nicholas M. "Game Imagery and Game-Consciousness in Faulkner's Fiction". *Twentieth Century Literature*, Vol. 10 (October 1964): 108 – 118.

Ruzicka, William T. *Faulkner's Fictive Architecture: Natural and Man-made Place in the Yoknapatawpha Novels*. University of Dalllas, 1984.

Sass, Karen R. Rejection of the Maternal and the Polarization of Gender in *The Hamlet*. *The Faulkner Journal*, 1988 – 1989: 127 – 138.

Schlereth, Thomas. "Material Culture Studies in America, 1876 – 1976". *Material Culture Studies in America*. Ed. Thomas Schlereth. Nashville: American Association for State and Local History, 1982: 1 – 75.

Segrave, Kerry. *Women and Smoking in America, 1880 – 1950*. Jefferson: McFarland & Company, 2005.

Serruya, Barbara Booth. "The Evolution of an Artist: A Genetic Study of William Faulkner's *The Hamlet*". Diss. University of California, 1974.

Sheumaker, Helen and Shirley Teresa, Wajda. *Material Culture in America:*

Understanding Everyday Life. California: abc-clio, inc., 2008.

Skinfill, Mauri Luisa. "Modernism Unlimited: Class and Critical Inquiry in Faulkner's Later Novels". Diss. University of Carolina, 1999.

Smith, Philip. "Narrating the Guillotine: Punishment Technology as Myth and Symbol". *Theory, Culture & Society*, 2003, 20(5): 27 – 51.

Spindler, Michael. *American Literature and Social Change*. London: The Macmillan Press Limited, 1983: 168 – 175.

Stein, Leo. *The A-B-C of Aesthetics*. New York: Boni and Liveright, 1927.

St. George, Robert Blair. Ed. *Material Life in America, 1600 – 1860*. Boston: Northeastern University Press, 1987.

Stout, Janis P. Ed. *Willa Cather and Material Culture*. Tuscaloosa: The University of Alabama Press, 2005.

Stroble, Woodrow. "They Prevail: A Study of Faulkner's Passive Suicides". Diss. State University of New York, 1980.

Susman, Warren I. *Culture as History: The Transformation of American Society in the Twentieth Century*. New York: Pantheon, 1984.

Thompson, Lawrance. *William Faulkner: An Introduction and Interpretation*. New York: Barnes & Noble, Inc., 1963.

Tien, Morris Wei-hsin. *The Snopes Family and the Yoknapatawpha County: A Study of William Faulkner's Trilogy*. Taipei: Institute of American Culture, 1982.

Tinkler, Penny. *Smoke Signals: Women, Smoking and Visual Culture in Britain*. Oxford: Berg Publishers, 2006.

Tolliday, Steven and Zeitlin, Jonathan. *The Automobile Industry and Its Workers: Between Fordism and Flexibility*. New York: St. Martin's Press, 1987.

Towner, Theresa M. *Faulkner on the Color Line: The Later Novels*. Jackson: University Press of Mississippi, 2000.

Trouard, Dawn. "Eula's Plot: An Irigararian Reading of Faulkner's Snopes Trilogy". *Mississippi Quarterly*, 1989: 281 – 297.

Urgo, Joseph R. *Faulkner's Apocrypha: A Fable, Snopes and the Spirit of Rebellion*. Jackson: University Press of Mississippi, 1989.

Urgo, Joseph R. and Ann J., Abadie. Eds. *Faulkner and Material Culture*.

Jackson: University Press of Mississippi, 2007.

——. Eds. *Faulkner and the Ecology of the South*. Jackson: University Press of Mississippi, 2005.

Veblen, Thorstein. "The Country Town". *The Portable Veblen*. New York: Viking, 1948.

Vickery, Olga. *The Novels of William Faulkner*. Baton Rouge: Louisiana State University Press, 1964.

Volpe, Edmond Loris. *A Reader's Guide to William Faulkner*. New York: Farrar, Straus, 1964.

Warne, Keith Fulton. *Language in Faulkner's Trilogy: Truth and Fiction*. Ottawa: National Library of Canada, 1981.

Watson, James Gray. *The Snopes Dilemma: Faulkner's Trilogy*. Miami: University of Miami Press, 1970.

Watson, Jay. "The Philosophy of Furniture, or *Light in August* and the Material Unconscious". *Faulkner and Material Culture*. Eds. Joseph R. Urgo and Ann J. Abadie. Jackson: University Press of Mississippi, 2007: 20–47.

Weiner, Annette B. *Inalienable Possessions: The Paradox of Keeping While Giving*. Berkeley: University of California Press, 1992.

Wilson, Charles Reagan. "Our Land, Our Country: Faulkner, the South, and the American Way of Life". *Faulkner in America*. Eds. Joseph R. Urgo and Ann J. Abadie. Jackson: University Press of Mississippi, 2001: 153–166.

——. "The Death of Bear Bryant: Myth and Ritual in the Modern South". *Judgement and Grace in Dixie: Southern Faiths from Faulkner to Elvis*. Athens: University of Georgia Press, 1995: 37–51.

Wilstach, Paul. *Mount Vernon: Washington's Home and the Nation's Shrine*. Indianapolis: The Bobbs-Merrill Company, 1930.

Winnicott, D. W. *Playing and Reality*. London: Tavistock Publications, 1971.

Woodward, Ian. *Understanding Material Culture*. Los Angeles; London: Sage Publications, 2007.

Wright, Richard. *American Hunger*. New York: Harper & Row, 1944.

Wyatt-Brown, Bertram. *Southern Honor: Ethics and Behavior in the Old South*.

Oxford: Oxford University Press, 1982.

Yaeger, Patricia. "Dematerializing Culture: Faulkner's Trash Aesthetic". *Faulkner and Material Culture*. Eds. Joseph R. Urgo and Ann J. Abadie. Jackson: University Press of Mississippi, 2007: 48 – 67.

——. "White Dirt: The Surreal Racial Landscapes of Willa Cather's South". *Willa Cather's Southern Connections: New Essays on Cather and the South*. Ed. Ann Romines. Charlottesville: University Press of Virginia, 2000: 138 – 155.

鲍忠明:《最辉煌的失败:福克纳对黑人群体的探索》,北京:北京理工大学出版社,2009年。

比尔·布朗:《物论》,《物质文化读本》,孟悦、罗钢 主编,北京:北京大学出版社,2008年,第77—92页。

蔡勇庆:《生态神学视野下的福克纳小说研究》,北京:中国社会科学出版社,2012年。

陈礼珍:《视线交织的"圆形监狱"——〈妻子与女儿〉的道德驱魔仪式》,《外国文学评论》2012年第1期,第56—66页。

谌晓明:《符指、播散与颠覆:福克纳的"斯诺普斯三部曲"之解构主义研究》,博士论文,上海外国语大学,2009年。

丹尼尔·布尔斯廷:《美国人民主历程》,中国对外翻译出版公司译,北京:三联书店,1993年。

董丽娟:《狂欢化视域中的威廉·福克纳小说》,博士论文,南开大学,2009年。

葛纪红:《福克纳小说的叙事话语研究》,博士论文,苏州大学,2009年。

管建明:《后现代语境下的福克纳文本》,广州:中山大学出版社,2010年。

加斯东·巴什拉:《空间的诗学》,张逸婧译,上海:上海译文出版社,2009年。

蒋道超:《消费社会》,《外国文学》2005年第4期,第39—45页。

杰伊·帕里尼:《福克纳传》,吴海云译,北京:中信出版社,2007年。

李常磊:《文学与历史的互动——威廉·福克纳斯诺普斯三部曲的新历史主义解读》,《四川外语学院学报》2008年第5期,第7—10页。

刘国枝:《威廉·福克纳荒野旅行小说的原型模式》,博士论文,华中师范大学,2007 年。

刘建华:《文本与他者:福克纳解读》,北京:北京大学出版社,2002 年。

刘进:《文学和"文化革命":雷蒙德·威廉姆斯的文学批评研究》,成都:四川出版集团,2007 年。

李文俊编著:《福克纳的神话》,上海:上海译文出版社,2008 年。

罗素·W. 贝尔克:《财产与延伸的自我》,《物质文化读本》,孟悦、罗钢主编,北京大学出版社,2008 年,第 112—150 页。

米歇尔·福柯:《不同空间的正文与上下文》,《后现代性与地理学的政治》,包亚明主编,上海:上海教育出版社,2001 年。

让·鲍德里亚:《符号政治经济学批判》,夏莹译,南京:南京大学出版社,2009 年。

——.《生产之镜》,仰海峰译,北京:中央编译出版社,2005 年。

——.《物体系》,林志明译,上海:上海世纪出版社集团,2001 年。

——.《消费社会》,刘成富等译,南京:南京大学出版社,2000 年。

W. J. T. 米切尔:《浪漫主义与物的生命:化石、图腾和形象》,《物质文化读本》,孟悦、罗钢主编,北京:北京大学出版社,2008 年,第 530—546 页。

瓦尔特·本雅明:《可技术复制时代的艺术作品》,《经验与贫乏》,王炳钧、杨劲译,天津:百花文艺出版社,1999 年。

威廉·福克纳:《村子》,张月译,天津:百花文艺出版社,2001 年。

——.《坟墓的闯入者》,陶洁译,上海:上海译文出版社,2004 年。

——.《福克纳随笔》,李文俊译,上海:上海译文出版社,2008 年。

——.《八月之光》,蓝仁哲译,上海:上海译文出版社,2004 年。

——.《论隐私权》,《福克纳随笔》,李文俊译,上海:上海译文出版社,2008 年,第 63—76 页。

——.《圣殿》,陶洁译,上海译文出版社,2004 年。

威廉·皮埃兹:《物恋问题》,《物质文化读本》,孟悦、罗钢 主编,北京:北京大学出版社,2008 年,第 59—76 页。

武月明:《白色神话的破灭:福克纳文本世界中的女性》,南京:河海大学出版社,2005 年。

肖明翰:《威廉·福克纳:骚动的灵魂》,成都:四川人民出版社,1999 年。

——.《威廉·福克纳研究》,北京:外语教学与研究出版社,1997 年。

西莉亚·卢瑞:《消费文化》,张萍译,南京:南京大学出版社,2003年。

于萍:《百年胸罩史》,《三联生活周刊》2007年第25期。

余志森:《崛起和扩张的年代》(1829—1929),北京:人民出版社,2001年。

曾云山:《论斯诺普斯三部曲与南方骑士文化的互文性》,《外国文学》2012年第2期,第54—60页。

——.《斯诺普斯三部曲的互文性研究》,博士论文,湖南师范大学,2012年。

周和军:《空间与权力——福柯空间观解析》,《江西社会科学》2007年第4期,第58—60页。

朱振武:《在心理美学的平面上:威廉·福克纳小说创作论》,上海:学林出版社,2004年。

后　记

正如我在前面自序中提到的,这本专著主要来源于我的博士论文。这本专著得以出版,最要感谢的还是导师杨金才教授和家人多年来的付出和支持,这些我在自序中已经提及。但是,当我再次回首我在南京大学攻读博士学位的求学生涯,我心里仍然感慨颇多。寒窗六载,博士论文的写作既有冷雨孤灯、烦躁痛苦,也有柳暗花明、拨云见日。六年里,各种扶持与帮助,点点滴滴,汇聚成溪,成为我生命中最宝贵的记忆。

一直很庆幸自己在读博期间能成为杨金才教授的弟子。多年来,仰之弥高,虽未能至,亦步亦趋,但心向往之。他严谨踏实的治学态度、高效务实的工作作风使我深受感染;他敏锐的学术洞察力和高屋建瓴的缜密思维每每让我陷入僵局的论文写作绝处逢生;他收放自如、张弛有度的博士培养策略让我得以有宽松的心境沉浸于论文写作。曾记得我迟迟难以确定福克纳具体选题和研究内容时,他看似平凡的寥寥数语却让我明白了努力的方向;曾记得我纠结于论文框架结构和视角运用时,他富有真知灼见的诱导启发拨开了我心中的迷雾;曾记得我为家事缠身而心生焦虑时,他充满关爱的理解安慰了却了我心头的顾虑。最为感动的是当我面对学业、教学、家庭的压力心生懈怠时,他虽身在美国,却写了一封严厉而又不失语重心长的信督促我重新思考我的选题。如果没有他当年的及时提醒,恐怕我的论文撰写从一开始就会误入歧途。

我还要把这份感激之情献给学术氛围浓厚的南京大学外国语学院和治学严谨的老师们。刘海平教授生动活泼的研讨课程、平易近人的谦谦之风让我见识了学术前辈的治学之道和人格魅力;王守仁教授开阔的学术视野、独特的教学方法使我接受了严格的治学熏陶;朱刚教授在理论课上睿智缜密的批判性思维使我在应用文本批评视角时更为审慎周密。感谢何成洲、程爱民、江宁康等教授在开题报告会上提出的宝贵意见,他们犀利的学术眼光也锤炼了我的逻辑思辨能力。

　　博士论文是一个庞大的工程,没有亲人的支持,很难想象我能坚持到毕业那天。我时常很感谢上帝赐予我美好姻缘,让我此生有幸遇到了一位淳朴善良的先生。作为同行,他不但主动帮我收集相关资料,还承担了一些琐碎的资料整理翻译工作;作为丈夫,他不但支持我的学业,还常常忍受我在为论文烦恼焦虑时的喜怒无常,耐心地安慰鼓励我;作为父亲,他独立承担了很多带孩子的压力,常常把孩子带走让我能够在家里清静地写作。我的父母、公婆、兄长多年来一直关心我的学业,支持我的每一个选择,尤其是我当年罹患重病的父亲,躺在医院的病床上仍在挂念我的论文写作。父亲对事业与生俱来的执着也流淌在我的血液里,成为我战胜一切困难的精神源泉。

　　同时我也要感谢我身边的朋友和同事,尤其是在南大读博期间结识的同学和好友。同窗共读,缘分难得;相互扶持,情谊难忘。我的同学赵晶辉、程心、秦海花、但汉松常常与我分享论文撰写心得;我的同门师姐王育平、张海榕常常不厌其烦地回答我关于论文写作的各种琐碎问题。我的加拿大挚友 Kenneth Nichols 在我 2011 年至 2012 年赴加访学期间不但将他的住房粉刷一新,为我提供良好的住所条件,还照顾我在加拿大的生活起居,让我得以安心地进行论文写作。正是在加拿大的半年里,我完成了博士论文写作最关键的阶段。我的工作单位南京林业大学外国语学院的领导和同事们也在我撰写博士论文期间给予了很多理解和关怀,尤其是时任院长肖飞教授,他的远见卓识使我们这些读博的老师们得到了很多支持。

　　最后,我要把这份感谢献给最早将我引入福克纳文学殿堂的蓝仁哲先生。2004 年,在先生、陶洁教授等我国福克纳研究专家的推动下,第三届福克纳国际学术研讨会在四川外语学院举行。初出茅庐的我也写了一篇福克纳的评论文章,这篇青涩的论文在先生的修改帮助之下很快就发表了,这使我研究福克纳的兴趣倍增,也正是在这之后,我慢慢地走上了研究福克纳的道路。仍然记得当年考博请他写推荐信的情形,在与被推荐人的关系一栏,先生欣然写下八个字:"不是导师,胜似导师",感动之余心里油然而生的是责任。如今,先生已经看不到这些文字了,这位为我国福克纳研究做出巨大推动作用的前辈在2012年11月11日驾鹤西去了,我从此失去了一位良师益友。

  回首10多年前,我作为一个福克纳研究的门外汉,凭借着莽撞和诸种机缘巧合叩开了福克纳文学殿堂的大门,如今日月掷人而去,我虽算不上登堂入室,但已经站在门前,能够好奇地东张西望,试图一窥堂奥了。个中滋味溢于言表。这段过程其中苦乐、种种恩情让我再次感受到福克纳在诺贝尔奖致辞中提到的"责任、荣誉、忍耐",也许这就是人生的意义所在。

韩启群
2017年11月于南大和园